Plutôt mourir

JEFFREY ARCHER

Plutôt mourir

Traduit de l'anglais (Royaume-Uni) par
SANTIAGO ARTOZQUI

HarperCollins
NOIR

Titre original :
OVER MY DEAD BODY

HARPERCOLLINS FRANCE
83-85, boulevard Vincent-Auriol, 75646 PARIS CEDEX 13
Tél. : 01 42 16 63 63

www.harpercollins.fr

ISBN 979-1-0339-1111-1 — ISSN 2551-0096

1

— Vous êtes dans la police, monsieur ?

William leva les yeux vers le jeune homme qui venait de lui poser la question.

— Non, je suis directeur adjoint de l'agence de la Midland Bank à Shoreham, dans le Kent.

— Dans ce cas, rétorqua l'adolescent d'un air dubitatif, vous devriez pouvoir m'indiquer le taux de change entre le dollar et la livre à l'ouverture de la cotation ce matin.

William tenta de se rappeler combien de dollars il avait reçus quand il avait changé cent livres juste avant de monter à bord, la veille au soir, mais il hésita un peu trop longtemps.

— Un dollar et cinquante-quatre cents la livre, reprit le jeune homme avant qu'il ait le temps de répondre. Alors, excusez mon indiscrétion, monsieur, mais pourquoi refusez-vous d'admettre que vous êtes dans la police ?

William posa devant lui le livre qu'il était en train de lire et observa de plus près ce jeune Américain sérieux qui semblait désespérément vouloir qu'on ne le prenne pas pour un enfant, même s'il avait à peine commencé à se raser. L'expression « bon chic bon genre » venait immédiatement à l'esprit.

— Vous pouvez garder un secret ? murmura-t-il.

— Oui, bien sûr, répondit le jeune homme d'un ton offensé.

— Alors, asseyez-vous, suggéra William en désignant le confortable fauteuil en face de lui.

Il attendit que son interlocuteur s'installe avant de poursuivre :

— Je suis en congé et j'ai promis à mon épouse que pendant les dix prochains jours je ne révélerais à personne que je suis policier, parce que cette information suscite toujours une pluie de questions barbantes et nous met dans la peau du chauffeur de bus qui doit prendre le bus quand il part en vacances.

— Mais pourquoi avez-vous décidé de vous faire passer pour un banquier ? Parce que j'ai le sentiment que vous ne sauriez pas distinguer une feuille de calcul d'un bilan comptable.

— Ma femme et moi avons beaucoup réfléchi avant de choisir un tel métier. J'ai grandi à Shoreham, une petite ville de province en Angleterre, dans les années 1960, et le directeur de l'agence bancaire locale était un ami de mon père. Alors, je me suis dit que je pourrais faire illusion pendant quinze jours.

— Quelles autres options aviez-vous en tête ?

— Agent immobilier, concessionnaire automobile et directeur d'une agence de pompes funèbres. Autant de professions qui, selon nous, ne risquaient pas d'entraîner un interminable flot de questions.

Le jeune homme s'esclaffa.

— Vous auriez choisi quoi, vous ? s'enquit William en essayant de reprendre l'initiative.

— Tueur à gages. Comme ça, personne ne m'aurait embêté en m'interrogeant.

— J'aurais tout de suite deviné qu'il s'agissait d'une couverture, répondit William en balayant l'idée de la main. Parce qu'un assassin professionnel ne m'aurait jamais demandé si j'étais dans la police. Il en aurait été sûr. Mais que faites-vous vraiment, quand vous n'exécutez pas des gens ?

— Je suis en dernière année de prépa à Choate, dans le Connecticut.

— Et vous savez ce que vous voulez faire après ? En supposant que vous ne souhaitiez plus devenir tueur à gages.

— Je compte étudier l'histoire à Harvard, avant de faire du droit.

— Ensuite, vous vous ferez sans doute embaucher par un cabinet d'avocats ayant pignon sur rue, dont vous serez en un rien de temps associé junior.

— Non, monsieur. Je désire être policier. Une fois que j'aurai passé un an au poste d'éditeur de *La Revue du droit*, j'ai l'intention de rejoindre le FBI.

— Votre carrière m'a déjà l'air toute tracée.

Comme ce brillant jeune homme, de toute évidence offensé, fronçait les sourcils, William s'empressa d'ajouter qu'il était pareil à son âge.

— J'ai su que je voulais être policier et que je finirais à Scotland Yard dès mes huit ans.

— Qu'est-ce qui vous a pris tout ce temps ?

William lui sourit. Son interlocuteur comprenait sans aucun doute la signification du mot « précoce », sans se rendre compte qu'il pouvait peut-être s'appliquer à lui. William avait souffert du même problème pendant sa scolarité.

— Inspecteur-chef William Warwick, déclara-t-il en se penchant vers lui, la main tendue.

— James Buchanan, répondit l'adolescent en la serrant avec fermeté. Puis-je vous demander comment vous avez fait pour atteindre un grade aussi élevé, parce que si vous alliez à l'école dans les années 1960 vous ne pouvez pas avoir plus de…

— Qu'est-ce qui vous rend si sûr qu'ils vont vous proposer une place à Harvard ? s'enquit William pour essayer de calmer un peu ses ardeurs. Vous ne pouvez pas avoir plus de…

— Dix-sept ans, répondit James. Je suis en tête de ma classe avec une moyenne de 19,2 sur 20 et j'ai confiance en mes capacités à réussir le concours d'entrée… Dois-je supposer que vous avez intégré Scotland Yard, inspecteur-chef ? ajouta-t-il après une brève pause.

— Oui.

William avait l'habitude de subir des interrogatoires de la part de procureurs, pas d'adolescents, mais il prenait plaisir à cette rencontre.

— Mais si vous êtes si intelligent, reprit-il, pourquoi n'avez-vous pas envisagé de devenir juriste, ou de faire une carrière politique ?

— Il y a trop d'avocats aux États-Unis, expliqua James avec un haussement d'épaules, et la plupart d'entre eux courent après les ambulances.

— Et la politique ?

— J'ai beaucoup de mal à supporter les imbéciles sans m'énerver et je ne souhaite pas passer le restant de ma vie à la merci des changements d'humeur de l'électorat pendant que des groupes d'études me dictent mes opinions.

— Alors que si vous deveniez un jour directeur du FBI…

— Je serais mon propre maître, je n'aurais de comptes à rendre qu'au président et je ne lui ferais pas toujours savoir ce que je trame.

William ne put s'empêcher de rire. Ce jeune homme ne manquait pas de confiance en lui, c'était sûr.

— Et vous, monsieur, demanda James d'un ton plus détendu, votre destin est-il de devenir commissaire divisionnaire de la Metropolitan Police ?

William hésita.

— À l'évidence, vous pensez que c'est possible, poursuivit l'adolescent sans lui laisser le temps de répondre. Puis-je vous poser une autre question ?

— Je vois mal ce qui pourrait vous en empêcher.

— D'après vous, quelles sont les qualités les plus importantes à posséder pour être un enquêteur de première force ?

William réfléchit quelques instants avant de se prononcer.

— Une certaine curiosité naturelle, finit-il par déclarer. Qui vous permet de repérer immédiatement que quelque chose ne colle pas.

James tira un stylo de sa poche et se mit à noter les propos de William au dos du *Alden Daily News*.

— On doit aussi être capable de poser les bonnes questions aux suspects, aux témoins et aux collègues. Éviter de faire des suppositions. Et, par-dessus tout, il est nécessaire d'être patient. C'est pour ça que les femmes font souvent de meilleurs policiers. Pour finir, il faut savoir se servir de tous ses sens – la vue, l'ouïe, le toucher, l'odorat et le goût.

— Je ne suis pas sûr de bien comprendre.

— Ça doit être la première fois que ça vous arrive, répliqua William.

Il regretta immédiatement ses mots, même si le jeune homme éclata de rire.

— Fermez les yeux, ordonna William.

Il attendit quelques instants.

— Décrivez-moi, à présent.

James Buchanan prit son temps pour répondre.

— Vous avez trente, trente-cinq ans tout au plus, les cheveux blonds, les yeux bleus. Vous mesurez un peu plus d'un mètre quatre-vingts et pesez environ quatre-vingt-cinq kilos. Vous êtes en forme, mais pas autant que par le passé, et vous avez été gravement blessé à l'épaule il y a longtemps.

— Qu'est-ce qui vous fait croire que je ne suis plus aussi en forme qu'avant ? demanda William, sur la défensive.

— Vous avez trois ou quatre kilos de trop et, comme c'est votre premier jour de croisière, vous ne pouvez pas mettre ça sur le dos des interminables repas qu'ils servent sur les paquebots.

William fronça les sourcils.

— Et ma blessure ?

— Les deux boutons du haut de votre chemise sont détachés et, quand vous vous êtes penché pour me serrer la main, j'ai remarqué une cicatrice estompée juste sous votre épaule gauche.

Comme souvent, William repensa à son mentor, l'agent Fred Yates, qui lui avait sauvé la vie pour ensuite sacrifier la sienne. Le travail de police n'était pas toujours aussi romantique que certains auteurs aimeraient nous le faire croire. Il passa rapidement à autre chose.

— Quel livre suis-je en train de lire ?

— *Les Garennes de Watership Down*, de Richard Adams. Et, avant que vous me posiez la question, vous en êtes à la page cent quarante-trois.

— Et mes vêtements, que vous apprennent-ils ?

— Je dois admettre que votre tenue m'intrigue un peu. J'aurais besoin de plusieurs questions subtiles avant de pouvoir trancher, et seulement si vous me disiez la vérité.

— Mettons que je sois un criminel qui refuse de répondre à vos questions avant d'avoir téléphoné à son représentant légal.

James hésita un instant.

— Ça serait en soi un indice, reprit-il.

— Pourquoi ?

— Ça suggérerait que vous avez déjà eu affaire à la justice. Et, si vous connaissez de tête le numéro de votre avocat, c'est certainement le cas.

— OK. Supposons que je n'aie pas d'avoué, mais que j'aie regardé suffisamment de séries à la télé pour savoir que je ne suis pas obligé de vous répondre ?

— Vos vêtements sont bon marché, vraisemblablement du prêt-à-porter, et pourtant vous voyagez en première classe.

— Qu'en déduisez-vous ?

— Vous portez une alliance, alors vous avez peut-être une riche épouse. Ou bien vous êtes en mission spéciale.

— Ni l'un ni l'autre. C'est ici que le processus d'observation prend fin et que l'enquête commence. Mais ce n'est pas mal.

Le jeune homme rouvrit les yeux en souriant.

— À mon tour, je crois, monsieur. Fermez les yeux, s'il vous plaît.

William parut surpris, mais se prêta au jeu.

— Décrivez-moi.

— Brillant, plein d'assurance, mais aussi de doutes.

— De doutes ?

— Vous êtes peut-être le premier de la classe, mais vous avez encore désespérément envie d'impressionner.

— Qu'est-ce que je porte ? demanda James.

— Une chemise blanche à col boutonné, probablement de chez Brooks Brothers. Un short bleu marine, des chaussettes de coton blanches et des baskets Puma, même si vous allez rarement, voire jamais, dans une salle de gym.

— Comment pouvez-vous en être sûr ?

— Quand vous vous êtes approché de moi, j'ai remarqué que vos pieds étaient écartés. Si vous étiez un athlète, ils pointeraient droit devant vous. Si vous en doutez, allez vérifier les traces que laisse un coureur sur une piste cendrée lors des Jeux olympiques.

— Des marques distinctives ?

— Vous avez une minuscule tache de naissance sous l'oreille gauche que vous avez tenté de dissimuler en vous laissant pousser les cheveux, que vous devrez d'ailleurs couper quand vous rejoindrez le FBI.

— Décrivez l'image derrière moi.

— Une photo en noir et blanc de notre bateau, l'*Alden*, en train de sortir du port de New York le 23 mai 1977. Il est accompagné d'une flottille, ce qui suggère qu'il s'agissait de sa traversée inaugurale.

— Pourquoi s'appelle-t-il l'*Alden* ?

— Ça, ce n'est pas un test d'observation, mais de culture générale, signala William. Si j'avais besoin de connaître la réponse à cette question, je pourrais toujours la trouver plus tard. Les premières impressions sont souvent trompeuses, alors il ne faut rien supposer. Mais si je devais deviner, ce qu'un enquêteur ne doit jamais faire, comme ce bateau appartient à la Pilgrim Line, la ligne des pèlerins, je dirais qu'Alden était le nom de l'un des pèlerins originels qui partirent de Plymouth sur le *Mayflower* pour gagner l'Amérique, en 1620.

— Combien je mesure ?

— Vous me rendez quelques centimètres, mais quand vous aurez fini votre croissance vous me dépasserez. Vous pesez dans les soixante-dix kilos et vous venez tout juste de commencer à vous raser.

— Combien de personnes sont passées devant nous pendant que vous aviez les yeux fermés ?

— Une mère avec deux enfants, un petit garçon qui s'appelait Bobby, des Américains, puis, un peu plus tard, l'un des officiers du navire.

— Comment savez-vous qu'il s'agissait d'un officier ?

— Un matelot qui circulait dans l'autre sens l'a appelé « monsieur ». Et il y a aussi eu un gentleman âgé.

— Comment savez-vous qu'il était vieux ?

— Il avait une canne, et le son qu'elle faisait sur le sol a mis un certain temps à s'éteindre.

— Je suis à moitié aveugle, dit James quand William ouvrit les yeux.

— Loin de là. Mais à présent c'est à moi de poser quelques questions au suspect.

James se redressa, concentré.

— Un bon enquêteur doit toujours s'appuyer sur des faits et ne jamais rien tenir pour acquis, alors je dois dans un premier temps établir si Fraser Buchanan, le président de la Pilgrim Line, est votre grand-père.

— Oui, c'est le cas. Et mon père, Angus, est son adjoint.

— Fraser, Angus et James. Ça semble indiquer une lignée écossaise.

James acquiesça.

— Ils supposent sans aucun doute que, le moment venu, vous deviendrez président à votre tour.

— J'ai déjà exprimé très clairement que cela n'allait jamais se produire, rétorqua James sans hésitation.

— D'après tout ce que j'ai pu lire à propos de votre grand-père, il a l'habitude d'obtenir ce qu'il désire.

— C'est vrai, admit James avec un sourire en coin. Mais il oublie parfois que nous sommes faits du même bois.

— J'ai eu le même problème avec mon père. Il est procureur de la Couronne, et il a toujours supposé que j'allais suivre sa voie et passer le barreau, bien que je lui aie dit depuis mon plus jeune âge que je voulais mettre des malfaiteurs en prison, et non facturer des honoraires exorbitants pour la leur éviter.

— Je crois bien que mon grand-père est plus têtu encore que votre père. Il menace déjà de m'exclure de son testament si je ne rejoins pas la société dès ma sortie de Harvard. Mais il ne pourra jamais le faire tant que ma grand-mère sera en vie.

William gloussa.

— Serait-ce trop vous demander, monsieur, que de pouvoir passer une heure par jour avec vous pendant la traversée ?

James n'affichait plus son assurance passée.

— Ça me ferait plaisir, répondit William. À peu près à cette heure-ci de la matinée, c'est un moment qui me convient bien. Ma femme a son cours de yoga. Mais à une condition : si jamais vous la croisez, vous ne devez pas lui dire sur quoi notre conversation a porté.

— Et sur quoi a-t-elle porté ? s'enquit Beth en surgissant à côté d'eux.

James bondit.

— Le cours de l'or, madame Warwick, dit-il avec à-propos.

— Alors, vous avez rapidement dû vous rendre compte que c'est un sujet auquel mon mari ne connaît pas grand-chose, répliqua Beth en adressant un sourire chaleureux au jeune homme.

— James, j'étais sur le point de vous avouer que ma femme est bien plus intelligente que moi, raison pour laquelle elle est conservatrice de la collection du Fitzmolean Museum, alors que je ne suis qu'un simple inspecteur-chef.

— Le plus jeune de l'histoire de la Met, précisa Beth.

— Pourtant, si vous dites le mot « Met » devant mon épouse, elle pensera que vous parlez du musée new-yorkais, et non des forces de police londoniennes.

— Ça m'a vraiment fait plaisir que vous ayez réussi à récupérer le Vermeer, reprit James en se tournant vers elle.

Ce fut au tour de Beth de paraître surprise.

— Oui, finit-elle par répondre. Et heureusement, on ne risque plus de le dérober, parce que le voleur est décédé.

— Miles Faulkner, dit James. Il est mort en Suisse, des suites d'une crise cardiaque.

William et Beth échangèrent un regard sans piper mot.

— Vous avez même assisté aux obsèques, inspecteur-chef, probablement pour vous convaincre qu'il était bien mort.

— Mais comment êtes-vous au courant de ça ? demanda William.

Voilà que cet adolescent l'avait de nouveau désarçonné.

— Je lis *The Spectator* et *The New Statesman* toutes les semaines, ce qui me permet de me tenir au courant de ce qui se passe en Grande-Bretagne et de me faire ma propre opinion.

— Évidemment…, murmura William.

— Au plaisir d'échanger avec vous dès demain, monsieur, déclara James. J'ai hâte de connaître votre opinion sur l'hypothèse selon laquelle Miles Faulkner serait encore en vie.

2

Le lendemain matin, peu après 8 heures, Miles Faulkner traversa d'un pas tranquille la salle à manger du Savoy. Personne ne lui accorda un regard tandis qu'il se glissait entre les tables.

— Bonjour, lança Booth Watson en levant les yeux vers son client.

Un client qu'il n'aimait pas et en qui il n'avait pas confiance. Néanmoins, Faulkner était celui qui lui permettait de jouir d'un style de vie que peu de collègues du barreau pouvaient se targuer d'émuler.

— Bonjour, fit Miles en s'asseyant en face de lui.

Un serveur apparut aussitôt, son carnet de commandes ouvert, son stylo prêt à noter.

— Que prendrez-vous ce matin, messieurs ?

— Un petit déjeuner anglais complet, indiqua Miles sans consulter le menu.

— Et vous, monsieur, comme d'habitude ?

— Oui, répondit Watson en examinant son client de plus près.

Il fallait bien admettre que le chirurgien esthétique suisse avait fait un travail remarquable. Personne n'aurait pu reconnaître en lui le détenu qui s'était évadé, qui avait assisté à ses propres obsèques et qui venait de ressusciter d'entre les morts. Le type qui lui faisait face ne ressemblait en rien à l'entrepreneur accompli qui possédait autrefois l'une des plus grandes collections privées de toiles de maître au monde. Depuis, il s'était glissé dans la peau d'un capitaine de marine et ancien combattant des Malouines à la retraite, qui répondait au nom de Ralph Neville. Mais, si William Warwick découvrait que son ennemi juré était encore en vie, il n'aurait de cesse de le traquer pour le remettre derrière les barreaux. Warwick en ferait une affaire personnelle. Faulkner était l'homme qui lui avait échappé, l'homme qui avait ridiculisé la Met, l'homme qui…

— Pourquoi vouliez-vous me voir de toute urgence ? s'enquit Miles dès le départ du serveur.

— Hier, un journaliste de l'équipe d'analystes du *Sunday Times* m'a appelé pour savoir si j'avais entendu parler du Raphaël récemment vendu par Christie's, qui s'était révélé être un faux.

— Que lui avez-vous dit ? poursuivit Miles d'un ton nerveux.

— Je lui ai assuré que l'original faisait partie de la collection privée de feu Miles Faulkner et qu'il était toujours accroché dans la villa de sa veuve à Monte-Carlo.

— Plus pour longtemps, avoua Miles. Dès que Christina a découvert qu'en fin de compte elle n'était pas veuve, je n'ai pas eu le choix et j'ai dû déménager toute la collection dans un lieu plus sûr avant qu'elle mette la main dessus.

— Et où est-ce ? lança Booth Watson en se demandant s'il pourrait obtenir une réponse franche.

— J'ai trouvé un endroit où aucun autochtone ne peut m'espionner, et où il n'y a que des mouettes pour me chier dessus.

Miles n'apporta pas de précisions supplémentaires.

— Je me réjouis de l'entendre, parce que je pense qu'il serait sage de quitter l'Angleterre pendant quelque temps. Pour l'heure, rien ne presse, l'inspecteur-chef Warwick et son épouse profitent de leurs vacances à New York.

— Un séjour que Christina leur a arrangé pour s'assurer qu'elle et moi serions hors de portée de leurs griffes quand nous convolerions pour la seconde fois.

— Mais je croyais que Beth Warwick allait être la demoiselle d'honneur de Christina ? s'étonna Watson.

— C'était ce qui était prévu avant que Christina découvre pourquoi je ne pouvais pas me permettre d'être vu à bord du SS *Alden*.

— Vous devriez quand même admettre que votre ex-femme est bien utile. Par exemple pour tirer avantage de la relation étroite qu'elle entretient avec Mme Warwick.

— Franchement, j'aurais préféré que Christina n'apprenne jamais que je suis encore en vie. Alors, s'il vous plaît, expliquez-moi encore une fois pourquoi je dois épouser à nouveau cette satanée bonne femme.

— Parce que en définitive cela va vous permettre de résoudre tous vos problèmes, répondit Booth Watson. N'oubliez pas que c'est la seule personne qui puisse surveiller l'inspecteur-chef Warwick sans attirer l'attention.

— Mais si elle changeait de camp ?

— C'est peu probable tant que vous tiendrez les cordons de la bourse.

Faulkner n'avait pas l'air convaincu.

— Ça ne serait plus le cas s'ils découvraient la véritable identité du capitaine Ralph Neville et que je finissais en taule.

— Christina aurait encore besoin de franchir l'obstacle que je représente, et elle se rendrait vite compte du camp dans lequel je suis.

— Il faut dire que vous n'avez pas le choix, rétorqua Miles. Parce que vous devriez expliquer au conseil de l'ordre pourquoi vous venez de passer deux ans à être le représentant légal d'un criminel évadé de prison, alors que vous aviez parfaitement conscience qu'il s'agissait de votre ancien client.

— Raison de plus pour que Christina signe un contrat qui la lie de telle sorte qu'elle ait autant à perdre que nous si tout cela venait à se savoir.

— Et veillez à ce qu'elle le fasse avant d'épouser le capitaine Neville, et surtout avant que les Warwick regagnent la mère patrie.

— La mère patrie ?

— C'est ainsi que parle Neville, mon vieux, répliqua Miles, l'air très content de lui. Alors, quand allez-vous voir Christina ?

— J'ai rendez-vous avec elle demain matin, au cabinet. Je compte lui détailler le contrat clause par clause en soulignant les conséquences que pourrait entraîner son éventuel refus de signer.

— Bien, parce que si elle croit qu'elle va mettre la main sur ma collection juste en révélant à son amie Beth que Miles Faulkner est toujours en vie…

— Vous ne prendriez plus vos petits déjeuners au Savoy, mais dans la prison de Pentonville.

— Si ça devait se produire, je n'hésiterais pas à la supprimer, dit Miles.

— Je pense avoir été très clair sur ce point avec elle, indiqua Booth Watson au moment où le serveur revenait avec leur commande. Mais je dois avouer que je n'ai peut-être pas formulé cela de façon aussi explicite dans l'accord final.

— Un petit déjeuner anglais complet, madame ?

— Certainement pas, Franco, répondit Beth en déchiffrant le nom du serveur sur son badge. Nous désirons tous deux des céréales avec du melon et un toast de pain complet.

— Nous proposons trois variétés de melon, madame : cantaloup, melon d'eau ou melon miel.

— Melon d'eau, merci, dit William.

— Sage décision, commenta Beth. J'ai lu quelque part qu'en moyenne une personne prend cinq cents grammes par jour au cours d'une traversée.

— Heureusement qu'on va à New York et non à Sydney, alors !

— Je serais très contente de voguer jusqu'à Sydney dans ce palace flottant, déclara Beth en balayant la salle du regard. Tu as remarqué tous ces petits détails d'un goût exquis ? Des draps, des nappes et des serviettes propres tous les matins. Et quand on regagne notre cabine le lit est fait, les vêtements de la veille sont remis dans la penderie, et tout est rangé. J'adore aussi leur idée de nous rapporter le linge propre dans des petits paniers d'osier. Ils doivent disposer de dizaines de personnes qui travaillent comme des esclaves pour que la machine tourne sans accroc.

— Huit cent trente Philippins sont cachés dans la soute, madame, plaisanta Franco, le serveur. Ils assurent le service auprès de nos mille deux cents hôtes. Cependant, de nos jours, nous avons des moteurs, alors nous n'avons plus besoin de mettre des galériens sur les bancs de nage.

— Et est-ce leur maître qui préside la table au centre de la pièce ? s'enquit Beth.

— Oui, c'est le capitaine Buchanan, répondit Franco. Quand il n'est pas en train de fouetter ses esclaves, il est président de la Pilgrim Line.

— Le capitaine Buchanan ? demanda William.

— Oui, il a été officier de marine pendant la Seconde Guerre mondiale. Vous serez peut-être content d'apprendre que c'était un ami de feu Miles Faulkner et de sa femme, Christina, laquelle, incidemment, nous a appelés pour nous indiquer que vous prendriez leur place et qu'il fallait qu'on soit aux petits soins avec vous.

— Voyez-vous cela, fit William.

— C'est l'épouse de Buchanan qui est assise à l'autre extrémité de la table ? questionna Beth.

— Oui, madame. M. et Mme Buchanan sont presque toujours les premiers à se présenter au petit déjeuner, précisa-t-il avant de repartir chercher le reste de leur commande.

— Il a l'air aussi impressionnant que Miles Faulkner, remarqua Beth en examinant Buchanan. Même s'il a de toute évidence employé ses talents à accomplir quelque chose de bien plus utile que voler ses semblables.

— Fraser Buchanan est né à Glasgow en 1921, dit William. Il a quitté l'école à l'âge de quatorze ans et il s'est engagé dans la marine marchande en tant que mousse. Quand le conflit a éclaté, il a été transféré dans la Royal Navy au grade de matelot, mais il a fini la guerre avec celui de lieutenant sur le HMS *Nelson*. Bien qu'il ait été promu capitaine en 1945, il a démissionné peu après la signature de l'armistice. Il est rentré en Écosse, où il s'est acheté une petite société de ferries qui transportait des passagers et des voitures entre l'Écosse et l'île d'Iona. Aujourd'hui, il est à la tête d'une flotte de trente-six vaisseaux, et la Pilgrim Line ne le cède que devant Cunard en taille et en réputation.

— Des informations que tu as sans doute arrachées au jeune James pendant que j'assistais à mon cours de yoga ? suggéra Beth.

— Non, on peut lire l'histoire de la Pilgrim Line dans *Le Journal de bord*, que j'ai trouvé sur ma table de nuit, déclara William tandis que Franco plaçait deux bols de céréales et une tranche de melon d'eau devant eux.

— Qui vient donc de s'asseoir juste à côté de Mme Buchanan ? murmura William.

— Veuillez excuser mon mari, lança Beth. Il est policier, et pour lui la vie n'est qu'une interminable enquête.

— C'est Hamish Buchanan, répondit Franco. Le fils aîné du président. Jusqu'à récemment, il était vice-président de la société.

— Jusqu'à récemment ? s'étonna William. Mais il ne peut avoir plus de quarante ans.

— Ne sois pas malpoli, souffla Beth.

— S'il l'on en croit la presse, il a été remplacé par son frère, Angus, lors de la dernière assemblée générale. C'est ce dernier qui vient d'entrer avec son épouse, Alice, et leur fils…

— … James, termina William à sa place.

— Ah ! lança Franco. Vous avez déjà croisé le petit prodige.

— Et la femme qui s'est installée à gauche de M. Buchanan ? Je vois qu'elle n'a même pas pris la peine de dire bonjour au président.

— C'est l'épouse de Hamish Buchanan, Sara.

— Et pourquoi a-t-elle accepté de participer à cette croisière alors que son mari vient de se faire virer ? s'enquit Beth.

— La version officielle, c'est qu'il a été remplacé par son frère, Angus, expliqua Franco en remplissant la tasse de Beth de café. Et, comme Hamish Buchanan est encore directeur dans la société, il est tenu d'assister au conseil d'administration qui a toujours lieu pendant la traversée.

— Vous êtes très bien informé, Franco, dit William.

Ce dernier ne fit aucun commentaire et se dirigea vers la table suivante.

— Ce voyage devient vraiment amusant, remarqua Beth en réprimant un bâillement. Je me demande qui est la femme qui vient de s'asseoir.

— Tu peux parler, tu es encore plus curieuse que moi.

James et Hamish s'étaient levés pour accueillir la vieille dame qui se joignait à eux.

— Elle a l'air d'avoir le même âge que le président, et comme ils sont tous les deux roux je ne serais pas surpris qu'il s'agisse de sa sœur.

William poursuivit son analyse du plan de table, constatant que la place de chacun avait été choisie avec soin de telle sorte que Fraser Buchanan maîtrise la situation en toute circonstance.

— Tu pourras toujours t'enquérir de son identité auprès de James pendant mon cours de yoga. Mais oublions quelques instants la famille Buchanan, et laisse-moi t'informer des activités que j'ai planifiées pour notre semaine à New York.

— Le Met va être en haut de ta liste, j'imagine. Et je pressens aussi qu'une seule visite ne suffira pas.

— J'en ai prévu trois. Tout ce qui date d'avant 1850 le samedi, les arts premiers le lundi, et mercredi je voudrais découvrir la collection des impressionnistes. Tim Knox m'a assuré que c'était la plus belle après celle du musée d'Orsay.

— Eh bien... On aura droit à des arrêts au stand le mardi et le jeudi ? demanda-t-il tout en sirotant son café.

— Certainement pas. Mardi, nous allons visiter le Frick, où...

— ... nous verrons un remarquable portrait de Thomas Cromwell par Holbein et l'*Extase de saint François,* de Bellini.

— J'oublie parfois que tu es un homme des cavernes à moitié cultivé.

— Grâce à ma femme, qui s'en charge depuis que j'ai quitté les bancs de la fac. Et jeudi ?

— Le MoMA. Une occasion d'admirer certaines des plus belles œuvres de la période cubiste : Picasso et Braque. Et on verra bien si tu sais distinguer l'un de l'autre.

— Leur nom sera marqué en bas de la toile, non ?

— Ça, c'est pour les touristes, qui ne nous tiendront pas compagnie le soir.

— Qui s'en chargera, alors ?

— On a des billets pour le Lincoln Center, où l'orchestre philharmonique de New York va jouer du Brahms.

— Sûrement le *Concerto n°2 pour piano en si bémol majeur.* C'est l'un de tes préférés.

— Sache que je n'ai pas oublié l'une des artistes que, toi, tu préfères, parce que vendredi soir, la veille de notre retour, on a des places pour Ella Fitzgerald au Carnegie Hall.

— Comment as-tu réussi ce miracle ? Ça doit être complet depuis des mois !

— Christina a arrangé le coup. Apparemment, elle connaît quelqu'un au conseil d'administration… Je commence à me sentir coupable envers elle, ajouta-t-elle au bout d'un instant.

— Pourquoi ? Si elle n'a pas pu faire cette croisière, c'est parce qu'elle épouse Ralph, et elle était ravie que quelqu'un la remplace au dernier moment.

— C'est à cause du mariage que je me sens coupable. N'oublie pas qu'au départ elle m'avait demandé d'être sa demoiselle d'honneur. Mais comme nous avons accepté son offre généreuse je vais rater la cérémonie.

— Tu ne trouves pas que c'est une coïncidence étrange ?

— Pas vraiment. Le 15 août est le seul samedi avant fin septembre où ils étaient en mesure de se marier dans sa paroisse, à Limpton-in-the-Marsh, et elle s'est retrouvée coincée avec les billets. À cheval donné, on ne regarde pas les dents.

William décida que ce n'était pas le bon moment pour apprendre à Beth qu'il ne lui avait fallu qu'un seul coup de fil pour découvrir que l'église de Christina était disponible quinze jours auparavant, et qu'elle aurait pu sans problème y épouser Ralph Neville et passer sa lune de miel en croisière avec lui. Néanmoins, s'il avait refusé d'accompagner Beth afin de garder à l'œil Christina et Neville, elle aurait très certainement vogué toute seule vers le soleil couchant.

— Tu as noté que Sara Buchanan n'a pas dit un mot à son beau-père depuis qu'elle s'est assise ? murmura Beth en continuant d'observer la table du capitaine.

— C'est peut-être parce qu'il vient de virer son mari du poste de vice-président, suggéra William en se beurrant un deuxième toast.

— Qu'as-tu repéré de plus pendant que tu faisais semblant de m'écouter ?

— Hamish Buchanan et sa mère ont engagé une grande conversation à laquelle James prétend ne pas s'intéresser, même s'il n'en perd pas une miette.

— Et il te fera sans doute son rapport, maintenant que tu l'as recruté en tant qu'agent infiltré pour la durée de la traversée.

— James s'est recruté tout seul. Et, comme il est le petit-fils du président, il est bien placé pour fournir une quantité illimitée d'infos qui ne sont connues qu'en interne.

— Quand c'est un homme, c'est de l'information, remarqua Beth. Mais lorsque c'est une femme ce sont des ragots.

— James m'a déjà prévenu qu'il ne serait pas surpris si une engueulade générale avait lieu au cours de la traversée, ajouta William en faisant abstraction du commentaire de Beth.

— J'aimerais bien être une salière sur cette table, admit Beth.

— Tiens-toi bien, ou j'irai examiner de plus près le jeune homme qui te donne tes cours de yoga.

— Il s'appelle Stefan. Toutes les autres femmes entre deux âges du cours sont fans de lui, soupira-t-elle. Alors, mes chances sont plutôt faibles.

— Tu n'es pas entre deux âges, dit William en lui prenant la main.

— Merci, mon homme des cavernes, mais j'ai déjà fêté deux anniversaires dans la trentaine, au cas où tu ne t'en serais pas aperçu, et les enfants vont bientôt quitter la maternelle.

— Je me demande comment nos parents s'en sortent avec eux.

— Ton père doit probablement briefer Artemisia sur les crimes et délits…

— … et ta mère doit enseigner le dessin à Peter.

— Ces enfants ont de la chance ! lancèrent-ils en même temps.

— Mais revenons à nos moutons, dit Beth en prenant un exemplaire du programme quotidien de la croisière. Ce matin, il y a dans l'auditorium une conférence à laquelle j'aimerais bien assister.

William haussa un sourcil.

— Lady Catherine Whittaker, sur les opéras de Puccini.

— Je vais peut-être la sécher, celle-là. Cela dit, s'il s'agit de la femme du juge Whittaker, je trouverais fascinant de pouvoir m'entretenir avec lui, répondit-il en balayant la salle du regard.

— Et il y a un spectacle différent tous les jours, poursuivit Beth. Ce soir, c'est Lazaro, un magicien censé faire disparaître des objets et même des passagers sous tes yeux. On peut aller à la représentation de 19 heures ou à celle de 21 heures.

— Lors de quel service souhaitez-vous dîner ? demanda Franco quand il revint vers eux pour leur verser une seconde tasse de café.

— À quelle heure le président et sa famille descendent-ils ? s'enquit William.

— Vers 20 h 30, monsieur. Ils savourent quelques cocktails avant de dîner.

— Alors, nous optons pour le second service.

— Qu'est-ce que tu trames encore ? murmura Beth en dévisageant son mari.

— J'ai le sentiment que, si nous dînons tard, nous serons témoins de nouvelles surprises choquantes et nous verrons peut-être disparaître devant nous plus de gens que pendant les tours de magie de Lazaro.

3

Booth Watson se leva pour accueillir sa cliente, qui entra d'un pas réticent dans son bureau. Christina s'assit en face de lui sans prendre la peine de lui serrer la main.

Il examina la femme élégante qui avait été l'épouse de Faulkner pendant onze ans, avant qu'ils décident d'un commun accord de partir chacun de leur côté.

Tous deux avaient entretenu d'innombrables relations extraconjugales bien avant d'entamer leur procédure de divorce. Néanmoins, quand Miles avait été condamné pour le vol d'un Caravage et envoyé en prison, Christina avait senti qu'elle avait l'avantage. Et à sa mort elle avait cru tout perdre. Mais, lors des obsèques, elle avait découvert que son mari était bien vivant et qu'il allait être obligé de trouver un accord avec elle s'il souhaitait pérenniser cet état de fait. Christina n'avait pas eu besoin d'explications pour comprendre que cela changeait tout.

Mais la veuve joyeuse avait aussi deviné que Miles Faulkner – ou le capitaine Ralph Neville, comme il se faisait appeler aujourd'hui – était plus intéressant vivant que mort, parce que ainsi elle pourrait peut-être mettre la main sur au moins la moitié de sa collection légendaire, à laquelle elle avait dû renoncer en signant son contrat de divorce.

Booth Watson avait conscience de se trouver en terrain glissant, mais il avait encore un atout dans sa manche. L'amour de Christina pour l'argent.

— J'ai pensé que nous devrions discuter de ce qui va se passer après la cérémonie, madame Faulkner, lança-t-il sans autre préambule.

— Suis-je autorisée à demander ce que Miles et vous avez décidé pour moi ?

— Ça ne devrait pas trop évoluer par rapport à la situation actuelle, répliqua l'avocat sans relever la remarque acerbe. Vous allez conserver votre maison de campagne et l'appartement à Belgravia. En revanche, à l'avenir, Monte-Carlo sera hors limites.

— Il a trouvé une autre femme, c'est ça ?

Plutôt un autre lieu, aurait-il pu lui répondre, mais cela n'était pas son rôle.

— Vous continuerez de percevoir deux mille livres par semaine pour vos dépenses courantes et vous bénéficierez toujours d'un majordome, d'une employée de maison et d'un chauffeur.

— Et vous avez décidé où vous allez passer votre lune de miel, Miles et vous ? s'enquit Christina sans prendre la peine de dissimuler le sarcasme dans sa voix.

— Miles ne va pas passer beaucoup de temps en Angleterre au cours des mois qui viennent et, de fait, votre mariage sera de convenance. À cet effet, j'ai rédigé un accord que vous n'avez plus qu'à signer. Rappelez-vous simplement que vous obtenez ainsi bien davantage que ce que vous auriez espéré en échange de votre silence. Vous n'avez pas besoin de le lire, étant donné qu'il ne souffrira aucun amendement.

— Alors, on ne va pas vivre ensemble ? demanda Christina, feignant d'être choquée.

— Il n'en a jamais été question, comme vous le savez fort bien. Miles ne voit aucune objection à ce que vous poursuiviez votre mode de vie actuel, mais il vous enjoint de vous montrer un peu plus discrète à l'avenir et de l'accompagner en tant que Mme Ralph Neville pour ce que nous nommerons les occasions formelles.

— Et si je refuse de signer ?

Christina s'était enfoncée dans son siège, s'éloignant ostensiblement de Booth Watson qui venait d'ôter le capuchon de son stylo et la dévisageait, le doigt déjà posé sur la ligne en pointillé au bas de la dernière page du contrat.

— Vous n'aurez plus aucune ressource et vous finirez dans un refuge pour sans-abri.

— Tandis que Miles retournera en prison pour purger une très longue peine, à moins que…

— À moins que ?

— À moins qu'il ne me donne un million de plus que ce qu'il m'avait promis lors de notre premier contrat de divorce. Je ne devrais pas avoir à vous rappeler, maître Watson, que Miles est mort. Comme vous, j'ai assisté à ses obsèques à Genève, où votre émouvant éloge m'a beaucoup touchée. Si la police venait à découvrir que ce n'étaient pas ses cendres que ce prêtre complaisant m'a remises, Miles devrait sacrifier bien davantage que ce million. Cela dit, si Miles ne se sent pas en mesure de tenir parole, vous pouvez renvoyer le gâteau et annuler le traiteur.

Un long silence s'ensuivit, où chacun attendait que l'autre cille.

— Et n'oubliez pas de lui rappeler que j'ai toujours ses cendres, qui ne sont ni plus ni moins que ma police d'assurance si jamais il venait à rompre notre accord.

— En général, les primes d'assurances-vie ne sont versées qu'à votre mort.

— Je lègue l'urne à l'inspecteur-chef William Warwick dans mon testament et je pense que ça pourrait aider Miles à se décider.

— Attention, lança William en s'asseyant dans un coin de l'alcôve face au policier en herbe. Si j'étais un assassin, j'aurais su exactement où vous trouver à cette heure-ci, ce qui m'aurait permis de tomber sur vous par hasard beaucoup plus facilement. Si vous voulez devenir flic, vous ne pouvez pas être esclave de vos habitudes. À l'avenir, James, ce sera à vous de me repérer. Et je ne serai jamais deux fois au même endroit.

— Mais un tueur à gages est peu susceptible de s'embarquer sur un paquebot de luxe.

— Sauf si sa cible se rend à New York, ce qui nous laisse deux mille autres suspects.

— Je vous ai vu prendre le petit déjeuner avec votre épouse, ce matin, dit James pour passer à autre chose.

— Ce n'était peut-être pas mon épouse. Ne supposez jamais rien, répondit William. Ouvrez toujours une enquête avec une page blanche.

— Mais c'est vous qui me l'avez présentée.

— Ça ne prouve rien.

— Elle portait une alliance.

— Ce ne serait pas la première fois qu'une femme mariée commet un adultère.

— Je ne pense pas que votre maîtresse aurait commandé votre petit déjeuner à votre place, rétorqua James.

— Une hypothèse sensée, mais pas inattaquable. Elle ne lève pas le doute raisonnable. Quel est l'équivalent juridique du terme aux États-Unis ?

— « Sur la foi d'un jugement équilibré », indiqua James. J'ai également noté que votre femme semblait plus intéressée par notre table que par la vôtre, poursuivit le jeune homme sans le laisser changer de sujet.

— Ça s'appelle le mariage, s'esclaffa William. Mais je dois avouer qu'elle a déjà fait de votre famille un roman gothique dont les détails les plus savoureux étaient fournis par notre serveur.

— Franco. Cela fait plus de trente ans qu'il officie sur les bateaux de mon grand-père. Personne ne connaît la société ou ma famille mieux que lui. Mon grand-père lui a proposé d'être le maître d'hôtel du *Pilgrim,* notre vaisseau amiral, mais il a refusé.

— Pourquoi donc ?

— Il a prétendu qu'il souhaitait rester en contact avec les passagers, mais je suppose que c'est plutôt parce qu'il ne voulait pas renoncer aux pourboires qu'il gagne lors de chaque traversée.

James fit une pause.

— Je doute que Franco soit son véritable nom, reprit-il, et je suis sûr qu'il n'est pas italien de naissance.

— Une preuve ?

— Son accent disparaît de temps à autre, et un jour je l'ai questionné sur Caruso, et de toute évidence il n'avait jamais entendu parler de ce grand ténor.

— C'est un motif de soupçon, pas une preuve. Mais je suis d'accord : je crois qu'il dissimule quelque chose.

— Qu'est-ce qui vous fait dire ça ?

— J'ai déjà vu cette expression lorsque quelqu'un découvre que je suis flic.

— Il est vrai qu'il a effectué un court séjour en prison avant d'être embauché, répondit James. Mon grand-père lui-même n'est pas au courant.

— Et comment l'avez-vous su ?

— Une fois, j'ai fait la traversée depuis Southampton, et il a demandé à changer ses tables.

— Vous avez découvert pourquoi ?

— L'un des passagers venait d'un endroit qui s'appelle Hackney, et j'ai vu sur son visage qu'il avait reconnu Franco. Je lui ai proposé de dîner à la table du capitaine avec sa femme en échange d'informations. Franco lui-même ne sait pas que je suis au courant. Cela dit, on pourrait aussi parler de mon grand-père. Plusieurs fois, il n'est pas passé loin, c'est bien documenté. Il a même comparu au tribunal, où les jurés ont conclu « à l'absence de preuves ».

— Une sentence écossaise pas vraiment subtile. En général, ça signifie que le juge et le jury n'entretiennent guère de doutes sur la culpabilité de l'accusé, mais qu'il n'y a pas assez de preuves pour le condamner. Néanmoins, si vous voulez grimper sur les sommets que votre grand-père a atteints, j'imagine que vous êtes obligé de prendre des risques parfois, surtout quand vous partez de zéro.

— Grand-père a commencé avec moins que zéro. Quand son père est mort, il a laissé sa femme et ses deux enfants avec des dettes d'un montant de cent livres environ. Songez à ce que ça représenterait aujourd'hui. Elle a mis des années à rembourser, et c'est probablement la raison pour laquelle elle est morte si jeune.

— Ça explique peut-être aussi pourquoi il se montre si dur avec sa propre progéniture.

— Une preuve ? demanda James en imitant son mentor.

— Franco m'a confié que votre oncle Hamish venait d'être congédié de la vice-présidence de la société lors de la dernière assemblée générale. Pour être honnête, je pense que le terme qu'il a employé était « remplacé ».

— C'est de notoriété publique, répliqua James. La presse a abondamment couvert l'événement des deux côtés de l'Atlantique. J'ai entendu mon père dire à Mère que seules les lois contre la diffamation empêchaient les journaux de publier l'histoire dans sa totalité.

Franco apparut, un plateau avec du café et du chocolat chaud à la main.

— Dois-je révéler à l'inspecteur-chef comment mon père est devenu vice-président, Franco ? lança James tandis que le serveur posait le chocolat chaud devant lui.

— Tant que vous me laissez en dehors de tout cela, répondit Franco avant de disparaître plus vite qu'il n'était venu.

— Je doute que vous ou votre père connaissiez l'histoire dans sa totalité. Je suppose que le président a des secrets qu'il entend emporter dans la tombe.

— Ma grand-tante Flora sait certainement tout, affirma James d'un ton confiant.

— Votre grand-tante Flora ? s'enquit William en laissant sa phrase en suspens dans l'espoir qu'elle pousserait le jeune homme à faire preuve d'encore plus d'indiscrétion.

— Lorsque grand-père a quitté la maison pour entrer dans la marine marchande, sa sœur, Flora, est devenue la première personne de la famille à aller à l'université. Après avoir obtenu avec mention son diplôme de mathématiques à Glasgow, elle a étudié la comptabilité et elle est sortie major de sa promotion. Bon, première ex æquo. Il semble qu'ils n'étaient pas encore tout à fait prêts à admettre qu'une femme pouvait être plus intelligente que tous les hommes de sa classe. C'était à peu près à l'époque où la Royal Navy a démobilisé grand-père, après qu'il s'était distingué au service du roi et du pays, comme il ne cesse jamais de nous le rappeler. Puis, d'une manière ou d'une autre, il est parvenu à réunir assez d'argent pour acheter une compagnie de ferries déglinguée – ce sont ses propres termes – qui transportait des véhicules et des passagers des côtes écossaises jusqu'à l'île d'Iona.

— Il m'est déjà arrivé d'embarquer sur l'un de ces bateaux, observa William.

— Grand-tante Flora lui avait dit qu'il était dingue mais, comme après la guerre peu de sociétés étaient prêtes à proposer un travail sérieux à une femme, elle a intégré à contrecœur son entreprise pour s'occuper de la comptabilité. Son expression favorite est encore aujourd'hui : « Il faisait pousser les livres sterling, et moi je gérais les pence. » Néanmoins, malgré sa prudence naturelle et un bon sens très affûté, la compagnie a failli couler à plusieurs reprises.

— Quel millionnaire parti de rien n'a pas dû affronter ce problème à un moment ou à un autre au cours de sa carrière ?

— Une fois, grand-père s'est retrouvé à vingt-quatre heures de se déclarer en faillite, et il aurait dû s'y résoudre si la Dundee Bank of Trade and Commerce n'était venue à son secours. Même moi, je n'ai pas réussi à savoir comment il s'en est tiré. La seule chose dont je suis sûr c'est que, pendant la construction de son premier navire sur la Clyde, il y a eu une semaine à la fin de laquelle il n'était pas en mesure de payer ses dockers, et ils ont menacé de se mettre en grève. Une fois, il m'a avoué qu'il n'en avait pas fermé l'œil pendant une semaine, et je parle d'un homme qui dormait comme un bébé pendant la bataille de l'Atlantique.

— J'ai lu beaucoup d'anecdotes dans *Le Journal de bord* à propos du rôle qu'il y a joué.

— Il ne faut pas trop s'y fier, dit James en lui tendant une perche.

— Pourquoi ça ? demanda William avec une réelle curiosité.

— Grand-père l'a rédigé lui-même. Ou pour être plus précis, si je devais témoigner devant une cour, il en a dicté le moindre mot à Kaye Patterson, sa secrétaire particulière.

— Qui, je suppose, était la femme assise à côté de vous au petit déjeuner.

— Pas mal, inspecteur-chef. Mais si je vous apprenais que mon grand-père a deux assistantes, une qui maîtrise l'orthographe et l'autre qui écrit très mal, laquelle serait Kaye ?

— Celle qui est lettrée.

— Comment en êtes-vous aussi sûr ?

— Votre grand-mère semblait s'être engagée avec elle dans une discussion très animée, qui de toute évidence lui était agréable, répliqua William au moment où Franco se présentait de nouveau à leur table.

— Désirez-vous autre chose, messieurs ?

— Non, merci, Franco, répondit James.

— Pourquoi Franco tient-il à faire croire aux passagers qu'il est italien ? s'enquit William après le départ de ce dernier.

— Un jour, il m'a dit qu'on a de meilleurs pourboires quand les gens pensent qu'on est italien.

— Je n'avais pas conscience qu'il fallait donner des pourboires au personnel, avoua William, un peu gêné.

— Pas avant l'arrivée à New York, le rassura James. Vous trouverez des petites enveloppes krafts dans votre cabine, à l'attention de votre femme de chambre et de votre serveur. En général, les gens laissent cent dollars, sauf quand ils ont le sentiment que le personnel a vraiment fait du bon travail.

— Vous adorez votre grand-père, je me trompe ? lança William qui ne voulait pas lâcher l'affaire.

— Sans réserve. C'est parce qu'il est là que je suis convaincu d'obtenir une place à Harvard.

— Grâce à son argent et à ses relations ?

— Non, ça, je n'en ai pas besoin. Mais grâce à quelque chose de bien plus important. J'ai hérité de son énergie et de son esprit de compétition, même si je n'ai pas son génie entrepreneurial.

— J'imagine qu'il espère encore qu'un jour vous dirigerez sa société quand celle-ci aura besoin de quelqu'un de confiance pour prendre la relève de son génie entrepreneurial.

— Cela n'arrivera jamais. Mon père va peut-être lui succéder, mais pas moi.

— Que pense votre oncle Hamish de tout cela ?

— Il est toujours convaincu de pouvoir hériter du poste, sinon il ne s'humilierait pas avec sa femme en participant à cette traversée.

— L'ambiance est si exécrable ?

— Pire que cela. Je crois qu'il ferait n'importe quoi pour empêcher mon père de prendre les rênes de la compagnie. Et, s'il y renonçait, tante Sara prendrait certainement le relais.

— Mais, en lui retirant la vice-présidence pour la confier à votre père, votre grand-père n'aurait pu exprimer son opinion plus clairement.

— C'est vrai, mais n'oubliez pas que mon oncle Hamish fait toujours partie du conseil d'administration, et que personne ne sait de façon certaine de quel côté ma grand-tante Flora penchera quand le moment sera venu d'élire un nouveau président ; son vote sera peut-être déterminant. Même si je n'ai jamais entendu le mot « retraite » sortir de la bouche de mon grand-père.

— Comment êtes-vous au courant de toutes ces tractations alors que vous n'êtes qu'un…

— … lycéen ? C'est une situation que j'ai tournée à mon avantage. Pendant mon enfance, mes parents ne se rendaient pas compte que j'écoutais le moindre mot qu'ils prononçaient à table au petit déjeuner. Mais ces derniers temps ils sont tous devenus beaucoup plus prudents, surtout oncle Hamish, alors je devrai me montrer bien plus malin à l'avenir. C'est là que vous intervenez.

Une fois de plus, William fut désarçonné, mais il n'eut pas besoin de demander à James ce qu'il avait en tête. Celui-ci s'empressa de lui en faire part.

— Je vous dirai tout ce que je sais sur ma famille, à condition que vous m'expliquiez comment en tirer avantage. Avec vos connaissances et votre expérience, je réussirai peut-être à garder une longueur d'avance sur oncle Hamish.

— Mais pourquoi vous donner cette peine, si vous n'avez aucune intention de travailler pour la compagnie ?

— Je veux quand même que mon père soit le prochain président, de telle sorte qu'à terme je sois le propriétaire légitime de la Pilgrim Line.

— Vous pouvez ajouter la fourberie aux talents que vous a légués votre grand-père, dit William avec un sourire chaleureux.

— C'est possible. Mais je dois me montrer plus malin qu'oncle Hamish et plus fourbe que tante Sara si je souhaite avoir la moindre chance d'hériter de la société. N'oubliez pas qu'ils ont aussi des enfants qui sont à peine plus jeunes que moi.

— Dans ce cas, vous allez devoir cesser de penser comme un policier et commencer à penser comme un criminel.

4

— Elle a exigé quoi ? s'écria Miles tandis que le serveur versait dans leur tasse un café noir brûlant.

— Le million qu'on lui avait promis dans le contrat de divorce original, répondit Booth Watson.

— Mais malheureusement j'ai perdu la vie avant que l'ordonnance provisoire soit signée.

— Elle a vos cendres pour prouver ses dires.

— Et alors ?

— À l'évidence, vous n'avez pas entendu parler de Crick et Watson[1], répliqua Booth Watson, parce que grâce à leurs travaux elle sera en mesure de démontrer que vous êtes bel et bien vivant.

— Pas si elle est morte, non.

— Si elle devait décéder prématurément, la première personne qu'ils interrogeraient serait son récent mari, le capitaine Ralph Neville. Ils ne mettraient pas très longtemps à découvrir sa véritable identité. Alors, je vous recommande de lui verser ce million, si vous souhaitez demeurer un homme libre.

— Il faudra me passer sur le corps ! lança Miles avec emphase.

1. Généticiens découvreurs de la structure de l'ADN. (NdT)

— Et c'est précisément ce que Christina pourrait avoir en tête, selon moi, si elle décidait de révéler à son amie Beth Warwick le véritable nom de son futur époux.

— Si elle le faisait, elle se retrouverait sans le sou du jour au lendemain.

— Je ne suis pas certain que c'est un pari que vous puissiez faire. Dieu seul sait ce qu'elle pourrait inventer pendant que vous seriez incarcéré et qu'elle se sentirait à l'abri. Je suis obligé de poser la question, mais un seul tableau vaut-il qu'on risque la perpétuité ?

Miles ne répondit rien pendant que le serveur remplissait à nouveau leurs tasses.

— Peut-être pas, dit-il quand ce dernier s'éloigna.

— Raison de plus pour que vous résidiez à l'étranger pendant quelques semaines, le temps que je m'assure que Christina honore sa part du contrat et que le capitaine Neville peut débarquer sur les côtes britanniques en toute sérénité.

— J'avais escompté emménager dans ma nouvelle demeure juste après le mariage. Un endroit où, je peux vous le certifier, ni Warwick ni Christina ne nous trouveront jamais, moi et ma collection.

— Je suis heureux de l'entendre. Mais, d'après moi, nous devons veiller à ce que Christina reste dans notre camp tant qu'elle sera en mesure de nous fournir des renseignements sur les Warwick. N'oubliez pas à quel point elle est proche de Beth, laquelle lui donne innocemment des informations sur les projets de sa tendre moitié.

— Peut-être pas si innocemment que ça, suggéra Miles.

— Je garde ça en tête, c'est pourquoi j'envisage de rembaucher le commandant Lamont pour qu'il la surveille.

— L'ex-commandant, lui rappela Miles. Il n'est plus dans la Met, mais surtout, cet homme fera n'importe quoi pour de l'argent tant qu'il sera marié à cette « femme trophée » qui plonge ses comptes dans le rouge, sans parler du génie qu'il a pour choisir des chevaux incapables d'entrer dans l'enclos des vainqueurs.

— C'est sûrement vrai. Mais naguère il était quand même l'adjoint du commissaire Hawksby.

— Jusqu'à ce qu'il soit obligé de démissionner.

— Il a encore des contacts en interne, et une personne en particulier.

— Je le connais ?

— C'est une femme, l'une des proches collaboratrices de William Warwick, et elle n'est pas insensible aux petites enveloppes krafts.

— Alors, continuez de les lui passer. Ainsi, on gardera un coup d'avance à la fois sur Christina et sur les Warwick.

— Et vous acceptez de cracher le million qu'elle vous réclame ?

Miles sourit en prenant ses couverts.

— À une condition. Expliquez-lui clairement que si elle rompt l'accord je retiendrai son allocation mensuelle jusqu'à ce qu'elle m'ait remboursé ce million.

— Comment c'était, cette conférence ? demanda William en tirant la chaise de Beth pour qu'elle s'installe à leur table.

— On a écouté plusieurs arias de *La Bohème*, puis Catherine a expliqué le réalisme dramaturgique des opéras de Puccini. J'ai hâte d'assister à celle de demain.

— *La Tosca*, ou *Madame Butterfly* ?

Franco leur tendit le menu.

— *Madame Butterfly*. Tu veux te joindre à nous ?

— Je crois que je serai occupé à veiller sur une autre chrysalide désireuse, elle aussi, de devenir un papillon. As-tu découvert s'il s'agit vraiment de l'épouse du juge Whittaker ?

— Elle-même. D'ailleurs Catherine nous a invités à dîner avec eux demain soir, répondit Beth.

William fut distrait par l'entrée de Fraser Buchanan au bras de sa moitié. Il portait un élégant veston croisé qui dissimulait son embonpoint, et elle une longue robe couleur crème qui captiva l'attention de plusieurs femmes dans la salle, y compris Beth.

Le patriarche prit place en tête de table. Tous les hommes se levèrent et attendirent que Mme Buchanan s'asseye à l'autre extrémité – à un terrain de cricket de distance ou presque.

— Qui est le monsieur à côté de Flora, la sœur du président ? questionna Beth.

— Andrew Lockhart, dit William. C'est le médecin de la société, et il siège au conseil d'administration. Il est en outre le toubib personnel de Fraser Buchanan. Il y a environ deux ans, ce dernier a eu une crise cardiaque, et depuis Lockhart l'accompagne lors de chacun de ses déplacements.

— Ça ne me surprend pas. Il doit bien faire vingt kilos de trop.

— Moi aussi, j'aurais vingt kilos de trop si je passais la moitié de mon existence sur un bateau de croisière.

— Désirez-vous commander, madame ? demanda Franco.

— Deux consommés, suivis de salade César, annonça Beth sans consulter le menu.

William sourit en refermant le sien.

— Êtes-vous marié, Franco ? s'enquit-il en le lui tendant.

— Seulement quatorze semaines par an, monsieur.

— À peu près comme moi, lança Beth en prenant la main de William.

« Les Britanniques ont beaucoup de qualités et encore plus de défauts, avait un jour déclaré George Bernard Shaw devant l'English-Speaking Union, et l'une de ces qualités est de faire abstraction de toute altercation dont ils sont les témoins. Les Italiens ne peuvent s'empêcher de l'observer de loin, les Allemands choisissent leur camp, tandis que les Irlandais, eux, veulent carrément s'en mêler. »

Beth fit semblant de ne pas entendre les éclats de voix à la table du président et continua de déguster son consommé.

— J'ai songé que le magicien de ce soir…, commença William.

— Chut ! Comme ton champ de vision est bien meilleur que le mien, tu peux me faire le compte rendu précis de chaque coup qu'ils se donnent.

William réprima un sourire, puis s'intéressa de plus près aux Buchanan.

— Il me semble que Fraser est en pleine discussion animée avec son ex-vice-président, mais le reste de la tablée les ignore scrupuleusement.

— Ils ne veulent pas être impliqués, suggéra Beth.

— Une remarque pertinente.

— Et pourquoi se querellent-ils ?

— Je ne sais pas trop. Je ne saisis qu'un mot au vol de temps à autre. Mais ne désespère pas, James m'en fera un rapport détaillé demain matin.

— Je ne peux pas attendre jusque-là, murmura Beth d'un ton exaspéré. Ils se seront peut-être déjà entre-tués d'ici ton tête-à-tête avec James. Je veux savoir maintenant.

— On dirait que ça a quelque chose à voir avec le penchant pour la boisson de Hamish Buchanan, indiqua William.

Il laissa sa phrase en suspens quand Franco se présenta avec leurs salades et les posa devant eux sans paraître remarquer ce qui se passait deux tables plus loin.

— J'imagine que vous avez souvent assisté à ce genre de scènes, affirma Beth en levant les yeux vers le serveur.

— Ce n'est jamais aussi tendu, madame, admit Franco en leur versant un verre de vin blanc.

— Il n'était peut-être pas très avisé que toute la famille rentre à New York ensemble, après les événements de la dernière assemblée générale, si ? estima Beth.

— D'après James, c'est son grand-père qui a insisté, malgré les différends entre son fils Hamish et lui. Je pense que pour le vieux il n'est rien de plus que du bruit de fond.

— En tout cas, je suis très content de ne pas assurer le service à leur table ce soir, répondit Franco en replaçant la bouteille dans le seau de glace avant de s'éloigner.

— Moi, ça ne m'aurait pas déplu, souffla Beth tandis que Hamish Buchanan tirait de sa poche intérieure une flasque en argent dont il versa le contenu dans son café.

*

— Je croyais que tu avais arrêté de boire ! aboya le président depuis le bout de la table.

— C'est le cas, rétorqua Hamish en revissant le bouchon de sa flasque. Ceci n'est qu'un léger sédatif que m'a prescrit le Dr Lockhart pour m'aider à dormir, parce que comme vous le savez fort bien, Père, je n'ai pas le pied marin.

— La mer est plate comme un pancake aujourd'hui, repartit le président. Sans parler de la fortune que j'ai dépensée en stabilisateurs afin que chaque passager bénéficie d'une traversée sans heurts. Une fois dans son lit, on ne se rend même pas compte qu'on est en mer.

Hamish but à nouveau à sa flasque.

— J'aimerais bien goûter ce prétendu sédatif, dit Fraser en tendant la main.

C'était un ordre, pas une requête.

— Comme vous voudrez, Père, répondit Hamish en passant la flasque à sa tante Flora qui la fit circuler jusqu'au bout de la table.

Plusieurs convives dans la salle, dont Beth et William, virent Fraser dévisser le bouchon, porter le goulot à ses lèvres et s'enfiler une grande gorgée. Ils s'attendaient tous à une explosion.

Le président demeura silencieux un moment.

— Quel goût affreux ! déclara-t-il avant de la reboucher.

— Des excuses ne seraient-elles pas de rigueur ? lança la femme de Hamish quand Fraser leur fit passer la flasque.

Tout le monde guettait sa réaction à la suggestion de Sara.

— Je ne pense pas, ma chère, répliqua Fraser d'un ton froid. Parce que personne ne croit un seul instant que Hamish a arrêté la boisson. Si vous en doutez, je vous suggère de vérifier le contenu de votre minibar quand vous regagnerez votre cabine après dîner.

Hamish n'objecta rien, mais il rouvrit sa flasque et en avala une longue gorgée avant de la remettre dans sa poche.

Le commissaire Hawksby était à son bureau. Il réfléchissait à sa prochaine réunion et aux conséquences potentielles d'un faux pas. Il savait que dans son dos on l'appelait « le Faucon », ce qu'il tenait pour un compliment. Et, comme il n'était plus très loin de la retraite, il ne souhaitait pas entacher sa réputation à un stade aussi avancé de sa carrière. Ross Hogan était la pièce qui lui manquait pour finir le puzzle.

William Warwick était le leader naturel de l'équipe, mais le sergent Adaja, pour impressionnant qu'il fût, n'était pas encore prêt à assumer le rôle de commandant en second. Le sergent Roycroft n'aurait pas voulu du job, quant à l'agent Pankhurst, avec le temps, elle les surpasserait l'un et l'autre, mais l'heure n'était pas encore venue.

Hawksby n'avait pas besoin de consulter le dossier de Ross Hogan. Il avait servi quatre ans dans le Special Air Service, le SAS, avant d'intégrer les rangs de la Met. Au bout de seulement deux ans à faire des patrouilles dans la rue, il avait passé son examen d'enquêteur pour se joindre à l'équipe des homicides. Quatre ans plus tard, il avait été l'un des rares sélectionnés pour des missions d'infiltration et il y avait trouvé sa vocation. Si un groupe de rebelles avaient formé une bande, il aurait été leur chef. Pour compléter le tableau, on lui avait décerné la Médaille de la bravoure de la Reine, et il avait écopé de trois avertissements officiels et d'une suspension pour avoir couché avec une suspecte. Néanmoins, Hawksby savait qu'il ne pouvait le laisser dans la clandestinité beaucoup plus longtemps. Si Ross devait jamais revenir dans le vrai monde et être capable d'obéir à un ordre, il fallait le récupérer avant qu'il soit trop tard et qu'il ne puisse plus changer ses habitudes. Était-il déjà trop tard ? Allait-il démissionner ?

Ross avait joué un rôle crucial en réunissant suffisamment de preuves pour condamner Miles Faulkner et l'envoyer au trou, et il était allé jusqu'à se faire jeter en prison pour obtenir des informations. Même les trompe-la-mort le prenaient pour un trompe-la-mort.

Quand Faulkner s'était évadé, Ross avait disparu dans la nature, plus déterminé que jamais à lui repasser les menottes, parce qu'il n'avait jamais cru une seule seconde que Faulkner était décédé.

On frappa à la porte.

— Entrez, dit Hawksby.

Quiconque aurait vu l'individu qui se présenta devant le commissaire Hawksby ce matin-là ne l'aurait jamais pris pour un policier. Avec son T-shirt crasseux, son jean et sa veste de cuir, Ross Hogan ressemblait plus à un fauteur de troubles qu'à un gardien de la paix.

— Bonjour, monsieur, lança-t-il en s'asseyant.

Hawksby dévisagea son arme secrète en se demandant comment lui annoncer la nouvelle, mais Ross vint à son aide.

— Étant donné que vous m'avez convoqué ce matin à Scotland Yard, dois-je supposer que mes jours en tant qu'agent infiltré sont comptés ?

— C'est fini. Cela fait bien trop longtemps que vous êtes sur le terrain, Ross. Et, bien qu'il soit quasiment impossible de vous remplacer, j'ai décidé qu'il était temps pour vous de réintégrer l'espèce humaine.

— Quels humains en particulier avez-vous en tête, monsieur ?

— Je viens de constituer une petite unité dans le but d'élucider des homicides dans des affaires qui ont été classées, et dont les dossiers, pour certaines, accumulent de la poussière depuis des années.

— Qui va la diriger ?

— L'inspecteur-chef Warwick.

Ross acquiesça.

— Je l'ai observé de près au cours des deux dernières années, et sa promotion ne m'a pas surpris. Mais quel serait mon rôle exactement ?

— Le reste de l'unité est composé du sergent Paul Adaja, du sergent Jackie Roycroft et de l'agent Rebecca Pankhurst, tous de bons policiers. Mais je veux que vous soyez l'adjoint de William Warwick.

Ross sourit.

— Ai-je le choix, monsieur ?

— Oui, vous pouvez choisir de retourner faire la circulation dans votre ancien quartier à Chiswick.

— Ou démissionner.

— Vous êtes inemployable, rétorqua Hawksby sans parvenir à dissimuler un sourire. À moins que vous n'ayez envie de finir en détective privé miteux, à espionner des maris volages, ce qui n'est pas vraiment votre genre.

— Je commence quand ?

— L'inspecteur-chef Warwick sera de retour dans dix jours. Pour l'instant, il profite de vacances bien méritées en haute mer, alors je vous suggère de vous reposer d'ici là. Veillez à prendre un bain et à vous raser avant de faire la connaissance de l'Enfant de Chœur.

— Mais personne ne va me reconnaître.

— Ça fait précisément partie de mon plan, répliqua Hawksby.

Franco était en train de napper de chocolat chaud une grosse part de glace à la vanille quand le cri aigu d'une femme résonna dans la salle à manger. Beth se retourna aussitôt et vit Fraser Buchanan penché en avant, secoué de tremblements et haletant, les mains agrippées à la table.

Le Dr Lockhart bondit de son siège et se porta aussitôt vers lui. Il dénoua sa cravate et ouvrit le col de sa chemise. Franco se précipita à leur table.

— Puis-je vous aider en quoi que ce soit ? demanda-t-il au médecin.

— J'ai besoin d'un brancard immédiatement, répondit Lockhart d'un ton calme. Et allez chercher ma trousse dans l'infirmerie.

Franco sortit de la pièce en courant. Tous les autres commensaux s'approchèrent, spectateurs intrusifs du drame qui se déroulait devant eux.

Mme Buchanan, accourue de l'autre extrémité de la table, saisit la main de son mari. La vieille dame, toute tremblante, semblait par ailleurs remarquablement calme et laissait œuvrer le médecin sous les regards choqués de tous les convives. Enfin, pas tous. William ne quitta jamais des yeux Hamish Buchanan, lequel n'affichait aucune émotion, tandis que son frère, Angus, rejoignait leur mère et lui passait un bras réconfortant sur les épaules.

Soudain, Fraser Buchanan devint livide, et sa tête retomba sur la table. Lockhart tenta désespérément de le ranimer, mais William savait qu'il ne tarderait guère à confirmer son décès.

Mme Buchanan s'agenouilla à côté de son mari et l'étreignit en sanglotant. James, redevenu un enfant, fondit en larmes. Depuis sa place, William, qui avait totalement oublié qu'il était en vacances, examinait attentivement les visages autour du président. Son regard s'attarda sur chacun des membres de la famille, à la recherche du moindre indice. Ils n'avaient pas tous l'air triste : deux d'entre eux ne semblaient même pas surpris par ce qui venait de se produire. Soudain, Franco franchit en trombe la porte de la salle à manger, la trousse de Lockhart à la main, suivi de deux jeunes matelots qui apportaient un brancard.

D'instinct, William se leva et traversa la pièce pour proposer son aide.

— Nous n'aurons pas besoin de vos services, inspecteur-chef, répondit Hamish Buchanan tandis que les hommes d'équipage hissaient avec précaution son père sur le brancard. Vous n'avez aucune autorité à bord de ce navire.

Une remarque inopportune tout autant qu'inutile, songea William, qui se demanda alors si ce tragique événement était aussi naturel qu'il en avait l'air. Il se remémora le conseil de Hawksby quant à la façon d'enquêter sur une mort inopinée : « Écouter, écouter, écouter. Si vous lâchez la bride aux gens, ils vous conduisent parfois d'eux-mêmes à l'écurie. » Cependant, William savait que Hamish avait raison et il était sur le point de regagner sa table, non sans réticence, quand Angus Buchanan intervint :

— À moins que je ne lui confère cette autorité.

— Angus, je crois que tu vas bientôt comprendre que je suis à la tête de cette famille, désormais, rétorqua Hamish en fusillant son frère du regard.

— Je ne devrais pas avoir à te rappeler que je suis le vice-président de la Pilgrim Line, Hamish, et que cette tragédie a eu lieu sur l'un des navires de la compagnie.

Les deux hommes continuèrent de se toiser, l'air belliqueux, jusqu'à ce que Hamish reprenne la parole.

— Nous devrions peut-être consulter le Dr Lockhart sur cette question.

— Votre père a été victime d'une crise cardiaque foudroyante. Comme nous le savons tous, ce n'était pas la première.

William ne put s'empêcher de penser que les propos du médecin semblaient avoir été répétés. Plus étrange encore, il ne montrait aucun signe de chagrin devant le décès de son vieil ami, comme s'il n'était qu'un professionnel en train de faire son job, rien de plus.

— Comme je vous le disais, nous n'avons pas besoin de vos services, inspecteur-chef, s'écria Hamish en se tournant vers sa tante Flora en quête de soutien.

Celle-ci ne répondit pas immédiatement.

— Je pense qu'il serait avisé de permettre à l'inspecteur-chef de mener une enquête, affirma-t-elle, peinant à se couler dans ce rôle de matriarche dont elle venait d'hériter. La dernière chose que nous souhaitons, c'est que l'on puisse suggérer que la famille a été impliquée dans une quelconque dissimulation.

Personne ne la contredit.

Hamish lui-même demeura silencieux tandis que les deux matelots emportaient le cadavre du président, accompagnés par Lockhart et Mme Buchanan.

— Que souhaitez-vous que nous fassions, inspecteur-chef ? demanda Flora.

Elle semblait avoir pris les commandes.

— J'aimerais que tout le monde à l'exception de James regagne sa cabine, et que vous y restiez jusqu'à ce que j'aie pu parler à chacun d'entre vous. Monsieur Buchanan, avant que vous partiez, auriez-vous l'amabilité de poser votre flasque sur la table ?

Hamish hésita un instant, puis la tira de sa poche et obtempéra. Un sourire fugace éclaira son visage lorsqu'il vit le commodore entrer dans la salle à manger, suivi de près par Franco.

— Ah ! s'exclama-t-il. L'ultime dépositaire de l'autorité sur ce navire. Peut-être pourriez-vous indiquer à l'inspecteur-chef Warwick que nous n'avons plus besoin de ses services.

— M. Buchanan a raison de vous rappeler que je suis seul maître à bord, inspecteur-chef, déclara le commodore d'un ton solennel. Et que mes décisions sont sans appel.

— J'accepte sans réserve votre autorité, répondit William.

Hamish reprit la flasque et la glissa dans sa poche.

— En gardant cela en tête, poursuivit le commodore, je vous serais reconnaissant de bien vouloir mener une enquête préliminaire. Je ne doute pas que vous découvrirez que le président est mort des suites d'une crise cardiaque, mais une confirmation de votre part dissipera tout soupçon. Comment désirez-vous débuter votre investigation ?

— En priant M. Hamish Buchanan de reposer sa flasque sur la table.

5

L'ex-commandant Lamont était plongé dans la lecture du *Racing Post* quand l'un des clercs de Booth Watson l'appela pour l'informer que son patron voulait le voir dans son bureau le lendemain matin à 10 heures. C'était la première fois que l'avocat entrait en contact avec lui depuis le procès pour corruption à l'Old Bailey, l'été précédent. Jerry Summers, un sergent de police qui avait pris un risque de trop, avait écopé d'une peine de dix ans parce que Lamont n'avait pas réussi à escamoter une preuve vitale sans laquelle Summers s'en serait tiré. Après ce fiasco, Lamont s'était dit que Booth Watson ne ferait plus jamais appel à lui. Certes, l'ex-commandant détestait viscéralement l'avocat onctueux mais, comme il n'était pas en position de faire la fine bouche, il comptait arriver à l'heure au rendez-vous.

Au cours des semaines précédentes, il avait également effectué une ou deux missions pour Mme Christina Faulkner et il se demanda si Booth Watson pourrait considérer ça comme un conflit d'intérêts. Mais, après avoir consulté le solde de son compte bancaire, il décida de n'en parler à aucune des deux parties et veilla à se trouver dans la salle d'attente du 1, Fetter Court, dès 9 h 50 le lendemain matin. On le fit poireauter.

Quand Booth Watson le laissa enfin entrer, il ne mentionna ni Summers ni la preuve que Lamont aurait dû escamoter, mais en vint directement aux faits.

— J'ai besoin de savoir ce que votre vieux copain Warwick trame en ce moment.

— Warwick n'est pas mon ami, rétorqua Lamont en crachant presque ces mots.

— Je suis heureux de l'entendre. Cela ne devrait rendre votre tâche que plus agréable. Je peux vous annoncer qu'à l'heure qu'il est l'inspecteur et sa femme voyagent en première classe à bord de l'*Alden*, qui vogue vers New York.

— Des vacances probablement financées par son père, parce que son salaire d'inspecteur-chef ne lui permet certainement pas de faire des croisières en première.

Booth Watson savait pertinemment qui avait réglé les frais de cette traversée, mais il prit un malin plaisir à répéter les mots de son interlocuteur.

— Inspecteur-*chef* ?

— Warwick a été promu après le succès du procès de Summers, répondit Lamont.

L'ex-commandant regretta aussitôt d'avoir employé le mot « succès », qui amena une moue renfrognée sur le visage de l'homme dont il était à la solde.

— Que pouvez-vous me dire sur la nouvelle équipe qu'il dirige ?

— C'est une unité.

Le rictus mauvais reparut sur les lèvres de Watson. Il n'aimait pas qu'on le reprenne, pas même lorsqu'il s'agissait d'un juge.

— Warwick a quatre personnes sous son commandement. Le sergent Paul Adaja, qui ne travaille pas pour nous, le sergent Jackie Roycroft, qu'on arrose déjà, et l'agent Rebecca Pankhurst, qui tète encore sa mère. Ils vont bientôt être rejoints par l'inspecteur Ross Hogan, mais pas avant le retour de vacances de Warwick.

— Je ne connais pas Hogan. Que pouvez-vous m'apprendre sur lui ?

— Un type dur, coriace, mais un peu rebelle, et qui ne rechigne pas à prendre des risques de temps à autre. Il a travaillé en infiltré pendant ces trois dernières années, mais Hawksby a dû décider de le mettre au chaud.

— Pourquoi ?

— Je dirais qu'il a besoin d'insuffler un peu d'expérience du terrain dans l'unité. Il faudra l'avoir à l'œil, parce qu'il a beau être rebelle, sa loyauté envers Hawksby ne fait aucun doute.

Booth Watson prit son temps avant de poser la question suivante.

— Pensez-vous que Hogan pourrait être poussé à commettre une indiscrétion ?

— Jamais. Si ce type-là trouvait un portefeuille dans le métro avec cinquante livres dedans, il le rapporterait au poste de police le plus proche sans même espérer une récompense.

— L'argent est peut-être la racine de tous les maux, commandant, mais ce n'est pas l'unique péché gravé sur les tables que Moïse a rapportées du Sinaï.

Lamont réfléchit un moment.

— Hogan a eu des relations épisodiques avec plusieurs policières, et même avec une suspecte, ce qui lui a valu une suspension temporaire. Sa dernière conquête est Jackie Roycroft, mais à mon avis cette relation arrive à son terme.

— Dans ce cas, si on dénichait la bonne Eve, il serait tenté de mordre la pomme.

— Je ne suis pas un maquereau, répliqua Lamont d'un ton acide.

— Bien sûr que non, commandant. Mais heureusement, j'ai un client qui navigue dans ces eaux-là, alors vous pouvez me laisser m'occuper de Hogan et vous concentrer sur le sergent Roycroft.

— Y a-t-il quelque chose en particulier que vous voudriez que je découvre, la prochaine fois que je la verrai ?

— Les noms de tous ceux sur qui la nouvelle unité enquête.

— Ça ne devrait pas être trop difficile, mais ça ne sera pas donné.

Booth Watson ouvrit le tiroir de son bureau et en tira une grosse enveloppe kraft qu'il fit glisser vers son interlocuteur d'un geste confiant, sachant pertinemment que si l'ex-commandant trouvait un portefeuille avec cinquante livres dedans il ne le rapporterait pas au poste de police le plus proche, lui.

— Je n'imagine même pas ce que vous traversez, dit William en s'asseyant à côté de James. Mais je ne suis pas convaincu que votre grand-père soit mort des suites d'une crise cardiaque, ajouta-t-il en lui passant un bras autour des épaules.

— Moi non plus, répondit James, le visage baigné de larmes. Mais, même si c'était le cas, je veux savoir ce qu'il y avait dans cette flasque.

— Alors, il faut que vous soyez au meilleur de votre forme pendant les prochaines quarante-huit heures, parce qu'une fois que nous aurons débarqué à New York le NYPD ne sera pas intéressé par mes conclusions à moins que je ne puisse établir l'existence d'un doute raisonnable.

— Dites-moi simplement ce que vous voulez que je fasse.

— J'ai besoin d'un plan de table détaillé qui m'indique où chacun était assis pendant le dîner. Mais j'ai surtout besoin que vous me couchiez sur le papier le moindre détail de la conversation entre votre grand-père et votre oncle Hamish à propos de ce qu'il était en train de boire.

— Je ne risque pas de l'oublier...

James ramassa une demi-douzaine de menus, en retourna un et commença à dessiner un rectangle sur le verso. Le temps que Franco revienne avec trois paires de gants blancs, il avait noté tous les noms. Franco tendit une paire à chacun d'eux.

— Que fait-on, à présent ? demanda le serveur.

— Je veux qu'on délimite cette zone par un cordon et qu'on verrouille les portes. Personne n'est autorisé à entrer dans la salle à manger sans ma permission.

— Compris, monsieur.

— De mon côté, je vais aller interroger le Dr Lockhart et Hamish Buchanan. Il faut que je leur parle avant qu'ils se couchent, même si je soupçonne Hamish d'avoir déjà une histoire toute prête à me servir. Je devrais en avoir pour une heure. Entre-temps, Franco, veillez à ce qu'aucun passager ne pénètre dans la salle à manger. Quant à vous, James, faites en sorte que votre grand-père soit fier de vous, ajouta-t-il en lui posant la main sur l'épaule.

William n'avait pas besoin qu'on lui indique où se trouvait la cabine privée du président. James lui avait déjà dit qu'elle se situait avec celles du reste de la famille sur le pont numéro 7, qui n'accueillait pas d'autres passagers.

Un étrange silence endeuillé accueillit William quand il sortit de l'ascenseur. Un membre de l'équipage était de faction devant une porte à l'autre bout du couloir. Celle du président sans doute.

Le garde, grand et costaud, ouvrit avant même que William ait le temps de frapper. En entrant, ce dernier vit Mme Buchanan assise à côté du corps de son défunt mari, dont elle tenait encore la main. Elle ne leva pas la tête.

Lockhart était de l'autre côté du lit. Sans un mot, il conduisit William vers une pièce adjacente et ferma doucement la porte derrière lui.

— Je suis désolé de faire intrusion pendant votre veille, docteur Lockhart, mais j'ai besoin de savoir si vous avez le moindre doute quant à la cause de la mort du président.

— Absolument aucun, répondit Lockhart d'une voix ferme. D'ailleurs, j'ai déjà signé le certificat de décès, que je remettrai au légiste dès que nous accosterons à New York. À vrai dire, je suis même surpris que cela ne se soit pas produit plus tôt. Fraser Buchanan était une vraie bombe à retardement.

— Vous avez peut-être raison. Néanmoins, il y a un ou deux points que j'aimerais éclaircir. Hamish Buchanan a affirmé que la flasque qu'il a passée à son père ne contenait que le léger sédatif que vous lui avez prescrit.

— C'est exact. Un ou deux membres de la famille, dont Hamish, souffrent du mal de mer de temps à autre, alors j'ai toujours quelque chose sous la main pour les aider à dormir.

Et puis, de toute façon, tout le monde a vu Hamish et Fraser boire à la même flasque. Il n'y a donc aucune raison de soupçonner autre chose que des causes naturelles.

Une nouvelle déclaration curieuse qui ne paraissait pas nécessaire. William se demanda ce que le médecin pouvait bien avoir à cacher.

— Vous reste-t-il un peu de ce médicament, docteur ? Parce que je crois que je ne vais pas fermer l'œil de la nuit.

— Bien sûr.

Lorsque Lockhart prit un flacon à moitié plein et le tendit à William, ce dernier en profita pour couler un regard au fond de la trousse en cuir du médecin, ce qui lui fournit la réponse à une question qu'il n'aurait donc plus à poser.

— Je vais vous laisser. Je suis sûr que Mme Buchanan vous sera reconnaissante de lui tenir compagnie. Mais avant, pourriez-vous m'indiquer où se trouve la cabine de Hamish Buchanan ?

— C'est la numéro 3. Première porte sur la gauche en sortant.

— Merci, docteur.

William se dirigea lentement vers la cabine en question et inspira une grande bouffée d'air avant de frapper.

— Entrez, dit une voix qui semblait parfaitement éveillée.

Hamish était assis dans un grand fauteuil confortable, un verre de brandy dans une main et un cigare à moitié consumé dans l'autre. Il n'y avait aucune trace de sa femme.

— Je suis désolé de vous déranger si tard, mais j'ai besoin de vous poser une ou deux questions avant que vous vous mettiez au lit.

— Vous perdez votre temps, inspecteur-chef, rétorqua Hamish sans prendre la peine de lui proposer un siège. J'ai déjà parlé avec mon avocat à New York, lequel m'a conseillé de ne répondre à aucune de vos questions jusqu'à ce qu'il soit présent. Il était convaincu que je n'aurais aucun besoin de vous rappeler que ce navire est sous pavillon états-unien, un pays où vous n'avez aucune autorité.

— J'ai néanmoins reçu du commodore celle de mener une enquête sur la mort de votre père. Et je ne vois pas pourquoi mes questions ennuieraient quelqu'un qui n'a rien à cacher.

— Vous ne me ferez pas sortir de mes gonds aussi facilement, inspecteur-chef, alors laissez-moi pleurer en paix, répliqua Hamish en secouant d'une chiquenaude la cendre de son cigare dans le cendrier. En outre, mon avocat m'affirme qu'une fois que nous serons entrés dans les eaux des États-Unis vous n'aurez plus aucune autorité sur ce navire, quoi que dise le commodore. Dès lors, puis-je vous suggérer d'aller vous coucher et de prendre une bonne nuit de sommeil ?

— C'est ce que je vais faire, annonça William en lui montrant le flacon que le Dr Lockhart lui avait donné.

Cela, au moins, sembla légèrement troubler Hamish.

— En attendant, je vous demande de rester dans votre cabine pendant la durée de l'enquête.

— Et si je refuse, inspecteur-chef, que ferez-vous ? Vous comptez me mettre aux fers, me faire subir le supplice de la planche ? Je ne crois pas. Alors, pourquoi ne prendriez-vous pas la porte ? railla-t-il en levant son verre dans une parodie de toast.

William s'en alla, convaincu qu'à l'instar de Lockhart Buchanan avait quelque chose à cacher. Mais, chacun à sa façon, tous deux lui avaient fait prendre conscience du peu de temps dont il disposait pour le découvrir. Comme le disait l'un des mantras préférés de Hawksby : « Pendant les quarante-huit premières heures d'une enquête pour meurtre, on ne dort que lorsqu'on ne tient plus debout. Et seulement après avoir procédé à une arrestation. »

William regagna rapidement le pont numéro 3, où il fut content de trouver Franco posté devant l'entrée de la salle à manger, tel un centurion.

— Vous avez une idée du coupable ? murmura Franco en lui ouvrant la porte.

— Il se peut que ce soit une simple crise cardiaque, répondit William sans conviction.

— Fraser Buchanan avait une santé de fer. À ma connaissance, il n'avait jamais eu d'infarctus auparavant, malgré ce que prétend le Dr Lockhart. Pour moi, c'est le contenu de cette flasque qui l'a tué.

William pressentait que Franco avait raison, mais les intuitions ne sont pas des preuves. Dans la salle à manger, il trouva James, tête baissée, en train d'écrire furieusement. William s'assit à côté de lui pour examiner le plan de table qu'il avait dessiné. Il retourna les menus et se mit à les lire un par un. James y avait consigné en détail les conversations des jours précédents. Certains mots étaient raturés et remplacés par d'autres, mais la teneur des échanges apparaissait clairement.

En atteignant la fin de la troisième fiche, il s'arrêta et relut le même paragraphe non pas deux, mais trois fois.

— Êtes-vous sûr de ceci ? demanda-t-il en désignant la demi-douzaine de lignes que James avait soulignées.

— Certain, affirma James sans lever les yeux. Je n'ai aucune preuve, bien sûr, alors je ne peux pas le démontrer. Mais je sais sans le moindre doute où vous pourrez trouver la seconde flasque.

— Je l'ai déjà vue, chuchota William.

Ils étaient allongés sur le dos, épuisés. Un bon moment passa avant qu'elle parle.

— Je suppose que ça ne va pas pouvoir durer très longtemps, dit Jackie en tirant le drap jusqu'à son menton.

— On n'a pas vraiment le choix, déclara Ross en allumant une cigarette. Si on n'y met pas un terme maintenant, j'ai l'impression que Hawksby s'en chargera.

— Tu vas me manquer, murmura-t-elle.

— On se verra tous les jours.

— Ça ne sera pas la même chose, répliqua-t-elle en se lovant contre son épaule. Tu crois qu'il est au courant, pour nous ?

Ross aspira une grande bouffée d'air avant de répondre :

— Bien sûr que oui. Rien ne lui échappe. Juste pour ma gouverne, comment t'entends-tu avec l'Enfant de Chœur ?

— C'est la seule personne que je connaisse qui pourrait succéder à Hawksby, dit-elle avec un indubitable respect.

— Il est si bon que ça ?

— Peut-être même meilleur. Hawksby le traite déjà en égal.

— Et le reste de l'équipe ?

— Des flics solides. C'est un plaisir de travailler avec eux. Il va falloir que tu sois au top de ta forme pour te hisser à leur niveau, le titilla-t-elle.

— Et y a-t-il quelque chose d'autre dont je devrais être informé avant de me présenter là-bas la semaine prochaine ?

— Je t'ai déjà fait un topo sur les affaires en cours, et Hawksby t'a réservé la pire. Mais il faut aussi que tu saches que je suis toujours en contact avec Lamont et que je suis généreusement récompensée pour ma peine.

— Avec quel argent ? s'enquit Ross. Lamont vit encore bien au-dessus de ses moyens. Quelqu'un d'autre le finance.

— William est convaincu que c'est Booth Watson.

— Je me demande quelle utilité Lamont peut bien avoir aux yeux de ce criminel en robe d'avocat maintenant que Summers est sous les verrous à Pentonville.

— Miles Faulkner.

— Je croyais que tu avais assisté à ses funérailles.

— Mais pas à son enterrement, on dirait, ou du moins c'est l'avis de Warwick.

— Aucune chance. Si Faulkner était encore en vie, Lamont serait la dernière personne à qui Booth Watson irait se confier. Je pense qu'il a sur lui la même opinion que nous tous.

— On n'a pas d'autre piste pour l'instant, admit Jackie. Sauf Christina Faulkner, qui est une amie de l'épouse de William.

— Cette femme n'agit jamais que dans son intérêt, observa Ross en soufflant un grand cercle de fumée. J'aimerais encore être infiltré, parce que rien ne me ferait davantage plaisir que de coincer Faulkner et de les mettre tous les trois derrière les barreaux.

— Tous les trois ?

— Faulkner, Booth Watson et Lamont.

— Et pas Christina ? insinua-t-elle d'un ton moqueur.

— Elle n'est pas mon genre, répondit Ross en s'installant entre les cuisses de Jackie.

6

— Je pense avoir résolu le problème des empreintes digitales, lança James le lendemain matin en s'asseyant à la table du petit déjeuner.

— Comment ? s'étonna William. Nous n'avons pas de laboratoire de police scientifique à notre disposition.

— On n'en a pas besoin quand on a une boutique qui vend des jouets sur le pont numéro 4, déclara-t-il en ayant l'air très content de lui.

— Arrêtez de fanfaronner, répliqua William en souriant.

— Il ne m'a pas fallu bien longtemps pour découvrir que l'un de leurs articles les plus populaires est un kit Sherlock Holmes pour détectives en herbe. Je leur ai acheté leurs trois dernières boîtes, expliqua James en sortant l'une d'elles de sous la table avec un geste plein d'emphase. On y trouve un tampon encreur pour empreintes digitales, du papier spécial, du talc, une brosse minuscule et une loupe. Que désirer de plus ?

— Bien joué, agent Buchanan. Il faut savoir penser en dehors des clous.

— Quels sont ceux dont vous voulez vérifier les empreintes, inspecteur-chef ? demanda James en sirotant son jus d'orange.

— Vous pouvez commencer par votre oncle Hamish, répondit William en consultant le plan de table. Prenez sa flasque, puis sa tasse à café, pour avoir son jeu d'empreintes. Ensuite, passez à votre grand-tante Flora, qui était assise à sa gauche, puis au Dr Lockhart, à votre mère, et finalement à votre grand-père.

— Et ceux qui étaient de l'autre côté de la table ?

— On n'en a pas besoin.

— Pourquoi ?

— Réfléchissez-y, et vous me direz quand l'ampoule s'allume.

— Alors, où dois-je commencer à chercher des empreintes ?

— Les verres à eau, les verres à vin puis les tasses à café. Rappelez-vous que les serveurs portaient des gants, ce qui les exclut.

— Et quand j'aurai fini ?

— Je vérifierai celles que vous aurez relevées sur la flasque de Hamish. Une fois que nous les aurons toutes identifiées, nous saurons si votre théorie tient la route.

— Et si ce n'est pas le cas ?

— Alors, c'est que votre grand-père est mort des suites d'une crise cardiaque, et j'informerai le commodore que je n'ai aucune raison de soupçonner un coup fourré.

— Et si les empreintes de grand-père ne sont pas sur la flasque de Hamish ?

— Dans ce cas, j'aurai besoin de vous et de Franco pour effectuer une mission de surveillance.

— Qu'avez-vous en tête, monsieur ? s'enquit Franco en remplissant de café la tasse de William.

— Quand le Dr Lockhart descendra prendre son petit déjeuner ce matin, je monterai directement au pont numéro 7. S'il fait mine de vouloir regagner sa cabine, vous viendrez me prévenir aussi vite que possible, James. Pendant ce temps, Franco, vous essayerez de le retenir, ne serait-ce que quelques instants.

— Je lui parlerai de mon genou en vrac, qui fait encore des siennes.

— Comment puis-je mettre la main sur un passe pour entrer dans les cabines du pont numéro 7 ? demanda William.

— Aucun problème, monsieur.

Franco tira un trousseau de clés de sa poche, sélectionna celle marquée du chiffre 7 et la donna à William.

— J'espère que cela ne va pas vous causer d'ennuis, observa ce dernier.

— Aucune chance. Le commodore m'a clairement enjoint de vous fournir toute l'aide nécessaire, alors je ne fais qu'obéir à ses ordres.

Quelques instants plus tard, les premiers passagers se présentèrent dans la salle à manger pour prendre leur petit déjeuner. Ils posaient des regards curieux sur la table du président, maintenant entourée de cordons, tandis que Franco les conduisait à la leur.

— Ça y est ! lança James. Je viens de comprendre pourquoi vous n'avez pas besoin des empreintes de ceux qui étaient assis de l'autre côté de la table.

Franco, lui, avait l'air perplexe.

— Il faut que j'y aille, répondit William en voyant Hamish et le Dr Lockhart entrer dans la salle.

Il n'était guère surpris de constater que ces deux-là arrivaient ensemble.

— Commencez immédiatement à travailler sur leurs empreintes, murmura-t-il. Le temps ne joue pas vraiment en notre faveur, mais ne vous précipitez pas et veillez à être méticuleux, ajouta-t-il avant de se glisser dehors.

James attendit que son oncle et le Dr Lockhart prennent place avant d'aller s'asseoir de l'autre côté, le dos tourné à eux. À la première occasion, il subtilisa discrètement la flasque et saupoudra une fine couche de talc à sa surface.

— Capitaine Neville, quelle bonne surprise de vous voir à Paris ! déclara l'élégante femme entre deux âges que Miles connaissait depuis des années et qui avait même envoyé une gerbe de fleurs à ses funérailles. Malheureusement, aucune de mes filles ne sera disponible avant 21 heures ce soir.

— Je suis venu tôt parce que j'ai besoin de causer avec vous en privé avant l'arrivée de votre premier client.

— Alors, passons dans mon bureau. Nous ne serons pas dérangés.

Miles entra dans le boudoir victorien qu'il avait fréquenté bien avant de changer d'apparence au-delà de toute identification possible. Parfois, il se demandait si Blanche entretenait des soupçons à l'égard de ce capitaine qui payait sans discuter, même si elle n'avait jamais vu l'unique partie de son anatomie qui n'avait pas changé.

— J'ai besoin de quelque chose qui sort un peu de l'ordinaire, dit-il en s'installant sur le canapé à côté de la maquerelle.

C'était une requête que Blanche entendait souvent, mais, quand il lui révéla précisément ce qu'il désirait, elle-même fut prise au dépourvu.

Il tira de sa mallette plusieurs grandes photographies que Lamont lui avait fournies et les tendit à Blanche, laquelle les examina avec attention.

— L'uniforme de policier est très convaincant. Si cette fille vient à Paris, je pourrai lui trouver du travail.

— C'est la petite amie du moment de notre cible, répondit Miles sans donner davantage de détails. J'espérais que vous seriez en mesure de lui dénicher une remplaçante.

— Laissez-moi voir ce que je peux faire, capitaine.

Blanche se leva et se dirigea vers un grand meuble à tiroirs. Elle ouvrit le second, estampillé BLONDES, EUROPÉENNES, ANGLAIS COURANT et en sortit deux dossiers.

Elle s'installa à son bureau et se mit à les feuilleter lentement tout en jetant de temps à autre un coup d'œil aux photos que Neville avait apportées. Après mûre réflexion, elle sélectionna trois candidates dont elle plaça les portraits devant lui.

Miles les étudia longuement.

— Et, à part le séduire, que devra-t-elle faire d'autre ? s'enquit Blanche.

— La cible a l'énergie d'une dizaine d'hommes, mais ce ne sont pas ses prouesses sexuelles qui m'intéressent.

— N'importe laquelle des trois s'en sortira très bien. Après tout, ce sont des professionnelles. Mais quels autres talents sont requis ?

— Il faut qu'elle soit aussi intelligente qu'irrésistible. Un mélange de Mata Hari et de Becky Sharp[1]. Ce sont les confidences sur l'oreiller qui auront de l'importance.

1. Personnage de William Thackeray. Antihéroïne cynique qui se sert de ses charmes pour grimper dans l'échelle sociale. (NdT)

— Dans ce cas, je choisirais Joséphine plutôt que Michelle ou Avril, répondit-elle en désignant l'une des photos. Pourquoi ne repasseriez-vous pas vers minuit, capitaine ? Vous pourriez ainsi constater vous-même laquelle peut faire l'affaire.

— Une affaire onéreuse, j'imagine, dit Miles. Parce que j'aurai besoin de ses services pendant un certain temps.

— Qu'en penses-tu ? lança Beth.

— Magnifique. Et il serait encore plus beau autour de ton cou, affirma William en admirant le collier d'une facture exquise en vitrine de la joaillerie de l'*Alden*. Oserais-je demander son prix ?

— Bien au-dessus de tes moyens, l'homme des cavernes. J'aurais dû épouser un banquier.

William jeta un nouveau coup d'œil à la parure et se sentit coupable. Au cours de cette traversée, il était censé mettre son travail entre parenthèses, mais depuis qu'il était monté à bord il avait à peine vu Beth. Le yoga, la conférence en matinée et le film dans l'après-midi en compagnie de sa nouvelle meilleure amie, Catherine Whittaker, lui avaient presque permis de s'en tirer, mais pas tout à fait.

— Il faut que tu présentes bien ce soir, déclara Beth en rajustant le nœud de cravate de William et en ôtant un cheveu de son épaule. Catherine est tellement amusante ! Et j'ai hâte de faire la connaissance de son mari.

— La dernière fois que j'ai vu le juge Whittaker, je me trouvais dans le box des témoins. Il m'a dit que mes opinions ne l'intéressaient pas et que je devais m'en tenir aux preuves.

Beth s'esclaffa. Elle lui donna la main, et tous deux se dirigèrent vers la salle à manger, sur le pont d'en dessous. William sourit intérieurement quand ils passèrent devant une boutique pleine de jouets. L'une des étagères était vide.

Lorsqu'ils entrèrent, Franco les conduisit à leur table. Celle du président n'était plus entourée d'un cordon de sécurité, mais personne n'y dînait. À présent, la famille Buchanan était séparée en deux tablées de l'autre côté de la vaste pièce, et les deux frères s'étaient visiblement assis à distance l'un de l'autre. Franco conduisit William et Beth auprès des Whittaker, et le juge se leva pour les accueillir.

— William, c'est gentil de vous joindre à nous après ces deux journées, que j'imagine dantesques. Vous n'avez pas dû beaucoup dormir.

— Effectivement, monsieur, répondit William en lui serrant la main.

— Appelez-moi George, s'il vous plaît. Je ne crois pas que vous connaissiez ma femme, Catherine.

— Beth m'a abondamment parlé de vos fascinantes conférences sur Puccini.

— Et j'ai hâte de retourner au Fitzmolean ! lança Catherine. Surtout maintenant que j'ai mon guide personnel.

— C'est ainsi que Beth et moi nous sommes rencontrés, dit William tandis que Franco reparaissait avec la carte.

— Ce soir, nous avons du rumsteck en plat du jour et du saumon fumé de première qualité pour les convives plus frugaux.

William choisit le steak en pariant que Beth ne mettrait pas son veto, même si elle avait froncé les sourcils. Une fois qu'ils eurent fini de passer leur commande, Beth leur raconta la conférence à laquelle elle avait assisté en compagnie de

Catherine, intitulée « La Grosse Pomme : pourquoi ne pas mordre dedans ? », par le professeur Samuels, de l'université Columbia.

— Samuels m'a amenée à reconsidérer la façon dont nous allons occuper notre séjour à New York, observa Beth. Maintenant, je veux traverser le Brooklyn Bridge, me promener dans Central Park et...

— Pas la nuit, intervint William.

— ... et visiter le zoo du Bronx, termina Beth.

— Sans parler d'aller voir un spectacle à Broadway, ajouta Catherine. Il nous a conseillé de prendre des places pour *La Cage aux folles*, si c'est possible.

Franco se présenta avec les entrées.

Beth et Catherine continuèrent de commenter avec enthousiasme la conférence, tandis que le juge mangeait ses asperges en se contentant de pointer que la sauce hollandaise était délicieuse. Ce n'est que lorsque les plats principaux arrivèrent qu'il se tourna vers William.

— Puis-je vous demander comment se déroule votre enquête ?

— C'est compliqué. Néanmoins, je peux vous révéler que j'ai remis mon rapport au commodore, répondit William en coupant son steak et en regardant le sang qui en coulait.

Quand il releva les yeux, il s'aperçut que les trois autres avaient lâché leurs couverts et qu'ils attendaient, pendus à ses lèvres.

— Le président est-il mort des suites d'une crise cardiaque ? lança le juge sans tourner autour du pot.

— C'est possible. Mais je m'intéresse plutôt à ce qui a pu provoquer cette crise cardiaque.

À nouveau, tous étaient impatients qu'il continue, mais William semblait absorbé par la noisette de moutarde au bord de son assiette.

— Tu comptes répondre ? le pressa Beth. Ou bien va-t-il falloir attendre que nos plats soient froids ?

William posa son couteau et s'essuya les lèvres avec sa serviette.

— Je pourrais vous révéler comment ce meurtre a été commis, à condition que vous n'en souffliez mot à personne.

— Toi y comprise, ma chérie, dit George en souriant à sa femme.

William patienta le temps que Franco ait fini de remplir leurs verres, puis il sortit le plan de table que James avait dessiné et l'étala devant eux.

Fraser Buchanan (président)

— ----

Alice || Sara

Dr Lockhart || Angus (vice-président)

Tante Flora || Kaye

Hamish || James

— ----

Mme Buchanan

Il les laissa l'étudier pendant un moment avant de reprendre la parole.

— Tout d'abord, vous remarquerez que Hamish Buchanan est assis sur le côté gauche de la table, entre sa mère et Flora Buchanan à sa gauche.

— Qui est-ce ? demanda Catherine.

— La sœur de Fraser Buchanan. L'autre tête pensante de la compagnie, devant laquelle toute la famille est en admiration.

— Et à côté d'elle ? s'enquit le juge en examinant le plan de table.

— Le Dr Lockhart, dont l'unique fonction consistait à garder en vie le président. Fonction qu'il n'a pas remplie cette fois-ci.

Cette révélation laissa cois ses trois interlocuteurs, et William en profita pour savourer une bouchée de son rumsteck.

— Et sur sa gauche ? lança Beth.

— Alice Buchanan, la mère de James et l'épouse d'Angus Buchanan, lequel vient récemment de remplacer Hamish au poste de vice-président de la compagnie, indiqua William en faisant glisser son doigt de l'autre côté du croquis.

— J'ai le sentiment que ce côté-là de la tablée n'est pas important, observa le juge.

— Une remarque pertinente, confirma William. Mais il vous faudra quand même vous concentrer pour deviner ce que Hamish Buchanan a tramé. Tout le monde l'a vu boire à sa flasque pendant le dîner, ce qui a amené son père à lui demander ce qu'il buvait, car il soupçonnait qu'il s'agissait de whisky ou de brandy alors que Hamish venait de lui certifier qu'il ne touchait plus à une goutte d'alcool.

Personne n'intervint quand William posa ses couverts.

— Hamish prétend que sa flasque ne contenait qu'un léger sédatif prescrit par le Dr Lockhart pour l'aider à trouver le sommeil. Mais le président a exigé qu'on la lui remette pour vérifier personnellement. Leur première erreur.

William s'interrompit pendant que Franco remplissait à nouveau leurs verres.

— Où en étais-je ? dit-il quand Franco eut replacé la bouteille dans le seau à glace.

— Hamish passe sa flasque à son père, lequel est assis en bout de table, répondit Beth.

— Ah, oui ! Alors, Hamish a passé la flasque à sa grand-tante Flora, qui l'a remise au médecin, qui l'a ensuite donnée à Alice, laquelle l'a finalement tendue à Fraser.

William but une petite gorgée de vin tandis que les trois autres continuaient d'étudier le plan de table.

— Le président a avalé une grande lampée mais, même s'il a trouvé que ça n'avait pas bon goût, ce n'était de toute évidence pas de l'alcool, aussi a-t-il supposé qu'il s'agissait du sédatif en question. Il l'a alors fait repasser jusqu'à son fils, à l'autre extrémité de la tablée.

— Par quel côté ? demanda le juge.

— C'est ce qui est intéressant. Par le même côté.

— C'est bien ce que je pensais, dit le juge. Mais je n'y suis pas encore tout à fait.

— Quand Hamish l'a récupérée, il en a ostensiblement bu une nouvelle gorgée. Sa deuxième erreur.

— Je suis perdue ! lança Beth.

— Patience, répondit William. Concentre-toi sur le plan de table, et tout te sera révélé. James Buchanan, dont je viens de faire mon sergent de police, a passé toute la matinée à relever le plus d'empreintes possible sur les verres et les tasses de tous ceux qui étaient sur ce fameux côté gauche, tandis que je me livrais au même exercice avec la flasque de Hamish.

— Je nage toujours en plein brouillard, observa Catherine. Si cette flasque a circulé le long de la table, les empreintes de tous les convives devraient se trouver dessus.

— Mais elles n'y étaient pas, suggéra le juge. Parce que quelqu'un l'a remplacée par une copie conforme avant qu'elle atteigne le président, et cette personne sera la seule dont les empreintes figurent sur les deux flasques.

— Voilà qui est bien résumé, Votre Honneur, déclara William en souriant. Alors, pour déterminer qui est coupable, le jury doit dans un premier temps considérer les preuves. Flora a pris la flasque de Hamish et l'a passée au Dr Lockhart comme un témoin dans un relais, et ainsi de suite, puis en sens inverse. Un plan simple et bien exécuté, à part les deux erreurs qu'ils ont commises. Tout d'abord…

William laissa sa phrase en suspens quand Franco vint débarrasser leur table.

— Désirez-vous la carte des desserts ? demanda-t-il.

— Non, merci, dit Catherine sans même lever les yeux.

— Un digestif, peut-être ?

— Non, merci, répéta le juge, toujours concentré sur le croquis de James, d'un ton un peu plus ferme.

Franco s'éloigna sans insister davantage.

William attendit pour voir si quelqu'un avait deviné quelles étaient ces erreurs.

— Quelles empreintes avez-vous trouvées sur la flasque de Hamish ? s'enquit le juge. Et surtout, lesquelles n'y étaient pas ? Parce que cela nous apprendrait qui a procédé à l'échange.

William s'inclina légèrement devant Whittaker, comme s'il était au tribunal.

— Les seules que j'ai identifiées dessus étaient celles de Flora, qui était assise à côté de lui, celles du bon docteur – l'est-il vraiment ? – et bien sûr celles de Hamish.

— J'ai compris ! s'écria Beth.

— Alors, tu pourras expliquer ce qu'ils avaient en tête, répondit William.

— C'est forcément Lockhart qui a procédé à l'échange les deux fois, affirma Beth. Sinon les empreintes de Fraser se seraient trouvées sur la flasque de Hamish quand ce dernier l'a récupérée.

— De même que celles de la mère de James, qui était assise entre le médecin et le président, et qui la lui a donnée.

— Avez-vous mis la main sur l'autre ? demanda le juge. Celle à laquelle Fraser a bu.

— Oui. Je l'ai vue une première fois hier soir, dans la trousse de Lockhart, quand je suis passé lui poser quelques questions, puis à nouveau ce matin lorsque j'ai fouillé sa cabine pendant qu'il prenait son petit déjeuner. Mais les seules empreintes que j'ai découvertes dessus étaient les siennes.

— Il a amplement eu le temps de les effacer pour que vous n'en trouviez pas d'autres, opina Whittaker. Mais qu'en est-il du contenu ?

— Le médecin du bord a confirmé qu'il ne s'agissait que d'un sédatif, comme l'affirmait Hamish.

— Hamish et Lochkart vous ont vu venir, estima le juge. Ils ont fait en sorte qu'on ne puisse prouver qu'ils travaillaient de concert.

— Et ils y seraient parvenus sans le concours de James Buchanan, un jeune homme observateur et plein de ressources que certains prennent encore pour un enfant. À tort. James compte bien devenir directeur du FBI et non président de la Pilgrim Line.

— Et qu'a-t-il observé ? s'enquit Catherine.

— Avant que je réponde à cela, j'aimerais que vous jetiez un nouveau coup d'œil au croquis de James. Vous constaterez qu'il est assis en face de son oncle Hamish et qu'il était en mesure de voir parfaitement tout ce qui se passait, notamment le moment où Hamish a bu à sa flasque. Mais ce n'est que plus tard qu'il s'est rendu compte que ce n'était pas la même.

— Qu'est-ce qui lui a fait penser ça ? lança Beth.

— Pendant le dîner, Hamish avait placé sa flasque sur la table pour que tout le monde la voie. Une erreur stupide, parce que James a remarqué que les initiales « HB » étaient gravées sur un côté, alors que celle à laquelle Fraser Buchanan a bu était vierge de toute inscription, comme j'ai pu en avoir confirmation quand je l'ai trouvée dans la cabine du Dr Lockhart.

— Un jeune homme brillant, commenta le juge. Mais cela ne suffira peut-être pas à les faire condamner.

Le magistrat marqua une pause et réfléchit un instant.

— Si j'étais l'avocat de Hamish Buchanan, je suggérerais au jury de ne pas se reposer uniquement sur une absence d'empreintes digitales et sur le témoignage non corroboré d'un mineur pour envoyer deux hommes en prison à perpétuité.

— Je suis d'accord, déclara William. Mais n'oubliez pas que nous avons toujours le corps de Fraser Buchanan. J'ai prévenu le NYPD que j'avais des raisons de soupçonner qu'un meurtre a été commis, et ils ont accepté de me retrouver sur le quai quand nous accosterons demain matin. Je suis convaincu qu'une autopsie prouvera que le président a été empoisonné et que nous finirons par les inculper tous les deux.

— Bravo ! lança le juge. Vous êtes bien le fils de Sir Julian Warwick.

— Et de la redoutable Lady Warwick, ajouta Beth.

— Leur forfait serait resté impuni sans l'assistance du jeune James Buchanan, admit William tandis que Franco leur versait le café et donnait à Whittaker son brandy habituel.

Puis le serveur tendit à William une enveloppe scellée.

— Des aveux signés ? suggéra Catherine pendant que William l'ouvrait.

— Je ne crois pas, répondit-il en tirant du pli un bon d'une valeur de mille livres.

Il se mit à lire la lettre qui accompagnait le bon.

Cher inspecteur-chef Warwick,

Au nom du conseil d'administration de la Pilgrim Line, j'aimerais vous remercier d'avoir accepté la tâche peu enviable d'enquêter sur la mort de feu notre président.

Le conseil d'administration regrette qu'en conséquence vous n'ayez pas été en mesure de profiter pleinement de vos vacances et considère qu'une certaine forme de compensation serait appropriée.

Le bon ci-joint sera honoré par notre compagnie si votre épouse et vous-même veniez à effectuer une autre croisière sur l'un de nos navires ou à acheter quelque chose dans l'une de nos boutiques.

Bien cordialement,

Flora Buchanan

Présidente par intérim

— Ce sont mes vacances qui ont été gâchées, pas les tiennes, remarqua Beth. En fait, je ne t'ai jamais vu aussi heureux, ajouta-t-elle en glissant le bon dans son sac.

— Je me demande à quelle heure ouvre la bijouterie, demain matin, lança Catherine d'un ton innocent.

7

Les coups violents à la porte ne semblaient pas vouloir cesser. Au début, William crut que c'était simplement un rêve, mais non. Quelqu'un était en train de perturber la première véritable nuit de sommeil dont il profitait depuis plusieurs jours.

Il s'extirpa de son lit à contrecœur, enfila sa robe de chambre et ouvrit. C'était James.

— Venez vite ! s'écria-t-il. Vous êtes le seul qui puisse arrêter ça !

— Arrêter quoi ?

James était déjà parti. William referma rapidement la porte de sa cabine, mais il entendit Beth grommeler en se retournant sous la couette. À demi endormi, il suivit le jeune homme dans le couloir, puis ils empruntèrent un escalier pour descendre au pont numéro 1, où James tint la porte à son mentor.

Là, le commodore en uniforme de gala s'adressait à un petit groupe.

— Nous recommandons à Dieu tout-puissant l'âme de notre frère disparu et nous confions son corps aux profondeurs...

William, horrifié, voyait la famille Buchanan se recueillir autour d'un cercueil posé sur une petite plate-forme.

— … dans l'espoir de la résurrection et de la vie éternelle à travers notre Seigneur Jésus-Christ…

— Pouvez-vous faire quelque chose ? murmura James, au désespoir.

— Rien, répondit William en secouant la tête.

Il n'était que trop conscient que le commodore était seul maître à bord.

— … lors de son avènement dans la gloire pour juger le monde, la mer rendra ses morts…

William demeura à l'écart, spectateur de la scène qui se jouait sous ses yeux.

— … et les corps corrompus de ceux qui dormaient en lui seront changés et deviendront son corps glorieux…

En examinant de plus près les membres de la famille, William remarqua que Mme Buchanan pleurait en silence, et que son fils Angus tentait de la réconforter. Flora Buchanan, calme et digne, se tenait un pas en arrière, le manteau du pouvoir à présent posé sur ses épaules. Hamish Buchanan, les lèvres pincées, était à côté du Dr Lockhart, dont l'expression ne laissait rien transparaître.

— … par le pouvoir qu'il a de s'assujettir toutes choses.

Le commodore referma son livre de prières, se mit au garde-à-vous et salua. Deux jeunes officiers s'avancèrent pour soulever une extrémité de la plate-forme sur laquelle se trouvait le cercueil. Sous les regards de l'assemblée, celui-ci glissa lentement vers la mer pour aller s'enfoncer sous les vagues, dans sa tombe salée.

L'inspecteur-chef William Warwick serait peut-être parvenu à convaincre un légiste d'exhumer un cadavre enterré quelques pieds sous terre dans un cimetière, mais pas un qui repose au fond de l'océan. Les Buchanan n'avaient pas seulement envoyé par le fond un corps, mais aussi l'unique preuve susceptible de faire condamner les meurtriers.

Une minute de silence s'ensuivit, puis le commodore salua de nouveau et donna ses ordres. Quelques instants plus tard, les hélices commencèrent à tourner lentement, et le navire reprit sa route vers New York.

William s'écarta pour laisser passer la famille. Mme Buchanan avançait au bras d'Angus, silencieuse et résolue. Hamish et Lockhart leur emboîtaient le pas en bavardant, comme s'ils se moquaient de ce deuil. Les autres suivaient, tandis que Flora et le commodore fermaient la marche. Quand la nouvelle présidente vit William, elle se dirigea vers lui.

— Je crois que je vous dois des explications, déclara-t-elle d'un ton posé.

William ne savait trop comment réagir. Il était un peu gêné par sa tenue – une robe de chambre et des chaussons, alors que toutes les personnes présentes étaient vêtues de façon beaucoup plus formelle.

— Hier, lors du conseil d'administration, les directeurs ont décidé d'accéder aux dernières volontés de Fraser telles qu'elles étaient spécifiées dans son testament : une sépulture en mer.

— Bien que vous soupçonniez l'un de ces directeurs d'être responsable de son départ prématuré, riposta sèchement William.

— Nous avons considéré cette éventualité, rétorqua Flora. Mais, comme le médecin personnel de Fraser avait déjà signé l'acte de décès qui confirmait qu'il était mort des suites d'une crise cardiaque, la famille – et en particulier Mme Buchanan –

a décidé de respecter ses dernières volontés plutôt que d'affronter une longue enquête policière. Une investigation qui aurait donné à la presse suffisamment de munitions pour endommager irrémédiablement la réputation de la compagnie – la dernière chose que Fraser aurait souhaitée.

— Je pense plutôt que son dernier souhait a dû être de voir son fils châtié pour le crime qu'il a commis.

— Je comprends votre ressenti, inspecteur-chef, répondit Flora. Aussi serez-vous content d'apprendre que, entre autres mesures, le conseil a décidé de se séparer de Hamish et de couper tout lien avec lui.

— Pour le laisser profiter de son vaste héritage, déclara William avec amertume.

— Malheureusement non, répliqua Flora. L'unique chose que son père lui a léguée, comme il s'en apercevra tout à l'heure à la lecture du testament, c'est un compas – une métaphore que, j'en suis sûre, vous apprécierez à sa juste valeur.

— Et le bon docteur ?

— Il a démissionné avant même d'être renvoyé. Et je vais personnellement veiller à ce qu'il ne soit jamais embauché par quiconque nous demandera une recommandation.

— Quand avez-vous découvert la vérité ? s'enquit doucement William alors que Flora s'apprêtait à partir.

— Le jeune James est l'un de vos plus grands admirateurs, comme vous le savez sûrement. Néanmoins, avec un peu d'encouragements, il n'a pas pu résister à l'envie de me révéler comment vous alliez démontrer que mon frère n'était pas mort des suites d'une crise cardiaque.

William aurait dû se douter qu'en fin de compte le sang est toujours plus épais que l'eau. Dans le cas présent, l'eau de mer.

— Ne lui faites aucun reproche, dit Flora. Nous avons tous beaucoup appris sur nous-mêmes au cours de cette traversée.

— Et qu'avez-vous appris ?

— Que James, avec le temps, fera un président de la Pilgrim Line exceptionnel ! Et c'est exactement ce que son grand-père, qu'il repose en paix, aurait voulu.

William regagna sa cabine et se glissa dans le lit, soulagé de constater que Beth dormait profondément. Quelques heures plus tard, un petit coup frappé à la porte le réveilla.

Beth, qui était déjà habillée, ouvrit.

— Bonjour, madame, lança le jeune enseigne qui se tenait sur le seuil. Le commodore se demandait si l'inspecteur-chef Warwick et vous-même accepteriez de vous joindre à lui sur la passerelle de commandement, vers 10 heures, au moment où nous entrerons dans le port de New York.

— Mais tout à fait ! s'écria Beth sans pouvoir dissimuler son enthousiasme. C'est très gentil de sa part.

William se redressa dans son lit en s'apprêtant à protester, mais l'expression de sa femme l'en dissuada.

— Tu es une petite peste sans vergogne, affirma William en sortant de la salle de bains.

Beth était en train de se regarder dans la glace.

— Je sais, répondit-elle. Mais je n'ai pas pu résister.

— Combien ?

Bien malgré lui, William ne pouvait s'empêcher d'admirer le collier qu'il avait vu la veille dans la vitrine de la joaillerie.

— Neuf cent quatre-vingt-quinze livres, déclara Beth sans la moindre honte.

— Et moi, qu'est-ce que j'ai eu avec les cinq livres restantes ? Une Rolex Submariner, peut-être, ou une alliance en or dix-huit carats ?

— Je crains que non. Selon le vendeur, ils ne pouvaient pas faire mieux qu'une paire de baleines pour col de chemise en plastique de première qualité. Mais je considère que ce collier représente une maigre consolation pour une femme dont le mari l'abandonne dans la journée et disparaît en pleine nuit, expliqua-t-elle en lui passant les bras autour du cou.

— Ça ne t'empêche pas d'être une petite peste sans vergogne.

— Et où es-tu donc parti en pleine nuit ?

— Assister à l'immersion de Fraser Buchanan.

— Mais je croyais...

— Moi aussi.

— C'est très intelligent de leur part, commenta Beth tandis que William glissait les baleines dans son col. Ainsi, il n'y aura pas d'autopsie, pas de procès et pas de mauvaise publicité.

— Et pas de justice, répliqua William.

On frappa à la porte. C'était à nouveau le jeune enseigne.

— Le commodore m'envoie vous escorter jusqu'à la passerelle de commandement, madame.

— Merci, dit Beth en donnant le bras au jeune homme.

Elle partit avec lui, laissant William saisir sa veste et fermer la cabine avant de les rattraper.

— Si je peux me permettre, madame Warwick, votre collier est exquis.

— C'est un cadeau de mon mari.

Sa réponse fit naître un sourire sur les lèvres de William.

Il n'avait accepté l'invitation du commodore qu'à contrecœur, mais dès qu'il entra sur la passerelle il changea d'avis. Il fut fasciné par les dimensions du tableau de bord, qui s'étendait d'un mur à l'autre et offrait au commodore une vue panoramique sur l'ensemble de la manœuvre, et notamment sur une rangée de diodes clignotantes que les jeunes officiers examinaient avec attention, tandis que l'officier de quart donnait ses ordres à la salle des machines d'un ton placide.

Il remarqua aussi que tout le monde arborait un brassard noir.

— De nos jours, tout est électronique, lança l'enseigne en interrompant le cours des pensées de William. Mais il y a encore deux officiers en service, dont le commodore, qui ont connu la marine à vapeur.

— Qui dirige la manœuvre ?

— Le capitaine Maitland, l'officier de quart.

— Ce n'est pas le commodore ?

William avait remarqué que ce dernier se tenait quelques pas en arrière, immobile, les bras derrière le dos, mais les yeux toujours en mouvement.

— Certainement pas. Il ne reprendrait les commandes qu'en cas d'urgence.

— Quoi, par exemple ? s'enquit Beth.

— Un gros grain, ou si l'officier de quart était ivre, ou si un membre de la famille royale était présent. Mais je ne l'ai jamais vu diriger la manœuvre au cours des quatre années que j'ai passées sur l'*Alden*.

— Et quand deviendrez-vous officier de quart ? poursuivit-elle.

— Ce n'est pas encore pour tout de suite, madame. À l'occasion, je remplace le second en pleine nuit, mais seulement si nous sommes loin des côtes, que la mer est calme et qu'il n'y a aucun autre navire en vue. Le *Titanic* nous rappelle toujours qu'il faut traiter la mer avec respect, alors quand je suis à la manœuvre le navigateur surveille de près ce que je fais. À ce propos, inspecteur-chef : le navigateur principal, qui est à la barre ce matin, souhaitait faire votre connaissance. Il semble que vous ayez un ami en commun.

— Je me demande qui ça peut bien être, murmura Beth tandis que l'enseigne le conduisait jusqu'à la barre pour leur présenter le matelot qualifié Ned Turnbull.

Le navigateur principal lâcha une main de la barre pour serrer celle de William.

— Bienvenue sur la passerelle, monsieur.

— J'ai cru comprendre que nous avons un ami en commun, répondit William.

— Tout à fait. Je présume que vous connaissez Palsambleu ?

William afficha une mine perplexe, ce qui incita Turnbull à préciser sa pensée.

— Le capitaine Ralph Neville, que j'avais hâte de revoir. Nous avons servi ensemble sur l'*Illustrious* pendant la guerre des Malouines. Bon, à l'époque, il n'était encore que matelot qualifié.

— Palsambleu ? répéta Beth qui ne comprenait toujours pas.

— C'était son surnom parmi les membres de l'équipage, à cause de son accent du Yorkshire à couper au couteau et parce que, là-bas, ils disent ça à la place de « Mon Dieu ».

Et il était également convaincu que Sir Leonard Hutton[1] était le plus grand Anglais vivant. On s'est perdus de vue après son mariage, il a épousé une Australienne et il est parti s'installer à Perth. Passez-lui le bonjour de ma part quand vous le croiserez.

— Je n'y manquerai pas, assura William.

— Ne loupez pas la statue de la Liberté ! ajouta l'enseigne en les conduisant à tribord.

Ils se retrouvèrent tous deux face à la statue iconique, mais ils ne la regardaient pas.

— J'ai vraiment été stupide, murmura Beth. J'aurais dû t'écouter dès le début.

— Tu as toujours été candide, répliqua William. C'est l'une des nombreuses raisons pour lesquelles je t'adore. Et, pour être honnête, Christina a dû mentir comme un arracheur de dents pendant l'année qui vient de s'écouler.

— Quelque chose m'échappe, non ? Qu'est-ce que Ralph Neville sait sur Christina pour la faire obéir aussi docilement ?

— Mauvaise question.

— Alors, c'est quoi la bonne question ?

— Pourquoi Christina tenait-elle tant à nous faire bénéficier de ses billets pour la traversée ?

— Et la réponse ?

— Ralph ne pouvait pas se permettre d'être vu à bord par une personne ayant servi avec le véritable capitaine Ralph Neville.

— Mais Christina m'a dit qu'elle allait se marier.

— Oui, mais avec qui ?

1. Célèbre joueur de cricket originaire du Yorkshire. (NdT)

Beth dévisagea William pendant un moment avant de lancer :

— Ça fait combien de temps que tu sais ?

William consulta sa montre.

— Palsambleu… Ça ne fait que dix minutes que j'en suis certain.

Beth voulait reprendre le premier vol pour l'Angleterre pour voir Christina avant son mariage, mais William l'en dissuada. Il rentrerait donc seul. Il savait que l'intervention de Beth donnerait simplement à Faulkner une nouvelle occasion de s'enfuir et, s'il y parvenait, ce serait tout ce que l'on retiendrait de la courte et peu glorieuse carrière de William dans la police. Catherine fit pencher la balance en insistant pour que Beth reste avec eux pendant leur séjour à New York.

— Le Met, le Frick et le MoMA avec notre guide personnel ? Que demander de plus ? s'était-elle exclamée.

Le juge Whittaker avait acquiescé avec sagesse, et ne fit aucun commentaire lorsque sa femme assura qu'elle ne serait que trop heureuse d'accompagner Beth au Carnegie Hall et de prendre la place de William pour le concert d'Ella Fitzgerald. Le magistrat ne se plaignit pas de manquer un tel spectacle mais, cela dit, il n'avait jamais entendu parler d'Ella Fitzgerald. Et surtout, il avait hâte de rentrer en Angleterre et de présider à nouveau le procès de Miles Faulkner. D'ailleurs, il avait déjà décidé de la sévérité de la peine qu'il allait lui infliger.

— Et Christina, alors ? s'était enquise Beth.

— Complicité de crime, annonça le juge. Même si Booth Watson n'aurait guère de mal à faire lever les charges qui pèsent contre elle tant qu'elle ne rend pas visite au capitaine Ralph Neville en prison.

William aussi avait hâte de rentrer en Angleterre.

— Combien de meurtres y a-t-il eu à Londres l'année dernière ? demanda le commissaire Hawksby en prenant place en tête de table lors de la première réunion de la nouvelle unité sur les homicides non résolus.

— Cent quatre-vingt-un, monsieur, déclara le sergent Adaja.

— Et combien parmi ceux-ci étaient des crimes conjugaux ? poursuivit Hawksby en s'adressant à l'autre côté de la tablée.

Même si la pièce était relativement grande en comparaison de la cage à lapins où travaillait le reste de l'équipe, la table ne pouvait accueillir plus de six personnes. Une photographie de la reine était accrochée au mur derrière le bureau de Hawksby et, sur une étagère, une coupe en argent rappelait à tout le monde qu'il avait jadis été champion mi-lourd de la Met.

— Trente-quatre, répondit Jackie Roycroft.

— Et combien d'affaires ont débouché sur une condamnation ?

— Vingt-neuf. Dans la plupart des cas, les coupables ont juste attendu l'arrivée de la police. Quant aux autres, ils ont été arrêtés dans les vingt-quatre heures.

— C'est ça, le secret. La majorité des crimes conjugaux sont résolus dans les vingt-quatre heures, quarante-huit heures tout au plus, précisa Hawksby. Après quoi les meurtriers commencent à penser qu'ils sont tirés d'affaire, et ils deviennent de plus en plus confiants au fil du temps.

— Ce qui est certainement le cas de M. Clive Pugh, dit Jackie en ouvrant un dossier. Il a assassiné sa femme environ deux mois après avoir souscrit une assurance-vie d'un montant d'un million de livres et il a été magnifiquement récompensé pour la peine qu'il s'est donnée.

— Pourquoi n'a-t-il pas été condamné ? demanda Hawksby.

— Nous n'avions pas suffisamment de preuves pour l'inculper, et il a donc commis son meurtre en toute impunité.

— Alors, trouvez-les, ces preuves, sergent Roycroft ! s'écria Hawksby. Parce que, s'il y a bien une chose qui amène les tueurs potentiels à reconsidérer leur projet, c'est l'idée qu'ils ne passeront pas entre les mailles du filet. Cela nous laisse cent quarante-sept crimes qu'on ne peut pas qualifier de conjugaux. Agent Pankhurst, combien parmi ceux-ci ont donné lieu à des arrestations ?

Rebecca n'avait pas besoin de consulter ses notes pour répondre.

— Cent quarante-trois, monsieur.

— Et combien de ces suspects ont fini derrière les barreaux ?

— Cent trente-neuf. Quant aux quatre autres, nous connaissons l'identité des meurtriers, mais nous n'avions pas assez de preuves pour convaincre les procureurs d'engager des poursuites.

— Des détails ? s'enquit Hawksby.

— L'un d'eux, Max Sleeman, est un sujet particulièrement retors, déclara Paul en ouvrant un dossier. C'est un usurier, et quand vous ne le remboursez pas en temps et en heure,vous finissez avec une jambe ou un bras cassés. Et si vous ne le payez toujours pas il loue un corbillard, mais ça ne couvre pas les frais des funérailles.

— Je veux voir ce Sleeman derrière les barreaux ! lança Hawksby. Et de préférence avant qu'il élimine un autre pauvre bougre.

— Je suis déjà dessus, affirma Paul.

— Il en reste trois. Pankhurst, que pouvez-vous me dire à propos d'un certain Darren Carter ?

— Il est videur à l'Eve Club, à Soho, indiqua Rebecca. Il a plaidé coupable pour homicide involontaire et il s'en est tiré avec une peine de deux ans. Mais je n'ai aucun doute qu'il s'agissait d'un assassinat prémédité, commis à la demande du patron du club.

— Alors, je tiens à ce qu'il retourne en prison. En droit britannique, la double incrimination ne s'applique pas en cas de nouvelles preuves. D'ailleurs, je veux aussi qu'on ferme ce club et qu'on fasse tomber le propriétaire. Cela devrait vous occuper pour les jours à venir. Ce qui nous laisse les deux derniers dossiers qui accumulent de la poussière depuis bien trop longtemps.

Toutes les personnes présentes savaient exactement à quoi il faisait référence : Ron Abbott et Terry Roach. Deux durs à cuire membres de deux gangs rivaux de l'East End, qui se disputaient le contrôle du jeu, du racket, de la prostitution et de la drogue sur leur territoire.

— Je pense que vous serez contents d'apprendre que j'ai réservé ces deux dossiers particulièrement épineux à l'inspecteur Hogan, qui doit rejoindre notre unité la semaine prochaine pour seconder l'inspecteur-chef Warwick.

Paul Adaja eut l'air déçu.

— Néanmoins, ne vous imaginez pas un seul instant que vous allez chômer, parce que j'attends de vous des rapports détaillés sur l'évolution de vos affaires, et je les veux sur mon bureau avant notre réunion de la semaine prochaine. Et si vous voulez entendre les dernières mauvaises nouvelles, ajouta Hawksby tandis que les stylos de ses collaborateurs couraient sur leurs blocs-notes, je viens d'avoir l'inspecteur-chef Warwick au téléphone. Son avion a atterri à Heathrow il y a une heure environ.

— Je croyais qu'il ne devait rentrer que dans une semaine, dit Adaja.

— C'est exact, mais il tient à être le policier qui arrêtera Miles Faulkner. Warwick et Roycroft ont certes assisté à ses obsèques, expliqua-t-il aux policiers en pleine confusion, mais on ignore à qui appartenaient réellement les cendres que le prêtre a remises à Mme Faulkner.

— Qu'est-ce qui vous porte à croire que ce ne sont pas celles de Faulkner ? demanda Rebecca.

— Un Raphaël que Faulkner considérait comme le clou de sa collection a récemment été mis aux enchères à Christie's, où il a été vendu pour deux cent mille millions deux livres.

— Ça ne prouve pas qu'il soit toujours en vie, lança Paul en se faisant l'avocat du diable.

— Je serais d'accord avec vous, sergent Adaja, si l'inspecteur-chef Warwick n'avait pas vu ce tableau chez Faulkner, à Monte-Carlo, il y a peu de temps. Ce qui semble suggérer que celui qui a été vendu aux enchères était un faux et, comme le vendeur avait les documents authentiques attestant de sa provenance, les experts eux-mêmes ont été bernés.

— Qui donc payerait deux millions pour un faux ? demanda Roycroft.

— Quelqu'un qui ne souhaite pas qu'on sache qu'il est toujours en vie.

— On est encore loin de lever tout doute raisonnable…

— Sauf si vous considérez que l'acheteur de ce tableau n'est nul autre que notre vieil ami, Me Booth Watson, pour le compte de l'un de ses clients ! intervint Hawksby.

— Client qui pourrait bien être Christina Faulkner, objecta Paul.

— C'est peu probable, rétorqua Hawksby. Christina Faulkner n'a jamais montré la moindre passion pour l'achat de tableaux, elle ne s'intéresse qu'à leur vente.

— J'aurais besoin d'un peu plus de preuves que ça, si j'étais membre d'un jury, remarqua Paul.

C'est le moment que choisit William pour faire son entrée.

— Quand on parle du loup ! lança Hawksby. J'étais sur le point d'expliquer à Adaja et à Roycroft les raisons qui vous ont convaincu que Miles Faulkner est encore en vie.

— Palsambleu, pour être convaincu, je suis convaincu ! répondit William en prenant le dernier siège disponible. Et si vous avez des projets pour samedi matin, annulez, parce que vous allez tous assister aux noces du capitaine Ralph Neville, retraité de la Royal Navy, et de Mme Christina Faulkner, veuve de la même paroisse, bien qu'ils soient déjà tous deux mariés.

Il marqua une pause.

— L'un à l'autre.

8

Ce samedi matin-là, seize policiers encerclèrent l'église romane de Limpton-in-the-Marsh sous le commandement de l'inspecteur Hogan. Aucun n'était en uniforme, mais plusieurs étaient armés.

Le bulletin de la paroisse avait publié les bans, et la cérémonie avait été annoncée en chaire par le vicaire au cours des trois dimanches précédents. Il avait précisé que la messe aurait lieu à 14 heures le samedi 15 août. Des curieux avaient fait le déplacement, sans toutefois entrer dans l'église.

Booth Watson fut le premier invité officiel à se présenter. C'était un ami du futur époux – son unique ami, en fait. Il franchit le seuil de l'église en avance, juste après 13 heures, mais il faut préciser qu'il facturait son temps à l'heure.

Christina fut la suivante, peu avant 14 heures. Il est inhabituel que la future mariée arrive la première, mais ce mariage était inhabituel. Elle était vêtue d'un tailleur turquoise, avec une écharpe et un manteau long assortis qui évoquaient plutôt une tenue de voyage qu'une robe de mariée. Cela dit, elle ne comptait pas aller où que ce soit avec son mari.

Miles était en retard de quelques minutes, même si son chauffeur avait foncé sur l'autoroute. La voiture emprunta la sortie 13 et se dirigea vers Limpton.

— Ne vous retournez pas, patron, mais je pense qu'on est suivis.

— Qu'est-ce qui vous fait dire ça, Eddie ?

— Un taxi que j'avais repéré sur l'autoroute a pris la même sortie que nous, et je ne crois pas qu'il s'agisse de l'un de vos invités.

— Y a-t-il un autre chemin pour se rendre à l'église ?

— Oui, mais ça mettra bien plus longtemps, surtout si on doit s'arrêter au passage à niveau.

— Allez-y. Comme ça, nous saurons si nous sommes suivis.

Au carrefour suivant, Eddie tourna à droite, et quelques instants plus tard le taxi reparut dans son rétroviseur.

— Il est toujours derrière nous. Que souhaitez-vous que je fasse ?

— Continuez de rouler pendant un moment, je pense.

Le camion devant eux ralentit à l'approche du passage à niveau, dont les barrières s'abaissaient.

— On va se retrouver coincés, patron.

— Je crois au contraire que c'est notre chance. Voici ce que je voudrais que vous fassiez…

— Vous pensez qu'ils nous ont repérés ? demanda William tandis que le taxi rejoignait la courte file de véhicules attendant que le train quitte la gare et que le passage à niveau rouvre.

— C'est possible, monsieur, répondit Danny. Un « taxi » est toujours plus visible sur une autoroute, et rouler à fond la caisse n'était pas très discret non plus.

— On aurait peut-être dû prendre une voiture banalisée pour cette filature.

— Et pourquoi ne l'arrête-t-on pas avant qu'il puisse s'enfuir ?

— Non, on s'en tient au plan tant qu'il se dirige vers le piège qui se refermera sur lui.

— Il bouge ! lança Danny quand la portière de la Mercedes s'ouvrit à la volée. Il fonce vers la gare !

— Largue la voiture et rejoins-moi ! cria William en se ruant à son tour vers la gare.

Le temps que Danny effectue sa manœuvre, William avait déjà atteint la passerelle piétonne. Il dévala l'escalier à l'extrémité de la plate-forme et parvint à bondir dans le train par la dernière portière encore ouverte au moment où il s'ébranlait.

William baissa la fenêtre et se pencha vers Danny, qui arrivait tout juste sur le quai.

— Je veux qu'une dizaine d'agents m'attendent dans la gare suivante, cria-t-il. Et appelle l'inspecteur Hogan pour le prévenir que le marié s'est fait la malle.

— Il va être en retard à son propre mariage, soupira Christina en consultant de nouveau sa montre.

— Et j'ai une autre cérémonie à 15 heures, lui rappela gentiment le vicaire.

— Quelque chose a dû mal tourner, dit Booth Watson.

Tous trois continuèrent de guetter l'entrée de l'église. Pas de marié en vue.

William remonta lentement les wagons, en se concentrant particulièrement sur les compartiments de première classe, à la recherche du capitaine Ralph Neville, même si l'homme qu'il comptait arrêter s'appelait Miles Faulkner. Quand il arriva à l'arrière du train, il supposa que sa cible s'était enfermée dans l'une des cabines de toilettes. Néanmoins, celles-ci n'avaient pas de fenêtre. Il n'avait aucune chance de s'enfuir.

— Je suis tellement désolé, madame Faulkner, déclara le vicaire. Mais certains des invités du mariage suivant patientent déjà dehors, et je ne peux pas les faire attendre beaucoup plus longtemps.

— Notre marié n'arrivera pas à temps à l'église, dit Booth Watson. Je pense que nous devrions nous faire une raison. D'autant que parmi ceux qui trépignent d'impatience sur le parvis certains ne sont invités ni à ce mariage ni à aucun autre.

— Comment le savez-vous ? demanda Christina.

— Ils font tous plus d'un mètre quatre-vingts, ils portent tous des costumes de même marque, et pas un n'arbore un œillet à son revers.

— J'ai posté une dizaine d'agents, inspecteur-chef ! lança dans sa radio une voix que William ne reconnut pas.

— Dans quelle gare ?

— À Tunbridge Wells, où vous devriez arriver dans environ quinze minutes.

— Combien de quais y a-t-il ?

— Juste deux.

— Veillez bien à sécuriser les deux parce que, s'il y a une échappatoire, soyez sûr que Faulkner la trouvera. Je serai le premier à descendre, et dites au chef de gare que ce train ne doit pas repartir avant que j'en donne l'ordre.

— Compris, monsieur.

William reprit lentement sa marche dans l'autre sens, vérifiant de nouveau chaque wagon avec encore plus d'attention que la première fois. Le visage d'un homme apparemment absorbé par le paysage qui défilait derrière la fenêtre lui parut familier, mais au fil des ans il avait arrêté tant de personnes qu'il ne parvint pas à le resituer.

Cinq des onze toilettes étaient occupées. Néanmoins, le temps qu'ils atteignent la gare suivante, William se dit qu'il n'y en aurait plus qu'une. Et ce train n'irait nulle part avant que sa porte s'ouvre.

— Nous n'allons pas vous faire perdre davantage de temps, mon père, déclara Booth Watson.

— Et je suis censée faire quoi, maintenant ? cracha Christina.

— Je vous contacterai, répondit l'avocat. Rappelez-vous simplement que vous avez déjà signé un accord, et qu'il n'y a aucune clause de résiliation.

— Je suis infiniment désolé, madame Faulkner, souffla le vicaire. Vous devez être tellement déçue.

— Soulagée, en fait, admit Christina.

— Il y a sans aucun doute une explication très simple, reprit l'homme d'Église en tentant de la réconforter.

— Au contraire, vous pouvez être sûr qu'elle ne sera pas simple, rétorqua-t-elle en redescendant la travée toute seule.

En sortant, Booth Watson remarqua que l'un des jeunes hommes tendus qu'il avait repérés tout à l'heure portait une cravate de la Metropolitan Police.

Quelques instants plus tard, Christina apparut à son tour. Plusieurs femmes qui patientaient pour assister à la cérémonie suivante jetèrent un regard admiratif sur sa tenue de voyage, même si elle-même ne savait pas trop où elle allait.

Le train de 14 h 43 arriva à l'heure à Tunbridge Wells, et William fut effectivement le premier à en descendre. Il rejoignit le petit groupe qui l'attendait. Un certain inspecteur Thomas s'avança et se présenta.

— Toutes les issues sont sécurisées ! assura-t-il.

— Placez trois ou quatre hommes à bord du train, et qu'ils prennent soin de vérifier toutes les cabines de toilettes. Si l'une d'elles est occupée, c'est là qu'il se cache. Il faut aussi positionner quelques agents sur l'autre quai, au cas où.

— Ils y sont déjà, monsieur.

— Bien. Dès que je repère Faulkner, vous intervenez et vous le détenez, mais vous me laisserez procéder à l'arrestation et à la lecture de ses droits.

— Compris, monsieur, répondit l'inspecteur avant d'aboyer quelques ordres.

William se posta à côté de la sortie afin de pouvoir examiner attentivement chaque passager quittant la gare.

Dix minutes plus tard, William et l'inspecteur étaient les deux seules personnes encore sur le quai. À contrecœur, William autorisa le chef de gare à donner son coup de sifflet.

Quand le train partit, William ralluma sa radio.

— Lancez un avis de recherche général pour une Mercedes bleu foncé immatriculée MF1. Le conducteur porte une casquette de chauffeur.

C'est alors que William se rappela où il avait vu ce passager.

Miles sourit en regardant le train s'éloigner.

Quand la barrière du passage à niveau s'ouvrit enfin – les quatre minutes les plus longues de son existence – il jeta un coup d'œil à son rétroviseur et fut soulagé de constater que le taxi était encore garé sur la pelouse du bas-côté et qu'il n'y avait aucune trace de son chauffeur. Il manœuvra lentement pour franchir les voies ferrées, sachant que le train ne mettrait pas bien longtemps à atteindre la prochaine gare et que, à ce moment-là, il faudrait qu'il se soit déjà débarrassé de la voiture et de la casquette d'Eddie. Il emprunta exclusivement des routes secondaires jusqu'à tomber sur une vieille dame à un arrêt de bus, qui avait l'air de connaître l'horaire du prochain.

Il se gara et jeta sa casquette par-dessus une haie, puis gagna à la hâte l'arrêt de bus, avec une mallette pour tout bagage.

— On n'a plus d'essence, c'est ça ? demanda la vieille dame en voyant le bus arriver.

Il ne se donna pas la peine de répondre.

Une fois à l'intérieur, Faulkner se rendit compte qu'il ne connaissait pas sa destination. Il espérait simplement que ce n'était pas Limpton.

— Et où vous allez, mon bon monsieur ? s'enquit la contrôleuse.

— Où va le bus ?

— À Sevenoaks, déclara-t-elle avec une expression perplexe.

— Alors, à Sevenoaks.

— Ça sera soixante pence, fit-elle en imprimant un ticket.

Il lui tendit un billet de cinq livres.

— Rien de plus petit sous la main ?

— Non. Vous pouvez garder la monnaie.

— Merci ! s'écria-t-elle comme si elle venait de gagner à la loterie.

Miles s'assit à la fenêtre pour scruter les environs, au cas où il devrait s'enfuir précipitamment. Un peu plus loin, ils croisèrent une voiture de police roulant à toute allure dans l'autre sens.

En descendant du train, Eddie aperçut l'inspecteur-chef Warwick en grande conversation avec un agent en uniforme, qui examinait de près chaque personne qui sortait. Il passa devant eux et emprunta la passerelle menant à l'autre quai, où il y avait bien plus de policiers que de civils. Le prochain express pour Charing Cross était prévu dans douze minutes.

Quand celui-ci s'ébranla, Eddie fut tenté d'adresser un sourire et un signe de la main à l'inspecteur Warwick, mais il ne céda pas à sa pulsion.

Miles descendit du bus à Sevenoaks. Le terminus se trouvait en face de la gare, devant une station de taxis. Le temps jouait contre lui, alors il était obligé de prendre des risques. Il traversa la rue et monta à l'arrière du premier véhicule de la file.

— On va où, chef ?

— À l'aéroport de Luton.

Le chauffeur sembla aussi surpris que ravi.

— Je suis pressé, précisa Miles. Mais ne dépassez pas les limitations de vitesse.

— Commencez par contrôler tous les aéroports, les gares et les terminaux de bus à cinquante kilomètres à la ronde, ordonna William. On ne peut pas se permettre de le laisser nous échapper une seconde fois.

— On n'a tout simplement pas les effectifs pour ça, rétorqua Ross. On est samedi après-midi, et la plupart des agents sont affectés aux stades pour les matchs de football.

— Vous pouvez être certain qu'il avait pris cela en compte, répondit William. Et qu'il avait intégré l'info à son plan d'évasion.

Le taxi s'arrêta devant l'aéroport de Luton au moment même où les foules sortaient des stades un peu partout dans le pays.

Miles tendit au chauffeur deux billets de vingt livres et n'attendit pas sa monnaie. Dès qu'il entra dans le hall, il alla consulter le tableau des départs. Seuls les vols prévus dans moins d'une heure étaient d'un quelconque intérêt. Il n'y en avait que trois : Newcastle à 17 h 40, Moscou à 17 h 50 et Bruxelles à 18 h 10. Il ouvrit sa mallette et opta pour le passeport canadien parmi les trois en sa possession : Jeff Steiner, directeur de société. Il se rendit au comptoir, réserva un billet et régla en liquide. M. Steiner n'avait pas de carte de crédit, seulement du liquide et un passeport.

Il embarqua trente minutes plus tard. Après s'être installé, il passa en revue les scénarios les plus défavorables en attendant que l'hôtesse referme la porte de l'appareil. Puis les moteurs rugirent enfin, l'avion commença à rouler lentement vers la piste et, à la suite d'une seconde pause qui lui sembla interminable, finit par décoller. Tandis qu'il s'élevait haut dans le ciel, Miles observa par le hublot cette pittoresque campagne verte en se demandant quand il reverrait l'Angleterre.

Il s'enfonça dans son fauteuil et entreprit de réviser la prochaine étape de son plan.

Dès qu'il eut atterri à Bruxelles, il changea de passeport, adoptant l'identité d'un Français : Thierry Amodio, architecte. Pendant les deux heures d'escale, il se rendit chez un coiffeur dans l'enceinte de l'aéroport et le surprit avec sa demande.

Trente minutes plus tard, un chauve ressortit du salon et passa un coup de fil avant de faire la queue avec un petit groupe de touristes à destination de Barcelone. Cette fois-ci, il présenta un passeport néerlandais à l'agent des services d'immigration. Ricardo Rossi, styliste de mode. Une fois que Rossi eut bouclé sa ceinture, il refusa le plateau-repas en plastique et s'endormit.

L'avion atterrit dans la capitale de la Catalogne juste après minuit. Le début d'un nouveau jour. Miles fut satisfait de trouver son chauffeur espagnol qui l'attendait derrière les portiques de sortie.

— Bonsoir, *señor*, dit ce dernier. J'espère que votre vol a été agréable.

— J'en ai fait plusieurs, répondit Miles en grimpant à l'arrière d'une banale Volvo noire.

Au bout de quarante minutes de trajet dans la campagne espagnole, ils atteignirent une propriété récemment acquise dont Booth Watson lui-même n'avait jamais entendu parler.

Un maître d'hôtel élégamment vêtu ouvrit la porte avant même que Miles ait fini de gravir les marches du perron.

— Bonsoir, monsieur Faulkner.

— Bonsoir, Collins... Certaines choses ne changent jamais.

9

— Vous avez fait quoi ? gronda le commissaire.

— Je l'ai perdu, monsieur.

— Eh bien, vous feriez mieux de le retrouver, parce que sinon c'est moi qui vais devoir vous perdre.

William était sur le point de demander à Hawksby de préciser ce qu'il avait en tête, mais sa question devint rhétorique.

— Dites-moi, inspecteur-chef Warwick, il vous reste encore une semaine de congés ?

Hawksby l'avait interpellé en employant son grade, ce qui n'était pas bon signe. S'il l'avait appelé par son prénom, William, il aurait peut-être eu une chance de s'en tirer.

— Oui, monsieur.

— Alors, ça vous laisse sept jours pour mettre la main sur Faulkner. Si vous échouez, inspecteur-chef, cela me donnera amplement le temps de trouver quelqu'un pour vous remplacer à la tête de l'unité, ainsi que de décider de votre future affectation et du grade qui ira avec.

Il coupa la communication.

— Ça n'avait pas l'air très amical, observa Danny.

— Ça aurait pu être pire. Il aurait pu m'appeler « agent Warwick ».

— Du coup, je n'aurais plus eu besoin de vous appeler « monsieur », plaisanta Danny.

— En attendant, tu peux me ramener chez moi.

— Oui, monsieur.

William décrocha le téléphone posé sur sa table de chevet. C'était probablement Hawksby qui l'appelait pour une nouvelle volée de bois vert.

— Salut, mon homme des cavernes. Je te manque ?

— Plus que tu ne l'imagines, admit William.

Il aurait voulu expliquer pourquoi à sa femme, mais il se contenta d'un « C'est comment, New York ? » tandis qu'il entendait des éclats de rire bruyants en fond sonore.

— Splendide ! Cet après-midi, nous sommes allées au Frick, et tu avais raison pour le Bellini, il est spectaculaire. Mais je suis curieuse de savoir comment s'est passé le mariage. Tu as arrêté Faulkner avant ou après qu'il dise « Oui, je le veux » ?

— Après, répondit William en espérant qu'il l'aurait effectivement fait avant le retour de Beth.

— Comment Christina a-t-elle réagi ? s'enquit-elle avec un ton inquisiteur qui lui rappela Hawksby.

— Pas au téléphone, ma chérie. Je te raconterai tout dès ton retour. Qu'est-ce que tu vas faire cet après-midi ? lança-t-il en essayant désespérément de changer de sujet.

— On va voir *La Cage aux folles*. J'ai dû acheter les billets à des revendeurs à la sauvette. Mais bon, une épouse délaissée ne peut se permettre d'errer à travers les rues. Tu me manques.

— Tu me manques aussi.

— Et félicitations.

— Pour quoi ?

— Pour ton triomphe. J'ai hâte d'entendre tous les détails. Bon, je dois y aller, le rideau va bientôt se lever. Dors bien, tu me manques.

William ne dormit pas bien ; en fait, il ne dormit pas du tout. Il aurait bien aimé discuter du problème avec Beth et lui demander conseil, mais ça lui aurait gâché ses vacances. Il était même presque sûr qu'elle aurait foncé vers l'aéroport JFK avant le lever de rideau. Et, quand les premières lueurs de l'aube filtrèrent entre ceux de sa chambre, William avait déjà pris une douche froide, il s'était habillé, il avait mangé un bol de céréales et passé deux coups de fil : l'un à Danny et l'autre à l'inspecteur Hogan.

Ce n'est qu'au beau milieu du brief qu'il faisait à son second que William se rappela l'heure qu'il était. Il commençait à s'excuser quand il entendit à l'arrière-plan une voix étouffée qu'il crut reconnaître. À l'évidence, il les avait réveillés tous les deux.

— J'y serai aussi vite que possible, monsieur, dit Hogan avant de raccrocher.

— Présente mes meilleurs vœux au chef, grommela Jackie tandis que Ross sautait du lit. Et n'oublie pas de le remercier d'avoir foutu en l'air notre dernier week-end ensemble.

Quarante minutes plus tard, Danny se garait devant le domicile de l'inspecteur-chef Warwick, lequel rejoignit sur la banquette arrière un Ross bien moins alerte qu'il n'en avait l'air.

L'inspecteur Hogan n'était à l'évidence pas encore prêt à travailler en tenue de bureau. Il avait enfilé un jean bleu ciel, un T-shirt fripé qui semblait avoir été ramassé par terre et des baskets qui, bien que de première qualité, n'étaient pas vraiment réglementaires. Mais c'est également ce que Hawksby aurait dit du fonctionnement de son cerveau.

— C'est le merdier, monsieur.

Ce furent les premiers mots qu'il adressa à William tandis que ce dernier refermait la portière.

— Ça ne pourrait guère être pire. D'ailleurs, vous feriez mieux de vous habituer à m'appeler William, parce que j'ai le sentiment qu'à la fin de la semaine c'est moi qui vais devoir vous appeler « monsieur », répondit William avant de lui raconter en détail sa conversation téléphonique avec Hawksby.

— C'est si grave que ça ?

— C'est pire. Il a souligné qu'on avait suffisamment de preuves pour arrêter Christina Faulkner pour complicité de crime, en infraction avec la loi sur le droit pénal de 1967.

— Ce qui la mettrait au chaud pendant au moins cinq ans.

— Néanmoins, il croit qu'on devrait se concentrer sur un plus gros poisson, tout en la tenant à l'œil. D'après lui, elle vendra avec joie son mari en échange d'une réduction de peine, alors on ferait mieux de se garder cet avantage sous le coude.

— Je me demande lequel des deux Booth Watson choisirait de défendre, en cas de procès.

— Les deux, si ça ne tenait qu'à lui, assura William.

— Et qu'est-ce qu'on fait maintenant ?

— On va arpenter le trottoir, à l'ancienne, comme si on réapprenait notre métier de flic. Tout d'abord, nous devons reconstituer tout ce qui s'est passé hier, en espérant que ça nous indiquera où Faulkner se planque. Commençons par aller inspecter le passage à niveau où il nous a mystifiés, Danny, ordonna William en se penchant vers lui.

Pendant le trajet jusqu'à Limpton, William mit Ross au courant de la meilleure stratégie qu'il avait imaginée pendant la nuit.

— Des souris et des hommes, commenta Ross.

— Je sais lequel des deux je suis, rétorqua William. Rien de tout cela n'aurait été nécessaire si j'avais utilisé une voiture banalisée au lieu d'un taxi pour filer Faulkner. Hawksby a raison, je suis l'unique responsable. Si je ne le retrouve pas d'ici la fin de la semaine, je vais retourner faire la circulation, et ce n'est pas très compliqué de deviner qui va prendre ma place.

— Ne me regardez pas, répliqua Ross. Je suis un solitaire, je ne suis pas du bois dont on fait les officiers. Mais j'ai entendu dire qu'il y avait un poste qui se libérait à un carrefour. Pas d'expérience requise. Vous pourriez postuler.

— Ne rigolez pas avec ça.

Danny s'engagea sur l'autoroute. Le temps qu'ils atteignent le passage à niveau, Ross avait posé plusieurs questions pertinentes et ajouté une ou deux idées de son cru au plan de William. Ce dernier commençait à comprendre pourquoi Hawksby le tenait en si haute estime.

— Quand Faulkner vous a vu courir vers la gare avec Danny, il n'avait que deux options. Faire demi-tour ou franchir le passage à niveau et poursuivre sa route.

— Il a poursuivi sa route, affirma Danny.

— Comment pouvez-vous en être sûr ? demanda Ross.

— Comme je ne suis pas arrivé à temps pour monter dans le train, je suis retourné à la voiture en empruntant la passerelle, et de là-haut j'ai vu la Mercedes bleu foncé traverser les voies.

— Pourquoi ne l'avez-vous pas suivie ?

— Le conducteur portait une casquette de chauffeur, et j'ai supposé que Faulkner était dans le train. Ma responsabilité première, c'était de veiller à ce qu'un comité d'accueil l'attende à la gare suivante.

— Le comité était bien là, mais pas Faulkner, grommela William. J'ai mis du temps à saisir que son chauffeur avait pris sa place. Mais à partir de maintenant il faut penser comme Faulkner. Si je poursuis ma route, je vais où ?

— Il n'aurait pas continué vers Limpton, affirma Ross, parce qu'il a dû comprendre que c'était un piège.

— Il n'y a qu'une bifurcation avant Limpton, intervint Danny.

— Alors, il l'a prise, déclara William tandis qu'ils approchaient du carrefour.

Face au panneau indiquant la direction de Limpton, Danny tourna à droite et accéléra.

— Ralentis, ordonna William. Roule à allure constante. Faulkner n'aurait pas couru le risque de dépasser les limitations de vitesse pour ne pas se faire arrêter.

— Combien de temps pensez-vous qu'il a mis à se débarrasser de la Mercedes ? demanda Ross.

— Pas très longtemps, estima William. Il savait que, dès qu'on aurait compris qu'il n'était pas dans ce train, toutes les voitures de patrouille du comté allaient se lancer à la recherche d'une berline bleu foncé.

— En supposant qu'elle n'a pas encore été volée ou emmenée à la fourrière, on aurait plus de chances de la retrouver avec un hélicoptère que dans cette vieille Austin Allegro ! releva Danny.

— Je ne pense pas que le commissaire nous en aurait donné l'autorisation, répondit William.

Danny traversa lentement un bourg avant de faire halte devant un nouveau carrefour.

— Aidez-moi, dit-il. À droite, à gauche ou tout droit ?

— Tout droit, décréta William. Il n'aurait pas tourné à gauche vers Limpton. Et si on ne trouve rien de concluant dans les quinze minutes on fera demi-tour.

Au fur et à mesure qu'ils avançaient, William devenait plus pessimiste, mais aux abords du village suivant Danny poussa un cri de joie.

— Bingo ! lança-t-il en s'arrêtant à côté de la Mercedes dans un crissement de pneus.

Ross était sur le point de sortir de la voiture quand William intervint.

— Ce n'est pas la bonne plaque, déclara-t-il d'une voix posée.

Le silence retomba tandis que Danny manœuvrait pour faire demi-tour. Il pressa l'accélérateur et ne ralentit qu'en arrivant au premier carrefour. Cette fois-ci, il prit à gauche et suivit les panneaux vers Sevenoaks en veillant à ne pas dépasser les cinquante.

William regrettait d'avoir quitté New York. En ce moment même, il aurait pu être en train de visiter le Frick plutôt que de vadrouiller dans la campagne à la recherche d'une Mercedes abandonnée.

— Mais qu'est-ce qu'ils mijotent, ces deux-là ? s'écria Danny en voyant deux jeunes dévisser les boulons de la roue d'une voiture.

Il freina sec, mais les deux ados partirent en courant dans des directions opposées bien avant qu'il ait le temps de descendre, et l'un d'eux emportait la roue sous son bras.

— Vous voulez que je leur file le train, patron ?

— Non, répliqua William en avisant la plaque d'immatriculation. Ils ont laissé un trophée bien plus beau derrière eux. Appelle l'inspecteur Thomas, dis-lui d'envoyer une dépanneuse et de mettre ce véhicule sous scellés jusqu'à ce que je le contacte.

Pendant que Danny transmettait la demande à la radio, Ross, qui avait fait le tour de la voiture plusieurs fois, était en train de jeter un coup d'œil par-dessus une haie.

— Par ici, monsieur ! lança-t-il.

William le rejoignit aussitôt. Ils crapahutèrent à travers le feuillage et débouchèrent dans un champ boueux où William récupéra la casquette à l'aide d'une petite branche, en prenant soin de ne pas la toucher.

— Une seule empreinte digitale suffira pour confirmer que le capitaine Ralph Neville est en réalité Miles Faulkner, déclara William. Mais ce que j'aimerais savoir, c'est pourquoi il a largué la voiture ici.

— C'est peut-être ça, la raison, répondit Ross en désignant un arrêt de bus.

— Bien vu ! lâcha William.

Ils traversèrent la route pour consulter le tableau des horaires affiché dans l'abri.

— Il y avait un bus pour Sevenoaks à 14 h 20, samedi, remarqua William.

— Ça collerait du point de vue du timing, opina Ross tandis que Danny les rejoignait.

— L'inspecteur Thomas est en chemin, indiqua ce dernier. Et une dépanneuse va arriver peu après. Quoi d'autre, chef ?

— Scelle ceci dans une pochette en tant que preuve, ordonna William en lui tendant la casquette.

Il consulta de nouveau le tableau des horaires.

— Je vais prendre le prochain bus pour Sevenoaks et je vous retrouve là-bas, au terminus. Ross, quand vous y serez, essayez de tout examiner à travers les yeux de Faulkner. Ça nous aidera sûrement à deviner ce qu'il a fait ensuite. Et je ferai de même pendant mon trajet.

William regarda ses deux collègues monter dans la voiture et s'éloigner. Puis il s'assit sous l'abri pour attendre le prochain bus.

10

Le bus local, qui progressait lentement sur la colline, s'arrêta dans un cahot. Un passager esseulé grimpa à bord et prit place à l'avant.

— Vous allez où ? s'enquit le contrôleur.

— À Sevenoaks, répondit William.

— Soixante pence.

William sortit son badge.

— Étiez-vous de service sur cette ligne, hier, vers midi ou 13 heures ?

— Non, monsieur. C'était Rose. Elle n'est pas là aujourd'hui, elle ne travaille pas le dimanche.

— Rose ?

— Rose Prescott. Ça fait des années qu'elle est sur cette ligne ! dit-il en gloussant.

— Merci.

William s'enfonça dans son siège et regarda le paysage qui défilait en se demandant s'il était possible que Faulkner soit encore en Angleterre. Le son d'une sirène interrompit le cours de ses pensées, et une voiture de patrouille passa en trombe en sens inverse. Il nota mentalement de donner un coup de fil à l'inspecteur Thomas pour le remercier.

Le bus fit plusieurs arrêts au cours de son lent trajet jusqu'à Sevenoaks, mais William ne remarqua rien qui aurait pu inciter Faulkner à descendre avant d'y arriver.

Il consulta sa montre tandis qu'une dépanneuse de la police les croisait à son tour. William ne comptait trouver aucune trace de Faulkner dans la Mercedes… mais la casquette ?

Ross l'attendait devant le terminus et, de toute évidence, il n'avait pas perdu son temps.

— La première chose que Faulkner a dû voir en sortant du bus, c'est la gare ! lança Ross. Et la station de taxis juste en face, de l'autre côté de la route. Danny est allé se renseigner. Pour l'instant, je n'ai pas eu de succès avec les chauffeurs, aucun n'a reconnu la photo de Ralph Neville, mais ils m'ont assuré que de nombreux habitués préfèrent ne travailler que l'après-midi.

— Alors, il faudra continuer à poser des questions, pendant que j'irai rendre visite à Mme Rose Prescott.

— Qui est-ce ?

— Je vous le dirai plus tard.

William se dirigea vers le terminus, laissant Ross retourner vers les chauffeurs de taxi.

— Rose. J'espère qu'elle n'a rien fait de mal ! s'écria le superviseur après avoir vu le badge de l'inspecteur-chef.

— Non, rien. Je me demande seulement si elle se souvient d'un passager qui est monté dans son bus hier après-midi.

— Sur cette ligne, ce sont quasiment tous des habitués qu'elle connaît personnellement.

Il se mit à tourner les pages d'un grand classeur.

— Elle habite au 23 Castle Drive. Et elle devrait être rentrée de l'église, à présent, ajouta-t-il en consultant sa montre.

En sortant du terminus, William vit Ross en train de montrer la photo de Neville à un autre chauffeur, mais ce dernier secouait la tête. L'inspecteur-chef les rejoignit.

— Les chances sont minces, admit William, mais il ne faut pas se laisser rebuter par une mauvaise cote.

Ross marmonna quelque chose d'inintelligible tandis que William grimpait à l'arrière du taxi et lui donnait une adresse à Castle Drive.

— Vous n'avez pas reconnu l'homme sur le cliché que mon collègue vous a présenté ? demanda-t-il au chauffeur quand ils eurent démarré.

— Non, chef. Hier après-midi, je regardais Arsenal se faire dérouiller par Chelsea.

« Ça, c'est une bonne surprise », aurait voulu répondre William, mais il préféra ne pas révéler son allégeance de peur que l'homme ne décide de ne plus lui adresser la parole. Il s'enfonça dans son siège et se mit à penser aux questions à poser à Mme Prescott, qu'il avait l'impression de déjà connaître.

Le taxi se gara devant le numéro 23.

— Vous pouvez rester là ? Je ne devrais pas en avoir pour longtemps, dit William.

— Le compteur tourne, déclara le chauffeur en souriant.

William ouvrit le portail de la petite clôture, emprunta la courte allée et frappa à la porte. Quelques instants plus tard, une jeune fille lui ouvrit.

— Mme Prescott est-elle à la maison ? s'enquit-il après avoir montré son badge.

— Elle vient de rentrer de l'église. Je vais aller la chercher.

Peu après, une femme plus âgée apparut, et William remarqua qu'elle était sur son trente-et-un.

— Entrez, inspecteur-chef ! lança-t-elle. J'allais justement faire du thé. Vous en voulez ?

— Merci, répondit William en refermant la porte avant de la suivre dans la cuisine.

— Asseyez-vous, jeune homme, et dites-moi ce que je peux faire pour vous, proposa-t-elle en mettant une bouilloire à chauffer.

William sortit la photo de Ralph Neville et la posa sur la table.

— Quand vous étiez de service sur la ligne de Sevenoaks, hier après-midi, avez-vous vu cet homme ?

— Absolument, affirma-t-elle en remplissant la tasse de William. Voulez-vous du sucre ?

— Non, merci. Pourquoi êtes-vous si sûre de le reconnaître ?

— Je ne crois pas qu'un gentleman comme lui prenne très souvent le bus, et surtout pas habillé comme s'il allait à un mariage. Mais ce qui m'a le plus marquée, quand je lui ai donné son ticket, c'est qu'il n'avait pas de monnaie. Juste un billet de cinq livres. Et en plus, Mme Haskins, l'une de mes habituées, m'a raconté par la suite qu'il avait dû tomber en panne, parce qu'il avait abandonné sa voiture de luxe sur le bas-côté. Il veut récupérer son argent, c'est ça ? demanda-t-elle avant de boire une gorgée de thé.

— Son argent ?

— La monnaie sur ses cinq livres. Même s'il a dit que je pouvais la garder. De toute façon, il peut toujours courir pour remettre la main dessus, gloussa-t-elle. Parce que ce matin j'ai déposé le billet dans le panier de la quête, et que je vois mal le vicaire le rendre.

William s'esclaffa.

— Et je suppose que vous n'avez pas remarqué vers où il est allé en descendant du bus ?

— Il a traversé la rue vers la station de taxis.

— Vous en êtes sûre ?

— Oh oui ! Je pensais qu'il allait faire de la monnaie et venir récupérer son billet de cinq, mais il s'est contenté de grimper à l'arrière d'un taxi, et ils sont partis.

— Et vous pourriez reconnaître le chauffeur ?

— Non, désolée, mon chou, fit Rose au moment où la jeune femme qui leur avait ouvert reparaissait.

— Dois-je entretenir l'espoir que vous emmeniez ma mère en prison, inspecteur-chef ?

— Pas encore tout à fait mais, si elle tente de jouer les filles de l'air, mes menottes sont prêtes.

— Quel dommage ! Mon petit ami comptait passer la nuit ici.

— Tu peux oublier cette idée, déclara Rose d'un ton ferme. Ça n'arrivera pas avant que j'aie vu une bague de fiançailles à ton doigt, et peut-être même pas à ce moment-là.

— Merci, Rose, dit William en se levant. Il faut que j'y aille.

— Bien sûr.

William marqua une pause devant la porte quand Rose l'ouvrit pour lui.

— Vous avez ensoleillé ma journée, dit-il.

— Et vous la mienne, parce que je n'aurais pas aimé demander au vicaire de rendre ces cinq livres. Cela dit, j'ai le sentiment qu'elles ne manqueront pas à l'homme sur la photo.

William se pencha et fit une bise sur les deux joues à cette femme si futée, ce à quoi elle répondit par un chaleureux sourire. Il redescendit l'allée et grimpa à l'arrière du taxi qui l'attendait. Le compteur tournait toujours.

— Ramenez-moi à la station, s'il vous plaît.

— Elle n'avait pas l'air d'une criminelle endurcie, vue de chez moi ! lâcha le chauffeur.

— Vous avez raison. Mais feu son mari était un fan d'Arsenal.

— Et c'est un crime ?

— Pour un supporter de Chelsea, absolument, rétorqua William.

Sa remarque entraîna le silence dont il avait besoin pour réfléchir au prochain coup qu'il devait jouer.

Ross et Danny l'attendaient à la station, l'un avec le sourire, l'autre les sourcils froncés. Il commença par les sourcils.

— Que dalle de mon côté, déclara Danny. Le contrôleur m'a fait poliment comprendre que plus de mille passagers vont à Londres chaque jour de la semaine, et que le samedi, quand il y a du foot, c'est encore pire. Pour lui, le type sur la photo ressemblait à n'importe quel autre citadin, alors comment pouvait-on s'attendre à ce qu'il se souvienne de lui ?

— Et vous, Ross ?

— Moi aussi, j'ai fait chou blanc, mais l'un des chauffeurs m'a raconté une histoire que vous devriez entendre. Il vient d'emmener un client à l'hôtel du coin, mais il devrait être de retour dans quelques minutes.

— Le temps de boire un café ! lança Danny d'un ton plein d'espoir.

William désigna le bar de la gare, où ils s'installèrent à une table.

— Je vais vous résumer où nous en sommes, d'après moi, et vous me direz si vous avez l'impression que j'ai loupé quelque chose. On pense avoir trouvé la voiture que Faulkner conduisait, et elle est à présent en chemin vers la fourrière locale. On devra probablement patienter un jour ou deux pour savoir s'il y a des indices dedans. Je ne me fais guère d'illusions, mais je n'ai pas perdu tout espoir quant à la casquette du chauffeur, que je déposerai à la scientifique dès notre retour à Scotland Yard.

— Rose a-t-elle fourni des infos intéressantes ? demanda Ross.

— Cette femme est une perle. Non seulement elle a reconnu Faulkner sur la photo, mais elle l'a vu monter dans un taxi. Il ne nous reste plus qu'à trouver lequel.

— Voilà notre gars, dit Ross. Il vient de se garer.

— Je vais aller lui dire un mot pendant que vous finissez vos cafés, répondit William.

Il vida sa deuxième tasse de thé de la matinée avant de traverser la rue vers le dernier taxi de la file.

— Désolé, chef ! lança le chauffeur. Vous devez monter dans le premier.

— Je ne cherche pas un taxi, mais l'un des passagers que vous avez pris hier. Mon collègue me dit que vous n'avez pas reconnu cet homme, indiqua William en lui montrant la photo de Neville. En revanche, l'un de vos clients a eu un comportement étrange, non ?

— Il était bizarre, celui-là. Mais je n'ai jamais vu son visage, alors je ne peux pas être sûr que ce soit votre type.

— Qu'est-ce qu'il avait de bizarre ?

— Il est monté à l'arrière avant que j'aie pu l'apercevoir. Ça, ce n'est pas inhabituel, mais ensuite il s'est calé dans le coin arrière gauche pour que je ne puisse pas le distinguer dans mon rétroviseur. Parfois, ça signifie que le client compte s'enfuir sans payer la course. Mais, quand je lui ai demandé sa destination, il avait un accent tellement snob que ça m'a rassuré.

— Où voulait-il aller ?

— À l'aéroport de Luton. Puis il n'a plus dit un mot de tout le trajet. Et, quand on est arrivés, il m'a glissé du liquide par le guichet et il est parti avant que je puisse lui rendre sa monnaie.

— Qu'est-ce que ça a d'inhabituel ? Il était peut-être simplement pressé.

— La plupart des clients que j'emmène à l'aéroport me réclament un reçu, pour pouvoir passer ça en frais. Mais pas lui.

— Alors, vous n'avez jamais vu son visage ?

— Non, mais il était bien habillé et il portait une mallette de cuir, ce que j'ai trouvé inhabituel pour un samedi après-midi. Mais tout ça ne m'aurait pas étonné si je ne l'avais pas vu descendre du bus.

William fit une petite prière dans sa tête.

— Quelle heure était-il ?

— À peine 15 heures.

— Vous en êtes sûr ?

— J'écoutais le match à la radio, vous voyez. Les Spurs contre Everton. Et ces derniers ont marqué dès la première minute. Les salauds !

— Merci, c'était très utile.

William rangea la photo dans sa poche et retourna dans le café de la gare juste à temps pour régler l'addition.

— Bon, Danny, on se bouge. Direction l'aéroport de Luton.

Tandis qu'ils se dirigeaient vers l'entrée de l'autoroute, William résuma à Ross sa conversation avec le chauffeur de taxi.

— C'est un peu tiré par les cheveux, mais ça fait trop de coïncidences pour être une coïncidence, estima Ross.

— Nous devons chronométrer le temps nécessaire pour rejoindre l'aéroport. Comme ça, nous devrions pouvoir déterminer quel vol il est le plus susceptible d'avoir pris.

— Pourquoi avoir choisi Luton, alors que Gatwick, Heathrow et Stansted sont bien plus proches ? demanda Danny.

— Il a dû supposer qu'ils étaient beaucoup mieux surveillés.

William et Ross passèrent plusieurs scénarios en revue avant que Danny se gare devant le terminal.

— Une heure et vingt-cinq minutes, chef, annonça-t-il.

— Attends-nous ici, ordonna William. On va probablement repartir directement à Londres, mais qui sait ?

William et Ross entrèrent et se dirigèrent vers le bureau d'information.

— Que puis-je pour vous, messieurs ? s'enquit la femme derrière son comptoir.

— Quels vols ont décollé après 17 heures hier après-midi ?

Elle se mit à pianoter sur le clavier de son ordinateur.

— Le 17 h 5 pour Dublin. Il est parti à l'heure.

— Il n'aurait pas eu le temps, remarqua Ross.

— Le 17 h 40 pour Newcastle, qui avait vingt minutes de retard.

— Ça l'aurait obligé à rester coincé en Angleterre une nuit de plus.

— Moscou à 17 h 50, poursuivit la femme, les yeux rivés sur son écran.

— Je ne crois pas, dit William.

— Le 18 h 10 pour Bruxelles.

— C'est une possibilité.

— Le 18 h 20 pour Édimbourg.

— Non, dit William.

— Ou le 19 h 10 pour Copenhague.

— Il n'aurait pas voulu s'éterniser dans le coin, déclara William. C'est forcément Bruxelles.

— Mais je doute que ce soit sa destination finale, répliqua Ross. Simplement le premier vol qui lui permettait de quitter le pays.

— Je suis d'accord.

William remercia la femme, puis les deux policiers se dirigèrent vers le comptoir de réservation de la compagnie aérienne belge Sabena. Cette fois-ci, William montra son badge avant de poser sa première question.

— J'aimerais consulter la liste des passagers du vol de 18 h 10 hier à destination de Bruxelles.

— Vous cherchez un nom en particulier, monsieur ? demanda l'employée avant de pianoter à son tour sur son ordinateur.

— Le capitaine Ralph Neville.

Elle vérifia deux fois.

— Personne ne correspond sur la liste des passagers de ce vol.

— Miles Faulkner ? suggéra Ross sans grande conviction.

— Non, répondit-elle.

Ross sortit une photo. Elle l'examina avec attention, puis secoua la tête.

— Je ne peux pas dire que je me souviens de lui.

William tenta une dernière approche.

— Quelqu'un a-t-il réservé son billet à la dernière minute et payé en liquide ?

— Il y a bien eu un gentleman qui l'a pris au dernier moment et qui était mécontent de ne pas avoir de place en première.

— Vous vous rappelez son nom ?

— J'ai bien peur que non.

— On prend le risque ? lança Ross.

— Y a-t-il un vol pour Bruxelles ce soir ? s'enquit William pour toute réponse.

— À 18 h 10, comme tous les jours. J'ai deux sièges disponibles en classe affaires.

— Je ne crois pas, non, déclara William en lui adressant un chaleureux sourire. Deux billets en classe économique suffiront amplement, ajouta-t-il en lui passant sa carte de crédit.

— Aller simple ou aller-retour ?

— Aller simple. On ne sait pas où on partira ensuite. Restez là pour récupérer les billets, Ross. Je vais aller expliquer à Danny que nous ne rentrons pas à Scotland Yard.

Danny fut enchanté d'apprendre qu'il pouvait retourner à Londres et « prendre son après-midi », bien qu'il soit déjà tard. De l'humour d'inspecteur-chef, sans doute.

— Mais pas avant d'avoir confié la casquette à la scientifique, prévint William. Je leur ai déjà donné l'ordre de m'avertir s'ils découvrent un indice qui permette d'identifier Miles Faulkner.

Danny porta deux doigts à son front.

— Aurez-vous besoin de moi demain, chef ?

— Si c'est le cas, ce sera pour me déposer en ville pour que je m'inscrive au chômage, mais je te tiendrai au courant.

En rentrant dans l'aéroport, il aperçut Ross en grande conversation avec un homme qui fronçait les sourcils.

— On a un problème, indiqua Ross quand William les rejoignit. Les passeports, ou plutôt leur absence. Voici Thomas King, le chef de la sécurité. Il veut bien nous délivrer un visa de voyage temporaire, mais il a d'abord besoin de l'autorisation d'un commissaire ou d'un plus haut gradé. Et je ne vais certainement pas appeler Hawksby un dimanche après-midi.

William décrocha le combiné du téléphone posé sur le comptoir et composa un numéro que même Ross ne connaissait pas.

Le Faucon écouta attentivement ce que l'inspecteur-chef Warwick et l'inspecteur Hogan avaient fait de leur dimanche.

— Passez-le-moi, se contenta-t-il de répondre.

William tendit le combiné au chef de la sécurité.

— Oui, monsieur, répéta ce dernier à plusieurs reprises avant de le rendre à William.

— Si vous rentrez sans Faulkner, ne songez même pas à ventiler ça en frais professionnels, dit Hawksby en guise d'au revoir.

— Merci, monsieur, lâcha William avant de raccrocher.

— On va toujours à Bruxelles ? demanda Ross.

— Oui, mais peut-être que seul l'un de nous deux en reviendra.

Peu après que William eut bouclé sa ceinture, l'avion décolla, et l'inspecteur-chef s'endormit pour la première fois depuis son retour de New York.

Ross employa son temps à rédiger un résumé de la situation. Les différentes hypothèses qu'il envisagea ne soulevèrent que davantage de questions à soumettre à William à son réveil. Celui-ci n'émergea qu'au moment où les roues de l'appareil touchèrent le tarmac de l'aéroport international de Bruxelles, quarante minutes plus tard.

(a) Faulkner a-t-il tenté de repartir directement vers un autre aéroport ?

(b) A-t-il passé la nuit ici ? Vérifier tous les hôtels à trois kilomètres à la ronde.

(c) Y a-t-il un vol direct de Bruxelles à Nice (Monte-Carlo) ?

(d) Sommes-nous dans l'impasse ?

Quand ils sortirent de l'avion, un agent de sécurité en uniforme vint à leur rencontre au pied de la passerelle. De toute évidence, Hawksby n'avait pas perdu son temps.

— En quoi puis-je vous aider ? s'enquit-il après leur avoir serré la main.

— Combien de vols ont quitté Bruxelles après… 19 h 30 hier soir ? répondit William en consultant sa montre.

— Une demi-douzaine, pas plus. Je vais regarder le registre, suivez-moi.

Il les guida à contre-courant du flot des passagers vers son bureau, où il n'eut besoin que de quelques minutes pour trouver l'information.

— Paris, Saint-Pétersbourg, Manchester, Helsinki, Luton et Barcelone.

William étudia la liste pendant un moment.

— Je miserais sur Paris, finit-il par lâcher. De là, il aurait pu prendre un vol intérieur pour Nice.

— Barcelone pourrait également coller, suggéra Ross.

— Je suis d'accord. Vérifiez Air France, et je vais faire de même avec Iberia.

William se dirigea vers le comptoir d'enregistrement de la compagnie espagnole.

— Vous étiez toutes deux de service hier soir ? demanda-t-il sans préambule.

De nouveau, il montra la grande photo de Ralph Neville pour savoir si elles l'avaient vu, mais les employées secouèrent la tête.

— Le vol pour Barcelone est toujours le dernier du samedi, déclara « Blanca ». Et il était comme d'habitude rempli de touristes.

— Cet homme n'est pas du genre à avoir l'air de partir en vacances, indiqua William.

Les deux employées examinèrent encore une fois le portrait, sans plus de succès.

— Puis-je consulter la liste des passagers ?

Le chef de la sécurité acquiesça, et Blanca fit pivoter l'écran vers William. Celui-ci vérifia à deux reprises la liste en première et en seconde classe, mais aucun nom ne lui disait quoi que ce soit.

— Merci, dit-il tandis que Ross les rejoignait avec le même résultat concernant les passagers vers Charles-de-Gaulle.

William prit son adjoint à l'écart pour le consulter.

— Même s'il était sur l'un de ces vols, ça nous ferait encore trois cents suspects environ. Il va falloir accepter qu'il nous a échappé une fois de plus.

— Il commence à faire passer Houdini pour un amateur.

— Il commence surtout à me faire passer pour un bleu, rétorqua William avec frustration.

— Les jolies filles vous cavalent toujours après ? demanda Ross.

William se retourna. Blanca venait vers eux en courant.

— Est-ce que je peux regarder à nouveau la photo ? lança-t-elle.

William la tira de sa poche et la lui tendit.

Elle examina le visage de Faulkner pendant un certain temps, puis masqua son front de la main et le scruta d'encore plus près.

— Oui, je suis convaincue que c'est lui. L'un des passagers en première classe pour Barcelone était chauve. Quand j'ai regardé la photo sur son passeport, il m'a dit qu'il venait de se raser la tête et il m'a même montré la facture, ajouta-t-elle en désignant un salon de coiffure de l'autre côté du hall.

— Sa première erreur, observa Ross.

— Vous avez un nom ? s'enquit William.

— Ricardo Rossi. Je m'en souviens, parce que d'après ses papiers il était styliste.

— Je vous embrasserais bien, mais je n'ai pas le droit ! lança Ross.

— Quel dommage ! répliqua-t-elle en lui faisant la bise sur les deux joues avant de regagner son comptoir.

— Ça donne envie de vivre à Bruxelles…, murmura Ross.

William ne l'entendit pas. Il avait vu que le panneau sur la porte du salon de coiffure venait de pivoter de Ouvert à Fermé. Le chef de la sécurité lui emboîta le pas et sortit son badge. Le battant se rouvrit de quelques centimètres, comme à contrecœur.

— Avez-vous rasé la tête de cet homme hier soir ? demanda William en montrant le portrait.

— Hier soir, je n'étais pas là, répondit une voix peu aimable. Ça devait être Carlo, et aujourd'hui c'est son jour de congé. Si le client a une réclamation, vous pouvez revenir demain matin.

Sur quoi le barbier mal luné claqua la porte et baissa le store.

— On part pour Barcelone ? lança Ross quand William l'eut rejoint.

— Ça n'a pas grand intérêt. Faulkner a déjà dû s'envoler vers sa destination suivante. Il s'est évaporé. Autant rentrer chez nous et affronter les conséquences.

— Vous voulez connaître la bonne et la mauvaise nouvelle ?

— J'ai hâte.

— Ben va falloir être patient, parce que le dernier vol pour Luton vient de décoller.

William se retourna. Devant lui s'étalaient des rangées de sièges en plastique.

— Et la bonne ?

— Je vais dîner avec Blanca.

Le lendemain matin, Danny récupéra deux inspecteurs hirsutes et ensommeillés qui arrivaient de Bruxelles par le premier vol. Aucun des deux n'avait fermé l'œil.

— L'inspecteur Thomas vient d'appeler, annonça-t-il dès qu'ils montèrent à l'arrière de son taxi. Ils n'ont trouvé aucune empreinte de Miles dans la Mercedes, mais les nouvelles sont meilleures du côté de la casquette du chauffeur. Un pouce et un index qui correspondent parfaitement à ceux de la main droite de Faulkner.

— Alors, il semble que Miles Faulkner, alias le capitaine Neville, se planque à présent en Espagne sous le nom de Ricardo Rossi, styliste de son état, résuma Ross.

— Oh ! il a probablement déjà rechangé d'identité et de métier, objecta William. Dès qu'on sera à Scotland Yard, j'enverrai à la police espagnole la dernière photo que nous avons de lui.

— Voulez-vous que je ramène Christina Faulkner au poste pour l'interroger ? demanda Ross.

— Non. Pas tant que j'aurai mon propre agent infiltré.

11

— Tu aurais dû rester à New York avec moi, affirma Beth quand ils entrèrent dans la chambre de leur maison. Ella était fantastique, et on est allés trois fois au Met…

— Ce n'était qu'une petite semaine, mais tu manquais terriblement aux enfants, et ils demandaient sans cesse où tu étais, répondit William en ôtant sa veste avant de la pendre dans le dressing. Et, comme j'ai passé mon temps à errer dans la campagne à la recherche d'une voiture, ça n'a pas arrangé les choses.

— Sans compter que tu t'es débrouillé pour laisser filer le mari de Christina encore une fois.

— Mais je l'ai retrouvé, protesta William.

— Eh bien, soyons précis. Tu as découvert sur quel continent il se trouvait, mais tu n'es même pas certain qu'il y soit encore, rétorqua Beth en déboutonnant son chemisier.

— Je connais son nom.

William défit son nœud de cravate.

— Ricardo Rossi est arrivé à Bruxelles, mais c'est peut-être une autre personne qui a atterri à Barcelone, signala Beth.

— Tu es dans quel camp ? grogna William.

— Dans le tien, l'homme des cavernes, souffla-t-elle en ôtant son chemisier. Mais seulement parce que je vais avoir besoin de ton aide une fois que j'aurai assassiné Christina.

— C'est la dernière chose que je voudrais que tu fasses. Elle représente ma meilleure chance de retrouver feu son mari.

— Mais qu'est-ce que je peux faire pour t'épauler, au juste ? lança Beth avec impatience.

William jeta sa chemise sur une chaise.

— La prochaine fois que tu la verras, joue les innocentes. Il faut que tu découvres dans quel camp elle est, répondit-il. Tu serais peut-être surprise.

Beth fit lentement glisser la fermeture Éclair de sa jupe.

— Mais maintenant elle doit avoir compris que tu sais que Ralph et Miles ne sont qu'une seule et même personne.

— Je suis d'accord, mais est-elle une pauvre fiancée laissée en plan à l'église, ou la complice d'un criminel ? dit William en balançant ses chaussures.

— Pourquoi devrais-je suivre ton plan alors que ce que j'ai envie de faire, c'est d'étrangler cette satanée bonne femme ?

Beth déboucla sa ceinture.

— Parce que, si je mets Faulkner derrière les barreaux, la moitié de sa collection sera toujours la propriété de Christina, d'un point de vue légal, et une autre toile de maître pourrait alors très bien se frayer un chemin jusqu'au Fitzmolean, dit-il en bataillant avec l'agrafe du soutien-gorge de Beth. Et Christina serait encore en mesure de nager dans le champagne pour le restant de ses jours.

— Avec un défilé de gigolos pour faire sauter les bouchons, ajouta Beth en lui arrachant son pantalon. Dis-moi, l'homme des cavernes, murmura-t-elle quand il se pencha pour l'embrasser, qu'est-ce qui t'a le plus manqué ? Ma tourte à la viande ou le sexe ?

— J'ai besoin d'un peu de temps pour y réfléchir, conclut-il entre deux baisers fiévreux.

Beth venait de se laisser tomber sur le lit quand la porte s'ouvrit brusquement.

— Papa, tu avais promis que tu nous ferais la lecture en rentrant à la maison !

Beth éclata de rire tandis qu'Artemisia grimpait sur la couette et tendait son livre à William. Ce dernier enfila rapidement une robe de chambre, et Beth sauta du lit pour remettre son chemisier.

— Juste un chapitre alors, indiqua William.

Peter se glissa dans la pièce et rejoignit sa sœur. Les jumeaux se lovèrent contre leur papa, qui ouvrit le livre et commença à lire.

L'agent Plod était un gentil policier. Il aimait aider les grands-mères et les grands-pères à traverser la rue et, quand il attrapait un petit garçon qui faisait du vélo sans son casque, il lui passait un savon, mais il n'en parlait pas à ses parents, ce qui l'avait rendu très populaire.

Peter se mit à applaudir.

Malheureusement, au quartier général, personne ne songeait à donner une promotion à l'agent Plod pour qu'il devienne sergent.

— Pourquoi ? demanda Artemisia.

— Je pense que nous allons bientôt le savoir, affirma William en tournant la page.

Mais il avait la tête ailleurs.

Plod, comme il le disait souvent à sa femme, Beryl, était très content d'être un petit soldat de la vie. Beryl n'était pas d'accord avec lui.

— Tu es tout aussi intelligent que l'inspecteur Watchit, qui récolte toujours toutes les louanges et les promotions grâce à tes idées, soupira-t-elle.

— C'est mon travail, répondit Plod. Ma responsabilité, c'est d'aider les gens en toute circonstance et de transmettre toute information utile à mes supérieurs. En fait, Beryl, rien qu'aujourd'hui...

Il fut interrompu par la sonnerie du téléphone. Beryl décrocha et écouta quelques instants.

— Mais c'est le jour de repos de Fred !

— Ça, c'était avant ! grommela l'inspecteur Watchit. Dites à Plod de se rendre au manoir, et vite. Il y a eu un cambriolage, et un collier de perles de grande valeur a disparu. Lady Doubtful veut qu'on fouille la propriété pendant que j'interroge le personnel.

William leva les yeux. Peter s'était endormi, mais Artemisia était toujours pendue à ses lèvres.

— Il est l'heure de vous mettre au lit, souffla Beth.

— Non, non, non ! s'écria Artemisia.

— Si, si, si ! répliqua William.

Il les souleva, un sous chaque bras, et les emmena dans leur chambre. Au moment de passer la porte, il se retourna et sourit.

— J'attends avec impatience le retour de l'agent Plod, lança Beth en faisant de nouveau glisser son chemisier.

— J'aimerais commencer cette réunion en souhaitant officiellement la bienvenue dans nos rangs à l'inspecteur Ross Hogan, déclara Hawksby.

Les autres membres de l'unité firent claquer leurs paumes sur la table.

— Ross nous rejoint avec une redoutable réputation en tant qu'agent infiltré, mais auparavant il a été sergent dans la brigade des homicides pendant quatre ans. Nous pouvons désormais mettre à profit son inestimable expérience, poursuivit Hawksby.

— Et avant de recevoir l'Oscar du meilleur second rôle, l'interrompit Ross, je dois avouer que je suis ravi et honoré d'intégrer l'équipe qui a collé Miles Faulkner derrière les barreaux.

— Et qui l'a laissé s'enfuir sous son nez, ajouta piteusement William.

— Ce n'est pas votre faute, répondit Ross. Ce sont les deux gardiens de prison corrompus qui se trouvent à l'origine de ce petit fiasco. Vous serez heureux d'apprendre qu'ils ont été transférés à Dartmoor, sans aucune possibilité de libération anticipée.

— Mais la deuxième fois que Faulkner s'est évadé, c'était bien ma faute, insista William. Et je n'aurai de repos jusqu'à ce qu'il retourne à Pentonville pour un bail à long terme sans clause de rétractation.

— Ricardo Rossi ne devrait pas tarder à apparaître sur nos radars, estima Paul.

— À cet effet, j'ai prévenu la police espagnole et Interpol, précisa Hawksby. Je leur ai fourni un dossier détaillé des activités criminelles de Faulkner ainsi qu'un portrait-robot de ce à quoi Neville devrait ressembler avec le crâne rasé. Mais pour l'instant il va nous falloir mettre Faulkner de côté, car c'est le moment de nous concentrer sur nos nouvelles missions. Inspecteur-chef Warwick, vous pourriez peut-être résumer où nous en sommes.

— Comme vous le savez, déclara William, les premières heures sont essentielles dans toute investigation criminelle. L'heure en or, ces soixante minutes qui suivent immédiatement le meurtre, est la meilleure chance dont on dispose pour récupérer les preuves nécessaires à une condamnation. Les caméras de surveillance, les preuves matérielles, les témoins et la forte probabilité que l'assassin soit encore dans les parages sont les armes de l'enquêteur les plus efficaces. Mais pour chacun de ces dossiers nous n'avons pas profité de cette heure en or, pas plus que de celles d'argent ou de bronze, d'ailleurs. À la vérité, non seulement ces criminels-là s'en sont tirés, mais ils doivent à présent être convaincus que leur dossier accumule la poussière sur l'étagère des affaires non résolues, loin de s'imaginer que nous sommes sur le point de le rouvrir.

— Sachez que le commissaire divisionnaire pense qu'en traduisant ces meurtriers en justice on enverra un message important au monde interlope, intervint Hawksby. J'ajoute que, même si nous n'en condamnons qu'un seul, les autres se rappelleront que la perspective d'une peine de perpétuité plane encore au-dessus de leur tête.

— Il y a une seconde raison tout aussi importante pour laquelle il est urgent de les coincer, reprit William. S'ils pensent qu'ils ont réussi à commettre un meurtre en toute impunité, ils peuvent très bien décider de recommencer.

Hawksby acquiesça.

— En gardant cela à l'esprit, nous avons confié une affaire à chacun de vous et, même si nous allons tous travailler en équipe et nous aider autant que possible, chacun sera à la tête de sa propre enquête et fera directement ses rapports à l'inspecteur-chef Warwick.

— Commençons par échanger des informations, déclara William. Comme vous avez hérité du dossier le plus compliqué, inspecteur Hogan, à vous l'honneur.

— J'ai deux enquêtes à mener, mais ces deux meurtres sont liés. C'est une histoire de guerre entre deux gangs. La première victime faisait partie d'une bande, et peu après celle-ci s'est vengée en assassinant un membre de l'autre.

— J'ai entendu parler dans les médias des Roach et de leurs ennemis jurés, les Abbott, dit Rebecca Pankhurst, mais je n'en sais guère davantage à leur sujet.

— Il n'y a pas grand-chose de plus à savoir, répondit Ross. Ce sont deux gangs de l'East End – impitoyables et très bien organisés, comme les Kray et les Richardson –, qui sont à couteaux tirés depuis des années. À elles deux, ces bandes contrôlent le trafic de drogue, la prostitution, le jeu et un racket de protection qui collecte ses versements hebdomadaires bien plus efficacement que le conseil municipal ses taxes. Même lorsqu'on parvient à en coincer un, et à l'envoyer au trou, ils sont comme les cafards : on en écrase un et deux autres sortent de sous le plancher pour le remplacer.

— Excusez mon cynisme, intervint Paul, mais si ces ordures s'entre-tuent les gens s'en moquent, non ? La plupart seraient enchantés qu'ils fassent le boulot à notre place et qu'ils s'éliminent entre eux.

— Ce serait peut-être le cas, sergent Adaja, rétorqua William. Mais, si on leur permettait de poursuivre leurs activités criminelles, il ne faudrait pas bien longtemps à l'East End pour se transformer en zone de non-droit inaccessible à la police comme aux citoyens respectueux de la loi.

— Je vous prie de m'excuser, souffla Paul. J'aurais mieux fait de réfléchir avant de parler.

— Nul besoin de vous excuser, affirma Ross. À l'époque, j'avais beau être infiltré, j'ai quand même entendu parler de votre mémorable contribution à l'opération *Cheval de Troie*.

Toute l'équipe éclata de rire, tandis que William rappelait à Ross qu'il lui avait mis un œil au beurre noir en cette occasion, afin que personne à part Hawksby ne sache qu'il était un agent sous couverture.

— Pourriez-vous nous présenter votre dossier, sergent Roycroft ?

— Clive Pugh est très différent des Roach et des Abbott, répondit Jackie. Certes, il est tout aussi impitoyable, mais beaucoup plus sournois. À première vue, il n'était qu'un citoyen modèle qui cochait toutes les bonnes cases. Marié, deux enfants tous deux diplômés de l'université, directeur adjoint de la filiale locale de la Barclays Bank, il a été élu homme d'affaires de l'année par le Rotary Club du coin.

— Et qui a-t-il assassiné ? s'enquit Rebecca.

— La femme avec qui il était marié depuis vingt-sept ans, et ce quelques mois après avoir contracté une assurance-vie d'un million de livres dont il était l'unique bénéficiaire si elle venait à mourir.

— Comment s'en est-il sorti ?

— Il a raconté qu'en rentrant du Rotary il a retrouvé son épouse pendue à une poutre dans la salle de bains. Il a aussitôt appelé la police, qui a découvert une lettre tapée à la machine où elle demandait pardon pour son acte. Tout pointait vers un suicide, jusqu'à ce que le légiste découvre qu'elle avait été tuée par un coup porté à la tête avant qu'on la pende. Le jury n'ayant pas pu déterminer s'il était coupable, il a été suspendu, lui aussi, ce qui est un peu ironique.

— Le juge était convaincu de la culpabilité de Pugh, précisa William, et il a immédiatement fait appel. Mais le second procès a été annulé pour vice de forme bien avant que le jury ait la possibilité de donner son verdict, et Pugh s'en est encore tiré. Quelques heures après, le policier qui menait l'enquête a annoncé depuis les marches du tribunal que l'affaire était classée sans suite et que la police n'allait pas fouiller d'autres pistes.

— La seule satisfaction là-dedans, c'est que la compagnie d'assurances a refusé de payer ! dit Jackie.

— Alors, il a fini fauché ? lança Paul.

— Pas vraiment. Pugh a fait un procès à la compagnie d'assurances, et ils sont parvenus à un accord à l'amiable : ils lui ont versé deux cent cinquante mille livres.

— Il y a des gens qui ont été tués pour bien moins que ça, commenta Ross.

— Quand j'ai passé les preuves en revue, j'ai remarqué une ou deux anomalies qu'il vaudrait peut-être le coup de creuser, poursuivit William. Quelques jours après le meurtre, le beau-frère de Pugh a fait une déclaration qui mérite qu'on s'y attarde.

— Mais il s'est rétracté au dernier moment, objecta Jackie. Et il a refusé de témoigner au tribunal.

— Je suivrais quand même cette piste, insista William. Qui sait dans quel état d'esprit il se trouve un an après ?

— Et l'autre anomalie ?

— La lettre d'adieu a été retrouvée par terre sous le corps de la femme, et non sur son bureau. Et elle n'était pas signée.

— Mais la loi stipule que si Pugh a été reconnu non coupable il ne peut plus être jugé une seconde fois, fit remarquer Jackie.

— Il n'a pas été reconnu non coupable, lui rappela William. Le jury du premier procès a été suspendu, et le second procès annulé pour vice de forme.

— C'est un point de droit délicat que Booth Watson se ferait une joie de disputer devant un juge, estima Ross.

— Je suis certain que Sir Julian Warwick saurait relever ce défi, rétorqua le Faucon.

— Passons à votre affaire, Paul, enchaîna William. Elle implique l'un des individus les plus néfastes que j'ai jamais croisés.

— Je suis on ne peut plus d'accord avec ça, répondit Paul en ouvrant l'épais dossier devant lui. Max Sleeman est un usurier dénué de principes, qui prête de l'argent à des taux exorbitants, parfois même jusqu'à dix pour cent.

— Par an ? s'enquit Hawksby. Ça ne me paraît pas déraisonnable.

— Par mois, répliqua Paul. Il inflige aussi des pénalités de retard aux emprunteurs qui loupent une échéance : une jambe cassée pour la première infraction, un bras pour la deuxième et, au bout de la troisième, vous disparaissez, tout simplement. C'est une mise en garde pour que ses autres clients comprennent les conséquences d'un défaut de paiement. On est quasiment certains que les trois personnes qui ont disparu ont été assassinées. Mais tant qu'on n'aura pas découvert le moindre cadavre on ne peut pas arrêter Sleeman, et encore moins le mettre en examen.

— Mais comment fait-il ? demanda Rebecca.

— Quand quelqu'un disparaît, Sleeman a toujours un alibi en béton. La première fois, il assistait à la dernière soirée de BBC Proms, et on le voit même un instant à la télé en train d'agiter un drapeau de l'Union Jack. La deuxième fois, il était dans les gradins du court central à Wimbledon pour la demi-finale femmes. Pendant une pause entre deux matchs, il a renversé de la crème glacée sur une dame assise à côté de lui. Il a réglé le montant du nettoyage et a fourni la facture qui le prouve.

— Et la troisième fois ?

— Il a été pris en photo par un radar à Manchester, alors qu'il roulait à soixante-dix kilomètres par heure dans une zone urbaine. Il a montré le cliché où on le voit derrière le volant et un reçu du conseil municipal de Manchester.

— Quelqu'un a dû commettre ces meurtres à sa place, suggéra Ross.

— On pense qu'il a embauché un tueur professionnel, mais je n'ai pas encore de nom à avancer.

— Et ces trois corps sont bien quelque part.

— Je sais, dit Paul. Mais où ?

— Trouvez-en un, et vous pouvez être sûrs que les deux autres apparaîtront à leur tour, répondit William.

— Des pistes ? s'enquit Hawksby.

— L'épouse de l'un des disparus avait enregistré une conversation téléphonique entre Sleeman et son mari, au cours de laquelle cette ordure évoque ouvertement ce qui arrivera à sa victime s'il loupe une autre échéance. Je dois la voir cette semaine.

— Une femme courageuse, fit observer William. Mais acceptera-t-elle de témoigner devant une cour ? Et vous, Rebecca, qu'avez-vous à nous présenter ?

— Darren Carter, un videur à l'Eve Club, un bouge de Soho. Il a tué un client d'un seul coup de poing et il a déclaré que c'était l'autre qui avait commencé. Au tribunal, il a produit plusieurs témoins pour appuyer ses dires. Par la suite, on a découvert que la victime entretenait une liaison avec la femme du patron du club. Cependant, cela n'a même pas été évoqué pendant le procès. L'avocat de la défense a plaidé à huis clos que les preuves étaient biaisées et circonstancielles, et le juge est allé dans son sens. Carter a plaidé coupable pour homicide involontaire. Il a purgé un an sur les deux dont il avait écopé, et il travaille de nouveau dans ce club.

— Je veux que vous me fermiez cet établissement ! s'écria Hawksby. Et jetez Carter et son patron en prison pour le restant de leurs jours, ce qui enverra un message à tous les autres proprios de bars véreux de Soho.

— J'ai une piste, poursuivit Rebecca, mais je ne suis pas très optimiste. Je ne garantis pas que les preuves que me fournira ma source seront substantielles, fiables ou convaincantes.

— Quelle bande de racailles ! maugréa William. Et à une exception près ils ont tous été défendus par notre vieil adversaire, Me Booth Watson.

— Laissez-moi deviner, intervint Paul. Pour des raisons professionnelles, il n'est pas en position de représenter à la fois les Roach et les Abbott.

— Il est déjà à la solde des Abbott, confirma William.

— Quelqu'un devrait peut-être descendre Booth Watson, suggéra Ross. Ça résoudrait tous nos problèmes.

À cette proposition, ils firent claquer leurs paumes sur la table pendant un bon bout de temps.

*

— Qu'est-ce que je vous prends, Ross ? demanda William.

— Un demi de bière brune, chef. Sinon, je vais m'endormir et je ne pourrai plus suivre le rythme de nos jeunes loups.

— J'ai beaucoup de chance, affirma William en regardant les autres membres de l'équipe qui blaguaient entre eux. C'est une nouvelle génération de flics qui ne fait pas le boulot à moitié et qui ne croit pas aux petits arrangements. Ils préfèrent se reposer sur des preuves solides avant de procéder à une arrestation plutôt que tirer des conclusions hâtives qui ne tiendront pas devant une cour.

— J'ai hâte de travailler avec eux, certifia Ross, même si j'ai déjà constaté par moi-même de quoi ils étaient capables quand j'étais infiltré. Et même chose pour vous.

— Ça donne la chair de poule, opina William.

Il but une longue gorgée de sa bière avant d'aborder le sujet suivant, qui lui tenait à cœur.

— Ce matin, vous avez proposé de m'aider à retrouver Faulkner et à le remettre en prison, une tâche que je ne fais que sur mon temps libre.

— Oui, j'ai une ou deux idées en tête. Tout d'abord, je suis certain que le commandant Lamont travaille en tant que consultant à la fois auprès de Booth Watson et de Christina Faulkner.

— Le serviteur de deux maîtres, répondit William. Mais dans ce cas-ci ce n'est pas une comédie.

— Jackie m'a confié qu'elle boit un verre avec Lamont de temps à autre et qu'elle vous passe les infos qu'elle découvre.

— Ainsi que les enveloppes krafts qu'elle n'ouvre jamais.

— Étant donné que l'argent est à présent l'unique passion de Lamont, je crois avoir trouvé un moyen de le piéger en même temps que Booth Watson.

William écouta avec intérêt les idées de Ross, en posant une ou deux questions à l'occasion.

— Je suis tout à fait pour, déclara-t-il quand Ross eut terminé. Mais on a besoin du feu vert de Hawksby.

— Je vous laisse l'obtenir, répliqua Ross en admirant par-dessus l'épaule de William une jeune femme qui venait de s'approcher du bar.

Elle était vêtue avec élégance, une jupe plissée blanche qui lui tombait juste en dessous des genoux et un chemisier boutonné jusqu'en haut. Quand leurs regards se croisèrent, elle détourna timidement les yeux.

— On ne peut pas dire que Hawksby nous ait refilé des boulots faciles, lâcha William.

— Vous devriez considérer ça comme un compliment, marmonna Ross en essayant de se concentrer sur les propos de William même s'il avait la tête ailleurs.

— Mais si on échoue on ne va pas tarder à retourner faire des enquêtes sur les violences conjugales, les suicides et les faux aveux.

Ross sourit avant de boire une petite gorgée de bière.

La femme lui rendit son sourire.

— Allons retrouver les autres, dit William en prenant son verre.

Ross le suivit à contrecœur jusqu'à l'extrémité opposée de la salle. Le temps qu'il s'attable, la femme ne regardait plus dans sa direction.

Il prêta peu d'attention aux bavardages de l'équipe, se contentant d'une petite remarque passe-partout de temps en temps. Jackie, qui jeta un coup d'œil vers le bar, n'eut pas besoin d'explications pour comprendre pourquoi Ross était aussi mutique. L'idée que cette femme était une version plus jeune d'elle-même lui traversa l'esprit. Ah, les hommes !

— On devrait rentrer à Scotland Yard, déclara William en consultant sa montre.

— Je dois aller aux toilettes, lança Ross. Je vous rejoins.

Une fois au sous-sol, il ouvrit la cabine, prit un morceau de papier toilette et griffonna dessus son numéro de téléphone, puis le plia plusieurs fois et le cacha dans sa paume.

Il remonta rapidement, soulagé de constater que la femme n'était pas partie.

— Salut, dit-il en passant devant elle.

Il laissa le petit bout de papier sur le comptoir et sortit sans attendre de réponse. Une fois dehors, il rattrapa bientôt les autres. Jackie fut la seule à remarquer qu'il n'était pas resté en bas bien longtemps.

12

Booth Watson franchit rapidement les douanes. Il n'avait emporté qu'un attaché-case, car il comptait reprendre l'avion pour Londres dans la soirée. Il gagna la courte queue à la station de taxis devant l'aéroport et, quand il atteignit le début de la file, il tendit au chauffeur un papier où figurait une adresse.

Aux abords de l'autoroute, le chauffeur tourna à gauche au lieu de se joindre au flot des véhicules qui se dirigeaient vers Barcelone. Vingt minutes plus tard, il s'engagea sur une route à une seule voie qui, au bout de quelques kilomètres, se révéla être truffée de nids-de-poule.

Booth Watson jeta un coup d'œil par-dessus son épaule pour vérifier qu'ils n'étaient pas suivis, car les instructions qu'il avait reçues étaient on ne peut plus claires : « Si vous pensez que vous êtes suivi, faites demi-tour, retournez à l'aéroport et prenez le premier vol pour Heathrow. »

L'avocat avait supposé qu'après la deuxième disparition de son patron la Met avait peut-être placé un agent sur ses talons, mais il avait rapidement conclu que leur budget, bien que conséquent, ne l'était pas assez pour ça. Néanmoins, comme Booth Watson était un homme qui ne laissait rien au hasard, il avait officiellement déposé une plainte auprès du ministère de l'Intérieur en avançant qu'il avait toutes les raisons de croire que son téléphone avait été mis sur écoute et qu'il était suivi. Il avait reçu une réponse polie lui assurant que rien de tout cela n'était vrai, mais il soupçonnait qu'elle avait été rédigée après que Hawksby avait confirmé qu'il avait « rappelé ses chiens ».

Le taxi poursuivit sur cette voie de plus en plus étroite avant de s'arrêter en lisière d'une forêt dense. Booth Watson en descendit et, suivant ses instructions, attendit que le chauffeur, médusé, fasse demi-tour et s'en retourne vers l'aéroport. Une fois qu'il fut hors de vue, une voiturette électrique de golf surgit d'entre les arbres et se dirigea vers lui.

Sans un mot, le conducteur emmena le distingué Londonien à travers la forêt le long d'une piste sans marquage aucun, puis ils franchirent un pont étroit au-dessus d'un torrent. Ce n'est qu'une fois qu'il fut parvenu de l'autre côté que Booth Watson découvrit la maison – même si demeure, voire château, aurait été une description plus adéquate. À côté, Limpton Hall ressemblait à un pavillon de banlieue.

Collins se tenait devant la porte ouverte. Un bon et loyal serviteur, songea Watson quand le majordome s'inclina légèrement pour l'accueillir.

— Bonjour, monsieur, dit-il comme s'il était face à un habitué des lieux.

En réalité, cela faisait plusieurs semaines que Booth Watson n'avait pas vu Miles.

— M. Faulkner vous attend dans le salon, monsieur.

— Mais non, il n'y est pas ! lança Miles en traversant le hall pour rejoindre son hôte. Bienvenue dans ma maison de campagne, ajouta-t-il en tendant la main.

— C’est plutôt un palais.

Miles le mena le long d’un couloir où Watson reconnut des toiles qu’il avait pu admirer pendant des années, puis ils entrèrent dans un salon dont les grandes baies vitrées donnaient sur des hectares de forêt d’un côté et sur le bleu paisible de la Méditerranée de l’autre.

— Le paradis sur Terre, remarqua-t-il.

Quand Miles s’enfonça dans un confortable fauteuil, une domestique apparut, un grand plateau de café et de cookies dans les mains. C’était comme s’ils se trouvaient encore en Angleterre et que rien n’avait changé.

Miles attendit que la femme s’en aille avant de reprendre la parole.

— Parlons un peu affaires avant que je vous fasse visiter la maison. Que mijote Christina ?

— Elle joue toujours son rôle, mais elle n’a absolument aucune idée de l’endroit où vous vous cachez et elle me le demande sans arrêt.

— Et que lui répondez-vous ?

— J’ai laissé échapper que la dernière fois qu’on vous a vu vous étiez à Buenos Aires, et que vous n’avez aucune intention de revenir en Angleterre dans un proche avenir.

— Et d’après vous, elle vous a cru ?

— Je ne peux pas en être sûr, mais Lamont affirme que c’est ce qu’elle déclare à tous ceux qui lui posent la question. Et je ne doute pas qu’elle continuera de le faire si elle tient à conserver son allocation mensuelle.

— Cela dit, je pense que Warwick et Hawksby ont fini par comprendre que ce n’était pas moi qu’on a mis dans le crématorium à Genève.

— Certes, mais d'après Lamont vous n'êtes plus sur leur radar.

— Et comment peut-il en être sûr, maintenant qu'il n'est plus dans la boucle ?

— N'oubliez pas qu'il a une informatrice qui lui dévoile tout ce que trame Warwick. Ce n'est pas donné, mais ça vous garantit au moins que vous ne perdrez pas le bonus sur votre assurance-vie. Lamont m'a dit que votre dossier – MF/CR/76748/88 – accumule la poussière dans les archives générales de la Met, à Hayes dans le Middlesex, où les affaires classées sont enterrées, et rarement exhumées.

— Ça fait plaisir à entendre, parce que je ne compte pas vivre le restant de mes jours cloîtré ici, même si je ne ressortirai que lorsque vous me donnerez le feu vert.

— La fonction la plus utile de Lamont, c'est de nous confirmer que vous êtes de l'histoire ancienne à leurs yeux. Néanmoins, il serait sage de faire profil bas un peu plus longtemps.

— Mais pas trop longtemps. Le paradis lui-même devient une prison au bout d'un certain temps. Et quel intérêt d'avoir un jet privé, un yacht, un compte en Suisse et des tonnes d'argent liquide dans un coffre à Mayfair si je suis coincé ici ?

— Mayfair sert à entretenir Christina, Lamont et son informatrice, ainsi qu'à couvrir d'autres dépenses annexes.

— Dont les vôtres.

Booth Watson haussa les épaules.

— L'heure est peut-être venue de réduire les coûts en supprimant Christina de nos frais, suggéra Miles.

— Je ne le recommanderais pas, répliqua Watson d'un ton ferme. Elle irait directement trouver Mme Warwick pour lui révéler que vous êtes en vie, ce qui donnerait l'occasion à son mari de rouvrir votre dossier.

— Ce qui n'est pas souhaitable, en effet. Cela dit, ils ne me retrouveront jamais, même s'ils apprennent que j'ai atterri à Barcelone ce soir-là.

— Vous êtes dans un lieu isolé et bien caché, répondit Watson en finissant par prendre le cookie qui lui faisait de l'œil depuis un bon moment. Mais, s'ils découvraient que Ricardo Rossi n'est pas un styliste mais un criminel en cavale, ce palais deviendrait un bunker encerclé par une armée, et vous ne pourriez pas vous évader.

— Quand bien même, ils ne pourraient pas me capturer. Laissez-moi vous montrer pourquoi.

Il se leva et sortit du salon, certain que Watson allait lui emboîter le pas. Au bout du couloir, il ouvrit une porte, entra dans une pièce qui de toute évidence était son bureau et s'installa à la grande table de réunion tandis que Watson observait le portrait grandeur nature accroché au mur derrière lui.

— Le général Franco, observa Miles. Il a bâti cette retraite en 1937, au plus fort de la guerre civile. Même ses confidents les plus proches n'étaient pas au courant de son existence. J'ai dû procéder à quelques modifications, mais je vais vous éclairer. Quand la voiturette de golf vous a récupéré, combien de temps avez-vous mis à rejoindre la maison ?Watson réfléchit un instant.

— Six ou sept minutes. Mais une moto de la police serait bien plus rapide.

— Certes. Et combien de temps nous a-t-il fallu pour venir du salon à mon bureau ?

— Une minute, une minute et demie tout au plus.

— Je peux vous assurer que quiconque poserait un pied sur cette propriété sans y avoir été invité – n'oubliez pas que la maison est entourée par une forêt très dense – déclencherait aussitôt une alarme. Même s'ils arrivaient en pleine nuit pendant que je dors profondément dans ma chambre au premier, il me faudrait moins de trois minutes pour me volatiliser.

— Si vous comptez prendre l'hélicoptère que j'ai vu sur le toit pour vous enfuir, dites-vous bien qu'ils n'hésiteraient pas à l'abattre.

— Je ne vais pas m'enfuir en passant par le toit. L'hélicoptère n'est là que pour les leurrer.

Une horloge sonna douze coups, et une sirène aiguë couvrit leur conversation.

— C'est un exercice ! cria Miles en se levant.

Il se dirigea vers une grande porte métallique enchâssée dans le mur. Elle n'avait pas de poignée, pas de serrure et, d'après ce que Watson voyait, aucun moyen permettant de l'ouvrir. Miles toucha le cadran de sa montre, attendit qu'il s'allume puis pianota un code à huit chiffres. Alors, sous le regard fasciné de l'avocat, le battant pivota, dévoilant un grand espace vide.

Sous le hurlement assourdissant de la sirène, Miles s'avança dans le sas en invitant Watson à le suivre. Celui-ci obtempéra non sans réticence, puis Miles referma derrière lui, ce qui les plongea dans un noir total. Il pianota un nouveau code à huit chiffres sur le cadran et, quelques secondes plus tard, une deuxième porte s'ouvrit, révélant un escalier bien éclairé.

Miles s'écarta pour laisser passer Watson, puis le rejoignit en haut des marches et claqua derrière lui le lourd battant métallique.

— Comme vous le voyez, même si l'inspecteur-chef Warwick et ses sbires arrivaient jusqu'à mon bureau, ça leur prendrait au moins sept minutes, et ils auraient encore besoin de ma montre et du code pour franchir la première porte, sans parler de la seconde.

Miles conduisit son invité jusqu'au sous-sol.

Quand ils entrèrent dans un nouveau bureau, l'avocat ne put s'empêcher de remarquer qu'il était identique en tout point avec celui de l'étage au-dessus, excepté que le portrait de Franco avait été remplacé par celui de Miles. Et l'autre moitié de la collection de Miles – la moitié de Christina – était accrochée sur les murs.

— J'ai suffisamment de provisions pour tenir un mois et je dispose même d'une piscine.

Avant que Watson ait le temps de répondre, une lumière verte se mit à clignoter sur la table.

— L'exercice quotidien est terminé. Nous pouvons à présent rejoindre la civilisation et déjeuner.

— Mais le personnel…, objecta Watson.

— Collins est le seul qui a le droit de pénétrer dans mon bureau, répliqua Miles tandis qu'ils gravissaient les marches. Et même lui ne connaît pas le code des portes, précisa-t-il en pianotant celui de la première.

Quand elle s'ouvrit, Watson et lui entrèrent dans le sas, où ils furent de nouveau plongés dans le noir le temps qu'il tape la seconde série de chiffres. Miles sourit en voyant

Collins qui les attendait avec deux flûtes de champagne sur un plateau d'argent.

— Le déjeuner est servi, monsieur.

Lamont n'avait même pas essayé de filer l'inspecteur Ross Hogan, car il savait que l'agent infiltré le plus doué de sa génération le remarquerait dans la minute. Il s'était donc contenté de trouver un endroit discret où attendre patiemment que sa cible se montre.

Comme d'habitude, Ross sortit de l'appartement de Joséphine Colbert vers 7 h 30. Il portait une chemise fraîchement repassée et une cravate de soie, ce qui indiqua à Lamont qu'il ne comptait pas retourner chez lui avant d'aller à Scotland Yard.

Peu après 10 heures, Joséphine Colbert apparut à son tour. Elle arborait un survêtement de grand couturier pour son jogging matinal. Elle rentra une demi-heure plus tard et ne reparut qu'à l'heure du déjeuner.

Dans l'après-midi, elle fit du shopping, alla chez le fleuriste, à l'épicerie fine, se rendit chez le coiffeur et s'accorda une petite sortie dans un cinéma français à Chelsea avec une amie. Lamont ne l'avait jamais vue avec un autre homme, excepté lors de sa réunion hebdomadaire avec Booth Watson au 5, Fetter Chambers.

Ensuite, il traîna dans l'Army and Navy Stores de Victoria Street jusqu'à ce que Ross Hogan quitte le Yard en fin de journée. S'il tournait à droite, c'était qu'il comptait rentrer chez lui en métro ; à gauche, il sauterait dans un bus pour

Chelsea. Les trajets jusqu'à Chelsea devenaient de plus en plus fréquents.

Ce soir, il prit à droite. Vers son domicile donc... Mais, à la grande surprise de Lamont, Hogan passa devant la bouche de métro et continua tout droit. Conscient qu'il ne pouvait pas courir le risque de le suivre, Lamont décida de rentrer à la maison, mais il se ravisa en voyant Hogan pousser la porte d'une bijouterie. Lamont se dissimula dans un renfoncement. Vingt minutes plus tard, Hogan ressortit avec un petit sac, puis retourna vers la station Saint-James où il s'engouffra.

Lamont se dirigea vers la bijouterie d'un pas vif. Un jeune vendeur était en train de retirer les colliers de la vitrine en prévision de la fermeture. Lamont lui montra son ancien badge en couvrant de son pouce la date de validité, échue.

— En quoi puis-je vous aider, commandant ? demanda l'employé nerveux.

— Un homme était ici il y a quelques minutes, la quarantaine, un mètre quatre-vingt-cinq, il portait un costume gris foncé et une cravate rouge.

— Oui, monsieur. Il vient de repartir.

— Il a acheté quelque chose ?

— Oui, monsieur. Une bague de fiançailles.

Ça avait été le mois le plus heureux de son existence. Ross n'arrivait pas à croire en sa chance à la suite de cette rencontre fortuite. Pour lui, l'idée même de tomber amoureux avait toujours été un anathème. Il était un chasseur-cueilleur, et c'était toujours lui qui décidait de rompre avec sa dernière conquête et de poursuivre son chemin. Quand on l'accusait de coucher à droite à gauche, il considérait que c'était un compliment.

Mais ça, c'était jusqu'à ce qu'il fasse la connaissance de Joséphine, et elle n'avait pas eu besoin de lui expliquer ce que tomber raide dingue de quelqu'un voulait dire. Ce n'était pas seulement qu'elle était belle et bien plus intelligente que lui ; c'était la première femme qu'il avait peur de perdre. Il ne comprenait même pas pourquoi elle lui avait accordé un regard, et encore moins pourquoi elle s'était éprise de lui. Pour la première fois de sa vie, il n'était pas le premier arrivé au bureau le matin et le dernier parti le soir. Tout le monde l'avait remarqué. Le solitaire n'était plus seul. Ils attendirent environ deux semaines avant de coucher ensemble, une autre première. Après ça, il aurait cambriolé une banque pour elle.

Jo lui avait déjà parlé d'un précédent mariage malheureux, qui n'avait duré que deux ans. La procédure de divorce l'avait laissée avec suffisamment d'argent pour vivre confortablement sans avoir besoin de travailler et, comme lui, elle pensait qu'elle ne tomberait jamais amoureuse.

Ce soir, il allait l'emmener dîner et lui ferait sa demande. Il avait dépensé plus qu'il ne pouvait se le permettre dans cette bague. Jo lui avait pourtant dit un jour qu'elle ne se remarierait plus jamais, mais depuis il sentait que quelque chose avait changé.

Quand il rentra, encore plus tôt que d'habitude, il la retrouva en train de pleurer dans le salon. Il tenta de la consoler, mais rien n'y faisait. Lorsqu'elle leva les yeux vers lui, il ne put s'empêcher de la trouver magnifique, quand bien même ses joues étaient striées de larmes. Elle essaya de sourire.

— Je t'aime, souffla-t-elle.

C'était la première fois qu'elle l'avouait.

— Et je t'aime aussi.

Encore une première. Incapable d'exprimer avec des mots ce qu'il ressentait vraiment, Ross décida de ne plus attendre pour lui prouver à quel point il l'aimait. Il mit un genou à terre et fouilla dans sa poche dont il tira un petit boîtier de cuir.

— J'espère passer le restant de mes jours avec toi, déclara-t-il en l'ouvrant. Veux-tu m'épouser ?

Il guettait sa réponse, qui ne vint pas. Elle finit par le dévisager, toujours sans rien dire. Il prit doucement sa main entre les siennes pour essayer de glisser la bague à son annulaire, mais elle eut un geste de recul.

— Tu ne souhaites pas te marier avec moi ? demanda Ross, au désespoir.

— Si, je le veux, répondit-elle calmement. Mais quand je t'aurai avoué la vérité c'est toi qui ne voudras plus m'épouser.

13

Beth décrocha le téléphone sur son bureau.

— Il y a une certaine Christina Faulkner à l'accueil. Elle demande si vous pourriez la recevoir.

Beth s'était bien préparée à ce moment, même si William l'avait prévenue qu'il se produirait quand elle s'y attendrait le moins.

Elle inspira profondément.

— Faites-la monter.

En patientant, elle se répéta le mantra de William chaque fois qu'il devait interroger un suspect : « Écouter, écouter, écouter, dans l'espoir qu'il dira quelque chose qu'il regrettera par la suite. »

On frappa doucement. D'habitude, Christina faisait irruption dans son bureau sans préavis, supposant manifestement que Beth allait tout laisser tomber pour la recevoir. Mais aujourd'hui c'était différent.

— Entre, dit Beth sans se lever.

La porte s'ouvrit lentement. La femme qui se présenta n'était pas la Christina d'antan, sûre d'elle et en totale maîtrise. Elle se tenait gauchement sur le seuil, attendant que Beth fasse le premier pas.

Celle-ci ne lui proposa pas de s'installer dans le confortable fauteuil à côté de la cheminée qu'elle s'adjugeait d'habitude, mais lui indiqua le siège de l'autre côté de son bureau, comme si elle était une simple employée. Christina obtempéra humblement et s'affala sur la chaise en bois sans piper mot.

« Écouter, écouter, écouter. »

— Je ne sais pas par où commencer, souffla Christina d'une voix hésitante.

— Tu pourrais dire la vérité, pour changer, non ? suggéra Beth.

Un long silence s'ensuivit, avant que tout jaillisse d'un seul coup.

— Je te prie de m'excuser de m'être aussi mal conduite, et je comprendrais très bien si tu ne me le pardonnais jamais.

« Écouter, écouter, écouter. »

— Je ne suis pas comme toi, franche, sans complications et scrupuleusement honnête. C'est l'une des nombreuses raisons pour lesquelles je t'admire tellement, et j'étais si fière de penser que j'étais ton amie.

« Ne succombe pas aux flatteries », l'avait prévenue William.

— Je me suis habituée à un style de vie qui ne rendait pas toujours cela possible, mais la farce qu'a été mon mariage m'a finalement fait retrouver mes esprits, quelles que puissent être les conséquences.

« Essaye de te rappeler qu'elle ne sait même pas quand elle ment, avait précisé William. Ensuite, elle tentera de jouer sur ta bonté. »

— Néanmoins, au cours des dernières semaines, j'ai fini par comprendre à quel point je tiens à notre amitié et j'espère qu'il te sera encore possible de me pardonner, même si tu n'as aucune raison de le faire.

« Écouter, écouter, écouter. »

— Si je pouvais te révéler où se cache Miles, je le ferais, mais il n'a pas essayé de me contacter depuis le jour du mariage, hormis par l'intermédiaire de son porte-parole, le méprisable Booth Watson, qui m'ordonne simplement de la fermer si je veux continuer de percevoir mon allocation mensuelle. Il m'a enjoint de venir te voir pour tenter de découvrir si William sait où Miles se trouve.

Christina la regarda enfin dans les yeux.

— Alors, pour la première fois de ma vie, reprit-elle, j'ai décidé de faire le bon choix, comme dirait William.

« Si elle fond en larmes, ne te fais pas avoir. »

Elle fondit en larmes.

Beth se dégela.

— La galerie n'oubliera jamais le rôle inestimable que tu as joué en nous permettant d'acquérir le Rembrandt, un Rubens et un Vermeer, ce pour quoi nous aurons toujours une dette envers toi.

— Tu n'auras jamais de dette envers moi, répondit Christina. Mais je dois te prévenir que, si jamais Miles est arrêté et renvoyé en prison, Booth Watson a pour instructions de récupérer le Vermeer, et je n'y pourrai rien.

Pour la première fois, Beth pensa que Christina disait peut-être la vérité, mais elle continua d'écouter, écouter, écouter.

— Crois-moi, je suis déterminée à vous prouver dans quel camp je suis, à William et à toi… Si je peux faire quoi que ce soit pour vous en convaincre…

« Quand elle affirmera qu'elle est de ton côté et qu'elle te demandera ce qu'elle pourrait faire pour le démontrer, c'est le moment de frapper. Commence par quelque chose de simple, avait suggéré William, et si elle y accède tu pourras alors la tenter avec un appât auquel elle ne pourra pas résister. Juste avant son départ, pose-lui une dernière question qui révélera si elle te dit la vérité ou si elle n'est qu'une messagère à la solde de son maître. »

— Quelle proposition généreuse ! déclara Beth. Le musée envisage d'organiser une exposition sur Frans Hals à l'automne. Je sais que *Le Joueur de flûte* est dans ta collection, et nous serions ravis de te l'emprunter pendant six semaines.

« Si elle décline ton offre, elle admettra implicitement que c'est Miles qui a la main sur la totalité de la collection, et c'est quelque chose qu'elle ne voudrait pas que tu apprennes, parce que ça lui ôterait toute possibilité de négocier. »

Christina hésita.

— Je pense que ça ne pose pas de problème, dit-elle enfin.

— Merci ! s'écria Beth avant de lancer un appât bien plus gros. Ça compensera que nous n'ayons pas pu acheter *La Pêche miraculeuse*, du Caravage, qu'on nous a récemment proposée, mais qui n'était pas dans nos moyens.

Parfait, au mot près.

— C'est de notoriété publique ? demanda Christina en mordant à l'hameçon.

— Non. Lord McLaren nous a contactés en privé. Il semble qu'il a un problème de succession à la suite de la mort prématurée de son père et que le fisc espère le voir verser vingt millions de livres d'ici la fin de l'année. J'ai été obligée de lui dire qu'on ne jouait pas dans cette catégorie.

Elle s'interrompit un instant, s'amusant comme une folle.

— Tout cela est hautement confidentiel, bien sûr, ajouta-t-elle.

— Bien sûr. Mais je peux au moins te dépanner avec le Frans Hals. Ça te prouvera que je suis dans ton camp.

Christina se leva.

— Tu n'as rien à me prouver, assura Beth en lui adressant un sourire chaleureux. Mais puis-je te poser une question avant que tu partes ?

— Ce que tu veux.

— Où est Miles en ce moment ?

Christina ne répondit pas tout de suite, mais elle finit par s'y résoudre.

— Buenos Aires, murmura-t-elle comme si elle révélait contre son gré un secret bien gardé.

— Merci, souffla Beth sans savoir si Christina mentait ou si elle ignorait vraiment où il se trouvait.

Ça, ce serait à William de le déterminer.

En sortant, Christina avait l'air un peu plus sûre d'elle qu'à son arrivée.

Dès qu'elle eut refermé, Beth décrocha son téléphone. Elle hésita un instant avant de faire quelque chose que William n'appréciait guère en temps normal. Tant pis, elle composa le numéro de sa ligne privée à Scotland Yard.

— On t'a payée mille livres par semaine pour coucher avec moi ? demanda Ross, incrédule.

— Plus le loyer de cet appartement et une allocation pour m'acheter des vêtements.

— Qui paye ça ?

— L'agence d'escort-girls parisienne qui m'a embauchée pour te séduire.

— Et qu'est-ce qu'ils espèrent en échange ?

— Je dois leur révéler tout ce que tu me dis, même les choses qui me paraissent triviales ou peu pertinentes.

— Et tu l'as fait ?

— Oui, mais malheureusement tu ne parles jamais de ton travail, alors je ne sais pas combien de temps ils vont me garder.

Ross demeura silencieux pendant un certain temps.

— Alors, il faut qu'on règle ça, finit-il par lâcher. Tu peux leur dire que tu tiens enfin quelque chose de juteux.

— Mais je sais que tu ne trahirais jamais celui que tu appelles le Faucon !

— Tu as raison, mais ça ne va pas m'empêcher de te fournir beaucoup d'informations bidon, affirma-t-il en s'en réjouissant d'avance. Je serai obligé de prévenir le commissaire, bien sûr, et il va certainement vouloir connaître l'identité de celui qui paye cette agence d'escort-girls.

— Je n'en sais rien du tout, répondit Jo sans malice.

— Moi, j'ai ma petite idée sur la question. As-tu jamais croisé un certain Miles Faulkner, ou le capitaine Ralph Neville ?

— Non. Je peux simplement te dire qu'on m'a présentée à un homme qui m'a parlé de toi et qui m'a demandé de faire un rapport hebdomadaire à Me Booth Watson.

— Dans ce cas, ça ne fait aucun doute ! lança Ross en la prenant dans ses bras. Mais il y a encore une chose qu'il faut que je sache avant que tu gagnes tes mille livres suivantes.

— Oui.
— Est-ce que tu veux m'épouser ?

— Alors, qu'a dit Hawksby de ma petite conversation avec Christina ? s'enquit Beth.
— Il était on ne peut plus reconnaissant pour ta contribution d'« agent spécial », déclara William. Il ne nous reste plus qu'à espérer qu'elle transmettra ton indiscrétion « hautement confidentielle » à Booth Watson. Si c'est le cas, j'ai le sentiment que Faulkner ne pourra pas résister à faire un petit tour en Écosse pour voir le Caravage de ses yeux.
— Ça montrerait aussi dans quel camp se trouve Christina.
— Je ne suis pas certain qu'elle le sache elle-même.
— Mais si elle nous prête le Frans Hals…
— Si Faulkner accepte, tu devrais tenter de persuader Christina que tu lui fais désormais confiance et que tu crois le moindre mot qu'elle prononce.
— Elle-même ne croit pas le moindre mot qu'elle prononce.
— Tu apprends vite. Et je suis pratiquement sûr qu'elle va parler du Caravage à Booth Watson. Pour les convaincre qu'elle est toujours de leur côté.
— Je ne suis pas assez intelligente pour suivre la logique de ce raisonnement.
— Si Faulkner va en Écosse pour essayer d'acheter le Caravage, je serai là-bas à l'attendre, et il ira moisir en prison pendant un bail. Ça donnera amplement le temps à Christina de mettre la main sur l'autre moitié de la collection, qui, pour être honnête, lui appartient de droit.
— Je ne sais pas lequel de vous deux est le plus tordu.

— Je me contente de réfléchir comme un criminel, répondit William quand ils entrèrent dans la cuisine.

— Alors, qui fait à dîner, ce soir ?

— C'est mon tour.

— « C'est mon tour » est une expression qui suggère une répartition égale des tâches, alors que tu n'as que deux recettes dans ton répertoire – les spaghettis bolognaise et les spaghettis *pomodoro*.

— *Al dente* ou trop cuits, madame ? lança William en tirant une chaise.

— Comme si tu faisais la différence, marmonna Beth en s'asseyant.

— Vous avez demandé à me voir d'urgence, dit Booth Watson quand Lamont entra. J'imagine que vous avez quelque chose d'important à me transmettre.

Booth Watson ne laissait jamais le moindre doute à son « conseiller spécial » sur le peu d'estime qu'il avait pour lui, mais à vrai dire le sentiment était réciproque.

— Le sergent Roycroft m'a donné des tuyaux sur la mission de Warwick et de sa nouvelle unité. En ce moment, ils travaillent sur cinq affaires d'homicide qui ont toutes donné lieu à un procès mais qui, pour une raison ou pour une autre, n'ont pas débouché sur des condamnations. Vous apparaissez en tant qu'avocat de la défense dans quatre d'entre elles. J'ai rédigé un rapport complet sur chaque dossier et sur l'avancée des différentes enquêtes.

Il ouvrit son sac de Sainsbury's et en tira cinq chemises que Booth Watson ne prit pas la peine d'ouvrir.

— J'ai également appris quelque chose qui devrait vous intéresser.

Watson s'enfonça dans son fauteuil. Il ne voyait vraiment pas ce que Lamont pourrait lui dire qu'il ne sache déjà.

— L'inspecteur Ross Hogan a une nouvelle petite amie, qui de toute évidence n'est pas à court d'argent. Elle habite dans des écuries réhabilitées à Chelsea et fait son shopping dans Sloane Street.

Watson commença à tendre l'oreille, tout en conservant une expression indifférente.

— Comment s'appelle-t-elle ? s'enquit-il d'un ton nonchalant.

— Joséphine Colbert. C'est une Française, la trentaine, récemment divorcée, qui vit à présent à Londres.

— Une idée d'où elle tient son argent ?

— Certainement pas de Hogan. Elle a dû percevoir une somme importante lors de son divorce pour mener un tel train de vie.

— Intéressant, commenta Booth Watson tandis que Lamont lui tendait un nouveau dossier.

Cette fois-ci, il l'ouvrit et en étudia le contenu pendant quelques minutes. Il fut soulagé de constater que Lamont n'avait pas découvert la profession de Mlle Colbert ni le véritable motif de la relation qu'elle avait entamée avec Ross Hogan.

— C'est utile, concéda-t-il avant de tirer une épaisse enveloppe du tiroir supérieur de son bureau. Pour votre peine. Ceci comprend également les cent livres hebdomadaires du sergent Roycroft, précisa-t-il en la faisant glisser sur la table.

— Bien sûr, répondit Lamont, même si celui-ci ne remettait jamais plus de cinquante livres à Jackie et qu'il la voyait moins d'une fois par semaine.

— Autre chose ? demanda Watson pour lui signifier que l'entretien touchait à son terme.

— Non, monsieur.

Lamont avait décidé de ne pas parler de la bague de fiançailles. Dans une quinzaine de jours, cette info lui vaudrait une nouvelle grosse enveloppe. Il se leva et sortit silencieusement sans serrer la main de Booth Watson.

Ce dernier prit son temps pour étudier les cinq dossiers que l'équipe de Warwick avait compilés spécialement pour lui. Il faudrait qu'il prévienne ses anciens clients que leur affaire avait été rouverte, ce qui donnerait lieu à plusieurs consultations rémunérées au terme desquelles il leur conseillerait de ne rien faire.

Il relut le dossier de Joséphine Colbert. Un peu plus tôt dans la semaine, il avait eu un entretien très fructueux avec elle, au cours duquel elle lui avait annoncé la percée qu'il attendait. Comme le suggérait Lamont dans son rapport, l'inspecteur Ross Hogan s'était entiché d'elle, et Watson espérait que c'était pour longtemps. Elle avait également corroboré les cinq affaires d'homicide sur lesquelles Warwick travaillait et en particulier les deux dont Hogan avait hérité. Mais surtout elle avait confirmé que son chéri n'avait pas une seule fois mentionné le nom de Miles Faulkner devant elle, ce que Watson prenait pour un bonus. Pas de nouvelles, bonnes nouvelles, affirmerait-il à Miles lorsqu'il se rendrait dans la résidence secrète de Franco.

Néanmoins, le triomphe de la semaine avait été son rendez-vous avec Christina, lorsqu'elle lui avait appris que le Fitzmolean avait été approché par un certain Lord McLaren qui venait d'hériter non seulement d'un titre, mais aussi des droits de succession écrasants qui l'accompagnaient. Dès lors, il n'avait d'autre choix que de vendre son cher Caravage, dont il comptait tirer au moins vingt millions. Booth Watson allait devoir s'entretenir avec un autre de ses « conseillers spéciaux », qui travaillait pour le fisc.

C'était peut-être l'opportunité rêvée de percevoir un pourcentage des deux parties concernées, pour peu qu'il parvienne à convaincre Miles de le laisser jouer les intermédiaires. Il veillerait à informer son client de la folie d'entreprendre un voyage en Écosse pour voir le tableau de ses yeux, malgré la tentation.

Booth Watson attendait impatiemment son prochain séjour à Barcelone ; il avait beaucoup à dire, ce qui le ferait de nouveau paraître indispensable.

Il rangea le dossier mis à jour dans son meuble-classeur « Miles Faulkner », dont même sa secrétaire n'avait pas la clé.

14

— Bon, qui donne le coup d'envoi ? demanda Hawksby.

Une main jaillit, et le commissaire acquiesça.

— Vendredi soir, j'ai eu un nouveau rendez-vous avec Lamont, indiqua Jackie.

— Où ça ? s'enquit William.

— Dans un petit pub derrière la gare de King's Cross, que ni la police ni un criminel digne de ce nom ne jugeraient fréquentable.

— Vous pensez qu'il soupçonne votre véritable allégeance ?

— Je ne crois pas. J'ai fini la soirée torchée, et il a dû me ramener chez moi.

Toute l'équipe s'esclaffa.

— En réalité, j'ai discrètement vidé la plupart de mes gin-tonics dans un pot de fleurs. Je suis juste étonnée que la pauvre plante ait survécu à cette soirée.

— Et j'imagine que vous avez réussi à laisser échapper la teneur de nos plans, au bout de tout ce temps, dit William.

— Rien de plus que ce que vous vouliez qu'il sache. Je lui ai parlé des cinq affaires sur lesquelles on travaille, mais en laissant suffisamment de trous dans l'histoire, des vides qu'il devra remplir avant de faire son rapport à Booth Watson.

— Lequel passera à son tour ces infos à ses estimés clients, ce qui leur donnera matière à réflexion et générera d'importants honoraires que Watson se fera un plaisir d'empocher.

— Ne sous-estimez pas Lamont, intervint Hawksby. S'il pense un seul instant que vous êtes en train de lui tendre un piège, il s'en ouvrira à Watson et il tournera ça à son avantage. Bon, qui est le suivant ?

— J'ai entamé une enquête détaillée sur les familles Roach et Abbott, lança Ross. Et ce sont vraiment de sales individus. Chaque membre joue un rôle spécifique dans leur organisation. Terry Roach et Ron Abbott ont celui d'éliminer quiconque se met en travers de leur route. Si Abbott était un jour reconnu coupable de meurtre, il pourrait prier le juge de prendre en considération au moins cinq autres affaires. C'est un assassin professionnel, tout simplement, et sa famille inspire une telle peur dans l'East End que jamais aucun témoin n'a accepté de parler, de crainte d'être le suivant sur la liste.

— Il n'a pas l'air de plaisanter, celui-là, dit William.

— Roach est encore pire. Abbott tue les gens d'un simple coup de feu tiré à distance. Mais l'arme de prédilection de Roach est un couteau à dents. On l'a surnommé « le Boucher », et il considère que si l'une de ses victimes meurt avant qu'il l'ait tailladée un bon millier de fois c'est qu'elle a eu de la chance. C'est sa carte de visite, au cas où quelqu'un aurait dans l'idée de contrarier la famille Roach. Il a fait quelques allers-retours en prison, mais, grâce à Booth Watson, la peine la plus lourde qu'il a effectuée n'a été que de deux ans pour coups et blessures. Alors, tant qu'on n'aura pas un budget suffisant pour lui mettre une douzaine d'agents bien entraînés sur le dos vingt-quatre heures sur vingt-quatre, il va continuer de s'en tirer sans souci. Je travaille sur une ou deux idées, mais il est trop tôt pour vous en parler.

— Compris, répondit William. Si vous en coincez ne serait-ce qu'un seul, ça sera un panache à votre chapeau.

— Savez-vous d'où vient cette expression ? s'enquit Paul.

— Oui, répliqua William. Mais ce n'est pas le moment de discuter de l'ancienne coutume anglaise qui voulait que, lorsqu'un guerrier avait tué un ennemi sur le champ de bataille, il soit autorisé à mettre une plume à son chapeau, le panache, qui fut par la suite remplacé par l'attribution de médailles. Cela étant, on n'en accorde pas pour des entorses à la cheville, sergent Adaja, alors puis-je vous suggérer de nous présenter votre rapport ?

Paul, tout penaud qu'on lui rappelle cette anecdote peu glorieuse, s'exécuta.

— Max Sleeman, l'usurier dont je m'occupe, continue de prêter de grosses sommes d'argent à des gens désespérés, puis de recourir à des mesures violentes s'ils prennent du retard dans leurs remboursements. Comme vous le savez, trois de ses clients ont disparu de la surface de la Terre après un défaut de paiement, et ensuite Sleeman s'est fait indemniser sur leurs biens. Une nouvelle piqûre de rappel pour ses clients, qui constatent ce qui se passe lorsqu'on n'honore pas un contrat, même oral, avec lui. Mais je pense avoir trouvé le moyen d'inculper Sleeman et de le mettre en faillite par la même occasion. C'est la solution Capone.

— Évasion fiscale ? lâcha William.

— Je crois être capable de démontrer qu'il n'a payé aucun impôt pendant des années, mais surtout, et c'est le plus important, d'après la loi de 1986 sur l'évasion fiscale, un juge a le pouvoir de donner une amende qui peut se monter jusqu'à cinq fois la somme que le fisc aurait dû percevoir. Ainsi, non seulement Sleeman finirait en prison, mais il serait fauché, parce que le tribunal le dépouillerait de tous ses biens. Un châtiment adapté à son crime, vous ne trouvez pas ? lança Paul avec un air satisfait.

— C'est possible, répondit Hawksby, mais je préférerais qu'il prenne perpétuité pour les trois meurtres qu'il a commis. Si cela se révèle irréaliste, on pourra envisager la piste fiscale. Mais laissez-moi vous mettre en garde, Paul, cette voie-là n'est pas sans problème. En matière d'impôts, les procès peuvent durer des mois, les jurés ne comprennent jamais totalement les détails de l'affaire, et n'importe quel avocat à moitié doué peut damer le pion à un témoin, même si c'est un expert. Alors soyez prévenu : votre travail sera examiné à la loupe et décortiqué, notamment parce que ce sera vous qui vous tiendrez dans le box des témoins pendant des jours entiers.

Paul n'avait plus l'air aussi satisfait.

— Jackie, qu'avez-vous fait quand vous n'étiez pas en train de vous enivrer avec l'ex-commandant Lamont ?

— J'ai continué mon enquête sur Clive Pugh, l'arnaqueur aux assurances qui a assassiné sa femme. Je le soupçonne de vouloir être veuf pour la seconde fois.

— Mais il y a peu de chances qu'une compagnie d'assurances l'approche après qu'il a dépouillé l'une d'elles de deux cent cinquante mille livres, objecta Paul.

— Alors, c'est quoi, sa nouvelle arnaque ? questionna William.

— Il fréquente une femme plus âgée, dont l'attrait principal semble être la fortune qu'elle a héritée de son père.

— Mais elle a dû deviner qu'il n'est qu'un croqueur de diamants, non ?

— Pugh est bien trop intelligent, rétorqua Jackie. Il a su mettre à profit son argent sale. Ils dînent dans les meilleurs restaurants et, quand ils partent en vacances, ils descendent dans des palaces et c'est lui qui règle la note. Je ne serais pas surprise qu'il la demande bientôt en mariage, parce qu'il va vite se retrouver à court.

— Qu'est-ce qui vous fait croire qu'il a l'intention de l'assassiner ? s'enquit Hawksby. Pourquoi ne se satisferait-il pas de vivre à ses crochets pour le restant de ses jours ?

— Elle doit avoir dix ans de plus que lui, monsieur, mais son père est mort à cent un ans. En outre, la maîtresse de Pugh, que je soupçonne d'avoir été sa complice lors du premier meurtre, est toujours dans les parages. Alors, ne soyez pas surpris si un matin, en ouvrant le journal, vous apprenez qu'une riche héritière a connu un destin tragique.

— Il n'espère quand même pas s'en tirer une deuxième fois ? lança Ross.

— Il est bien trop intelligent pour ne pas avoir imaginé un moyen de contourner cet obstacle. J'ai découvert qu'il a déjà réservé leurs prochaines vacances, en Afrique du Sud.

Jackie avait de nouveau toute leur attention.

— Un pays où seul un meurtre sur dix donne lieu à une condamnation, marmonna William.

— Cela dit, on pourra faire une demande d'extradition en vertu de l'article 9 de la loi de 1861 sur les crimes et délits contre les personnes, suggéra Paul.

Cela cloua le bec à tout le monde, excepté à Hawksby.

— Les Sud-Africains ne sont pas tous très familiers de cette loi, répondit-il. Surtout quand les juges eux-mêmes peuvent être achetés.

— Il y réfléchira peut-être à deux fois quand Booth Watson lui révélera qu'on a rouvert son dossier, dit Paul.

— J'en doute, répliqua Hawksby. Pugh est un joueur. Il va mettre en balance la somme d'argent qu'il peut gagner et les risques qu'il a de se faire prendre, et parier sur lui-même contre la police sud-africaine.

— Dommage qu'on n'ait pas les moyens de vous envoyer en Afrique du Sud pour Noël, Jackie, déplora William. Vous auriez pu nous raconter ce qu'il mijote lors de notre prochaine réunion.

— Où est l'agent Pankhurst ? s'enquit Hawksby en écartant de la main le dossier de Jackie. J'ai hâte de voir comment elle s'en sort avec son videur.

— Elle est en congé, monsieur.

— Avec le videur ? le relança Hawksby.

— Non, monsieur. Avec un certain capitaine Archibald Harcourt-Byrne.

— Qui est-ce ?

— Il est officier dans les Grenadier Guards, glissa Jackie. Elle ne parle pas beaucoup de lui, alors je pense que c'est du sérieux.

— J'espère qu'on ne va pas la perdre, observa Hawksby en changeant de ton. C'est un sacré bon flic, avec une carrière prometteuse devant elle.

— Entièrement d'accord, dit William. Mais Pankhurst est aussi indépendante que son illustre ancêtre, la suffragette, et je suis certain qu'elle est capable de gérer son officier tout en jetant en prison des scélérats. Alors laissons-la profiter de ses vacances bien méritées et remettons-nous au travail.

— Dépêche-toi, ma vieille, ou on risque de rater notre vol ! s'écria Archie.

— Détends-toi. On a amplement le temps, répondit Rebecca.

— Tu as raison, admit Archie en lui donnant la main. Quelle est notre porte d'embarquement ?

— La 63.

— Pourquoi mon avion est-il toujours garé à l'autre bout de l'aéroport ? grommela Archie.

— Et, quand je rentre, je suis régulièrement bloquée derrière quatre cents passagers qui viennent de débarquer d'un jumbo-jet, renchérit Rebecca. Mais je m'en moque. Ça fait un bail que j'attends ces vacances. C'est ma première véritable coupure depuis je ne sais combien de temps.

C'est en passant devant la porte d'embarquement 49 qu'elle l'aperçut assis dans un coin en train de lire le *Times*. Elle vérifia une deuxième fois pour s'assurer qu'elle n'avait pas la berlue.

— Je dois aller aux toilettes, déclara-t-elle en lâchant la main d'Archie. Passe devant, je te rejoins dans quelques minutes.

Dès qu'Archie fut hors de vue, elle se dirigea vers le téléphone le plus proche. Était-il encore en réunion avec Hawksby, ou de retour à son bureau ?

Il finit par décrocher au moment où elle avait presque perdu tout espoir.

— Inspecteur-chef Warwick à l'appareil.

— Bonjour, monsieur. C'est Rebecca.

— Je croyais que vous étiez en congé ?

— C'est le cas, mais je me suis dit que vous aimeriez savoir que je viens d'apercevoir Booth Watson qui attend son vol à l'aéroport.

— Il a le droit de partir en vacances, lui aussi.

— En costume trois-pièces et avec un attaché-case ?

— Il va où ?

— À Barcelone.

— Alors vous aussi, Pankhurst. Appelez-moi dès que vous aurez atterri.

— Puis-je vous rappeler que je suis en congé, monsieur ?

— Vous *étiez* en congé, agent Pankhurst. Là, vous êtes sur le point de découvrir où Miles Faulkner se terre.

— Mais je…

— Pas de « mais ». Une telle occasion ne se présentera peut-être plus jamais.

William coupa la communication et composa directement le numéro du bureau de Hawksby, tandis que Rebecca lançait un chapelet de jurons que sa mère n'aurait pas approuvé. Elle retourna d'un pas vif jusqu'à la porte 49, où les passagers de première classe étaient déjà en train de monter dans l'appareil. Elle consulta sa montre : pas le temps d'aller échanger son billet au comptoir de British Airways. Elle entra dans la librairie WHSmith pour attendre que Booth Watson présente sa carte d'embarquement et disparaisse dans le couloir qui menait à l'avion. Pourvu qu'Archie fasse demi-tour pour voir où elle était passée, songea-t-elle, afin qu'elle puisse lui expliquer la situation. Mais non. Quand les derniers passagers furent à bord, elle s'approcha du bureau d'enregistrement et montra son badge au steward.

— Nous vous attendions, agent Pankhurst, dit-il quand il eut vérifié son passeport. Nous venons de recevoir un coup de fil de Scotland Yard pour nous prévenir que vous voudriez voyager à bord de ce vol. Je vous ai placée au fond de la classe économique. Il y a une issue à l'arrière, qui vous permettra d'être la dernière à entrer et la première à sortir de l'appareil.

Il lui tendit un billet.

— Bon vol, agent Pankhurst.

— Est-ce que j'ai le temps d'aller dire à mon petit ami que je ne vais pas partir avec lui ?

— J'ai bien peur que non. La porte d'embarquement va fermer.

La mort dans l'âme, Rebecca s'engagea dans le long corridor désert. Elle fut la dernière à entrer dans l'avion et ne se détendit pas de tout le trajet. Ses pensées oscillaient sans cesse entre Archie – ne lui adresserait-il plus jamais la parole ? –, l'inspecteur-chef Warwick, qu'elle aurait étranglé avec plaisir, et Booth Watson, la source de tous ses problèmes, sans doute confortablement installé en classe affaires.

Elle se mit à considérer les différentes possibilités auxquelles elle risquait d'être confrontée une fois que l'appareil se serait posé à Barcelone. Quelqu'un allait-il venir chercher l'avocat à l'aéroport ? Allait-il prendre un taxi, un bus ou le train pour rejoindre la ville ? Avait-il déjà réservé un hôtel ? Si oui, était-ce là qu'il allait retrouver Faulkner ? Ou alors allait-il être directement conduit à sa nouvelle planque ? Auquel cas, qu'était-elle censée faire ?

Elle avait passé en revue une dizaine de scénarios avant l'atterrissage et, le temps que l'avion s'immobilise, elle avait totalement basculé en mode flic.

Quand l'hôtesse ouvrit la porte arrière, Rebecca fut la première à s'élancer des starting-blocks. Elle n'avait pas une seconde à perdre. Elle descendit rapidement l'escalier et entra dans le terminal, où elle se joignit au flot de voyageurs qui se dirigeaient vers la douane. Quelqu'un qui se déplaçait encore plus vite qu'elle la rattrapa.

— Ralentissez et prenez mon bras, agent Pankhurst, lança une voix de toute évidence habituée à donner des ordres.

Rebecca jeta un coup d'œil à l'homme à côté d'elle et obtempéra.

— Ne tournez pas la tête en arrière. Contentez-vous d'avancer. Et pour le reste laissez-moi faire.

— Oui, monsieur, se surprit-elle à répondre.

— Je suis le lieutenant Sanchez, de la police nationale espagnole, poursuivit-il sans même la regarder. Mon supérieur hiérarchique a reçu un appel du commissaire Hawksby, lequel nous a bien fait comprendre l'importance de votre visite.

Il ne rajouta rien jusqu'à ce qu'ils atteignent la douane, où le préposé ne demanda pas le passeport de Rebecca, mais se contenta de saluer Sanchez. Ce dernier choisit un poste d'observation d'où il pouvait surveiller les huit guichets.

— Montrez-le-moi quand vous le verrez, c'est tout, ordonna-t-il.

Rebecca avait les yeux rivés sur l'afflux de passagers qui formaient de longues queues pour présenter leur passeport.

— C'est lui, s'écria-t-elle au bout d'un moment. Il est dans la file du guichet 6. C'est le seul qui n'a pas l'air de partir en vacances.

— Costume trois-pièces, la cinquantaine, une légère calvitie, il a un attaché-case à la main.

— C'est bien lui.

Le lieutenant adressa un signe de tête à quelqu'un que Rebecca ne repéra pas. Dès que Watson eut franchi la douane, ils le suivirent jusqu'à la zone de réception des bagages – il n'en avait pas –, puis dans le hall des arrivées. Il sortit de l'aéroport à la hâte et se joignit à la queue devant la station de taxis.

Rebecca remarqua un jeune homme qui se glissait derrière lui dans la file. Quand Watson finit par grimper dans son taxi, le type nota le numéro de la plaque, mais ne sauta pas dans le suivant.

— Il ne va pas le prendre en filature ? demanda Rebecca en essayant de ne pas adopter un ton trop désespéré.

— On ne peut pas courir ce risque. Votre patron a clairement indiqué que si cet homme s'aperçoit que vous le pistez il reviendra directement à l'aéroport, et vous aurez perdu votre temps. Mais, ne vous inquiétez pas, nous avons les coordonnées du chauffeur. Nous l'interrogerons plus tard et nous informerons Scotland Yard de l'endroit où il a déposé son client.

— Et s'il change de taxi en chemin ?

— Le premier qu'il verra sera l'un des nôtres, répondit-il en jetant un coup d'œil de l'autre côté de la route.

Il fit un léger signe de tête.

— Alors, je ne suis qu'un messager, lâcha Rebecca avec un soupir de frustration.

— Un messager très séduisant, si je peux me permettre, *señorita*.

— En Angleterre, vous ne pourriez pas vous le permettre, répliqua Rebecca en souriant.

— Ah, mais là, vous êtes à Barcelone, pas à Londres.

— Et que suis-je censée faire à présent ?

— On vous a réservé une place dans le prochain vol pour Florence, où votre petit ami vous attendra dans le hall des arrivées.

— Comment avez-vous fait ?

— Je pense que votre patron s'est senti coupable d'interrompre vos vacances, déclara Sanchez en lui tendant un billet de première classe à destination de Florence. J'espère que vous prendrez du bon temps en Italie, *señorita* Pankhurst. Ma grand-mère était une fervente admiratrice de votre ancêtre, même si mes concitoyens ont eu encore besoin de pas mal d'années avant d'accorder le droit de vote aux femmes.

Il la salua, tourna le dos et s'éloigna avant qu'elle puisse répondre : « En 1931. »

15

— On vous a suivi ?

— Non, répondit Watson. Dès qu'on est sortis de la voie rapide, je n'ai plus vu une seule voiture.

— Le jour où ça arrivera, je devrai reprendre la route.

— Vous irez où, cette fois-ci ?

— J'ai déjà un point de chute où je pourrais emménager dès demain. Mais le général Franco a passé vingt-sept ans ici sans que jamais personne ne découvre cet endroit. Au bout de tout ce temps, Hawksby sera mort et Warwick à la retraite.

— Amen, dit Watson en ouvrant sa mallette. Par quoi voulez-vous que je commence ? s'enquit-il en étalant plusieurs dossiers sur la table.

— Prouvez-moi que Lamont mérite ses pots-de-vin exorbitants.

— Tant qu'il aura son indic, il vaudra largement ce qu'il nous coûte. À condition qu'on n'oublie jamais qu'il serait prêt à vendre sa grand-mère s'il avait quelque chose à y gagner.

— Il a une liaison avec Roycroft ?

— Je pense plutôt que la seule chose qui les unit est leur attirance commune pour l'argent.

— Alors, ils ne couchent pas ensemble ?

— Ce sont des associés dormants, certes, mais ils ne couchent pas ensemble. La dernière fois qu'ils se sont vus, Roycroft était ivre en ressortant du pub, et Lamont l'a déposée chez elle avant de rentrer.

— Elle a transmis des infos intéressantes ?

— Elle lui a fait le point sur les affaires classées que l'unité de Warwick est en train de rouvrir.

— Et j'en fais partie ? demanda Miles.

— Non. On dirait qu'ils vous ont oublié. Votre nom n'a même pas été mentionné.

— Pourvu que ça dure ! Et Lamont surveille-t-il également Joséphine Colbert ?

— Oui, répondit Watson en tirant un nouveau dossier de son attaché-case. Il semblerait qu'elle ait une relation sérieuse avec l'inspecteur Hogan. Ils se voient entre trois et quatre fois par semaine. Ça commence à donner des résultats. Ou plutôt, une absence de résultats.

— Que voulez-vous dire ?

— Elle a confirmé que Hogan travaille sur deux des cinq affaires exhumées, Abbott et Roach. On lui a enjoint de signaler tout autre nom qu'il évoquerait, et pour l'instant vous êtes tranquille.

— Et a-t-elle demandé à Hogan s'il avait jamais entendu parler du capitaine Ralph Neville ?

— Certainement pas ! lança Watson. Cela ferait immédiatement sauter sa couverture, et la vôtre par la même occasion. Tant que Hogan ne mentionne pas votre nom, ni celui de Neville, on peut être sûrs que votre dossier accumule toujours la poussière à Hayes, et c'est très bien comme ça.

— Je peux vous assurer que ce flic perd son temps s'il essaye de coincer Terry Roach, affirma Miles. Personne dans l'East End n'acceptera jamais de témoigner contre un tel homme.

— Vous l'avez déjà croisé ? lança Watson d'un ton surpris.

— J'étais en prison avec lui. Il vaut mieux ne pas le contrarier, comme deux ou trois de mes codétenus l'ont découvert à leurs dépens en salle des douches. Ils baignaient dans leur sang. Watson frissonna.

— Alors, vous pensez que Mlle Colbert mérite ses mille livres par semaine ? poursuivit Miles en allumant un cigare.

— Considérez-la comme une police d'assurance, même si la prime revient cher.

— Les femmes reviennent toujours cher, rétorqua Miles. En parlant d'assurance, que fait Christina, ces derniers temps ?

— Elle honore sa part du contrat. Après son rendez-vous avec Beth Warwick, elle est passée me voir avec deux informations fascinantes.

Miles sembla intéressé.

— Tout récemment, un certain Lord McLaren a proposé un Caravage au Fitzmolean, *La Pêche miraculeuse*, mais ces derniers n'avaient pas les moyens de verser le prix demandé.

— Qui était de ?

— Vingt millions de livres.

— Pourquoi met-il en vente l'une des plus célèbres toiles du Caravage, qui a appartenu à sa famille pendant des générations ?

— Parce qu'il n'a pas le choix. Il semble que Lord McLaren, septième du nom, s'est retrouvé avec des droits de succession exorbitants sur les bras.

— Exorbitants comment ?

— Vingt-deux millions sept cent mille livres.

— Comme ça, on sait au moins quelle somme il espère tirer de ce tableau.

— Vous avez envie de l'acheter ?

— Bien sûr, mais j'ai besoin de quelqu'un pour me représenter parce que, contrairement au Christ, je ne peux pas ressusciter d'entre les morts. Watson sourit.

— Je serais enchanté de tenir ce rôle.

— J'en suis sûr. Mais vous m'avez dit que Christina avait deux infos.

— Le Fitzmolean monte une exposition cet automne, et Mme Warwick a demandé à Christina de prêter au musée pendant six semaines *Le Joueur de flûte*.

— Ce n'est pas à elle d'en décider ! s'insurgea Miles.

— Raison pour laquelle je vous conseillerais de le faire.

— Pourquoi ?

— Parce que alors Beth Warwick serait convaincue que la collection est toujours entre les mains de Christina, mais surtout, son mari le serait aussi.

— *La Pêche miraculeuse*, lança le guide. Sans conteste le joyau de la collection McLaren. Bien que la figure centrale du tableau soit le Christ, l'œil est immédiatement attiré par les pêcheurs dans la barque. Sir Kenneth Clark, l'éminent historien d'art, a écrit que l'expression de stupéfaction des apôtres la première fois qu'ils voient le Christ marcher sur l'eau relève incontestablement du génie.

— Il coûte combien ? s'enquit un jeune homme qui portait un T-shirt floqué d'un Warhol.

— Il est inestimable, tout simplement, répondit le guide en essayant de masquer son mépris.

Cela fit sourire un gentleman âgé en fauteuil roulant, dont les jambes étaient couvertes d'un plaid.

— Toutefois, poursuivit le guide, vous serez peut-être content de savoir que le premier Lord McLaren a acheté cette toile de maître à un marchand d'art milanais en 1786 pour cinquante guinées et qu'en rentrant en Écosse il l'a accroché ici, au mur de la salle à manger, où il se trouve encore aujourd'hui.

Plus pour très longtemps, songea l'homme en fauteuil roulant.

— Et cela conclut notre visite ! lança le guide. J'espère qu'elle vous a plu.

La généreuse salve d'applaudissements qui s'ensuivit semblait le confirmer. Le guide leur adressa une petite révérence.

— Si vous désirez découvrir notre boutique, prendre un rafraîchissement au café ou vous promener dans les jardins, n'hésitez pas. Je vous souhaite à tous un bon voyage de retour.

Le vieil homme le remercia et lui donna un splendide pourboire, puis son infirmière poussa lentement son fauteuil vers la sortie.

— J'aimerais me rendre à la boutique, indiqua-t-il.

— Bien sûr, monsieur.

Elle suivit les panneaux jusqu'au magasin où le vieil homme acheta une carte postale de *La Pêche miraculeuse* et un catalogue illustré de la collection des McLaren. Puis il se fit reconduire à sa limousine. Il repéra un jeune policier en civil qui ne leur accorda pas un regard tandis que son chauffeur et son infirmière l'aidaient à passer de son fauteuil à la banquette arrière.

Alors que la voiture roulait lentement vers la sortie, le vieil homme ouvrit l'ouvrage à la première page, où se trouvait l'arbre généalogique de la famille McLaren depuis 1736 jusqu'à nos jours. Apparemment, le premier Lord McLaren avait fait fortune au début de la révolution industrielle. Son intérêt pour l'art, qu'il avait développé en amateur, devint une passion quand il atteignit la quarantaine, puis, après son « tour d'Europe », une véritable obsession. À sa mort, en 1822, sa collection privée était considérée comme l'une des plus belles au monde.

Lorsque la limousine se gara devant l'entrée de l'aéroport d'Aberdeen, le vieil homme avait fini de lire la biographie du premier Lord McLaren.

Une hôtesse de l'air séduisante prit la place de l'infirmière et poussa le vieux gentleman à l'avant de la queue pour la douane. Une fois son passeport vérifié, on le conduisit directement à l'avion qui l'attendait.

Pendant le voyage de retour, il apprit comment le deuxième et le troisième Lord McLaren avaient ajouté Turner, Constable et Gainsborough à la collection, asseyant encore un peu plus sa réputation grandissante. Le vieil homme fut parmi les derniers à sortir de l'appareil après l'atterrissage et, à ce moment-là, il savait comment le quatrième Lord McLaren avait découvert les impressionnistes et acheté un Monet, un Manet et deux Matisse avant de passer l'arme à gauche.

Tandis qu'on poussait son fauteuil vers la douane, il se passionna pour la volonté du cinquième lord d'acquérir des œuvres de ses compatriotes écossais pour les accrocher à côté des maîtres italiens, français et anglais. Ce Lord McLaren-là dénicha un McTaggart, un Raeburn, un Peploe et un Farquharson. Malheureusement, le sixième lord ne s'intéressait pas à la peinture, mais seulement aux bolides et aux femmes de petite vertu, ce qui eut pour conséquence la vente de plusieurs toiles, afin de couvrir ses extravagances. Lorsqu'il mourut d'une crise cardiaque à soixante-trois ans, il ne laissa à son fils unique que son titre et l'obligation de se séparer du Caravage pour se mettre à l'abri des agents du fisc.

Le vieil homme progressait lentement à travers le contrôle de la douane. Le temps qu'il atteigne le hall des arrivées, il avait fini le livre.

Son chauffeur poussa son patron jusqu'à la voiture qui l'attendait devant l'aéroport, dans une zone réservée aux personnes en situation de handicap. Il ouvrit la portière à l'arrière pour son maître, qui se leva du fauteuil, se dirigea vers la Volvo et y grimpa. Lazare aurait été fier de lui.

16

— Où sont les jumeaux ? demanda Sir Julian dès qu'il les fit entrer, avant même que Beth et William aient accroché leurs manteaux.

— Ils passent la journée chez mes parents, répondit Beth en se dirigeant vers le salon des Warwick.

— Ils en ont de la chance, Arthur et Joanna ! lança Marjorie.

— Strictement *entre nous*[1], commenta Sir Julian, la dernière fois qu'Artemisia est venue nous voir, elle m'a confié que j'étais son grand-père préféré.

Beth sourit.

— Ce matin, cette petite friponne a affirmé exactement la même chose à mon père quand j'ai déposé les enfants à Ewell.

— Dans ce cas, je vais devoir réécrire mon testament et tout léguer à Peter, dit Sir Julian en soupirant exagérément.

— Et mon père réécrira le sien en faveur d'Artemisia, répliqua Beth.

— Comme William n'évoque jamais son travail, et que Julian ne parle pratiquement que du sien, j'aimerais entendre

1. En français dans le texte. (NdT)

quels sont vos derniers projets, déclara Marjorie en tendant à Beth une tasse de café.

— Le musée est en train d'organiser une exposition sur Frans Hals, qui devrait avoir lieu à l'automne.

— Je me suis souvent demandé ce qui se passe en coulisse avant qu'une galerie puisse inaugurer une grande manifestation comme celle-ci.

— C'est un processus long et tortueux, qui réclame de la patience, de la résolution, des pots-de-vin et de la corruption.

Subitement, le sujet sembla intéresser Sir Julian.

— Vous allez présenter combien de toiles ?

— Si j'ai de la chance, soixante ou soixante-dix, dont *Le Cavalier riant.*

— Elle est où, en ce moment ? s'enquit Sir Julian.

— Elle appartient à la collection Wallace, répondit William. Elle n'aura pas besoin de faire un long voyage, au moins.

— On oublie parfois que mon fils a étudié l'histoire de l'art dans une université prometteuse et que, s'il n'avait pas rejoint les rangs de la police, il serait peut-être aujourd'hui l'un des assistants de Beth, lança Sir Julian avec malice.

— J'aurais réussi à ce point ? ironisa William.

— Ne fais pas attention à ces deux grands enfants, Beth, dit Marjorie. Tu étais en train de nous parler des préparatifs d'une grosse exposition.

— Les pots-de-vin et la corruption, lui rappela Sir Julian.

— La plupart des œuvres de Hals sont exposées dans des collections publiques un peu partout dans le monde. Les plus belles toiles sont au Rijks à Amsterdam, mais le Met et l'Ermitage possèdent de magnifiques autoportraits, et on peut également citer *Le Bouffon au luth*, qui se trouve au musée du Louvre. Mais si vous voulez emprunter une œuvre majeure à une autre galerie ils vont s'attendre à une compensation.

— Par exemple ? demanda Sir Julian en sirotant son café.

— À Washington, la collection Phillips souhaite monter une exposition sur Rubens dans deux ans, et ils nous ont déjà priés de leur prêter pendant trois mois *La Descente de croix*, de Rubens. Ils ont trois toiles de Hals, et je rêverais d'avoir deux d'entre elles.

— Deux Hals contre un Rubens, ça semble équitable.

— Combien de tableaux de Hals sont entre les mains de collectionneurs privés ? s'enquit Marjorie.

— Je n'ai réussi à en retrouver que onze. Lorsqu'une œuvre importante d'un artiste majeur tel que Hals est mise en vente, elle est très souvent acquise par un musée national, ce qui garantit qu'elle ne sera plus jamais sur le marché.

— Ce qui ne fait qu'augmenter la valeur des toiles qui demeurent dans le privé, observa William. Et encore davantage quand on les prête à une galerie pour une grosse exposition.

— J'ai contacté les onze propriétaires pour les prier de soutenir la manifestation, poursuivit Beth. Trois d'entre eux ont dit oui, mais avec des conditions drastiques, quatre ont refusé, et les quatre derniers n'ont même pas pris la peine de me répondre.

— Pourquoi refuseraient-ils, alors que, comme l'a souligné William, ça ne fait qu'augmenter la valeur de leurs tableaux ? s'étonna Marjorie.

— Les Mellon et les Rothschild de ce monde l'ont bien compris, et ils soutiennent systématiquement les expositions majeures. Les rejets sont généralement le fait de personnes qui craignent que les œuvres ne subissent des dommages pendant leur transport. C'est pour ça que j'ai autant de mal à convaincre M. Morita de se séparer du magnifique autoportrait de Hals qui est accroché dans la galerie Sony à Tokyo.

— Et ceux qui n'ont pas réagi ?

— Ce sont souvent des criminels qui ne veulent pas attirer l'attention du fisc en ébruitant qu'ils possèdent des toiles de grande valeur, expliqua William. Feu Miles Faulkner en est un parfait exemple.

— Peut-être pas si feu que ça, lâcha Sir Julian.

— Qu'est-ce qui te fait dire ça ? demanda prudemment William.

— Booth Watson ne plaide plus aussi fréquemment que par le passé, mais il dîne encore tous les soirs au Savoy. Soit il a pris une retraite anticipée, ce qui me paraît peu probable, soit l'un de ses clients génère suffisamment de revenus pour lui éviter d'avoir à travailler au quotidien comme le reste d'entre nous. Souvenez-vous que peu de gens emploient des avocats quand ils n'en ont pas besoin.

— Surtout les avocats qui interrompent sans arrêt leur femme alors qu'elle a encore des questions à poser sur Frans Hals, intervint Marjorie.

— Excuse-moi. Je fais mon juriste barbant.

Personne ne le contredit.

— Tu disais que certains tableaux doivent être transportés d'un bout à l'autre de la planète. Ça doit coûter très cher, non ? reprit Marjorie.

— C'est parfois même prohibitif, répondit Beth. En Grande-Bretagne, il n'y a qu'une poignée de sociétés qui soient considérées comme suffisamment sûres pour se charger d'œuvres aussi importantes. Je connais un curateur qui exige que les toiles ne soient jamais hors de son champ de vision, alors elles voyagent avec lui, en première classe, et non pas dans la soute. Ça n'est pas donné – et on n'a même pas encore abordé le problème des primes d'assurance. Si on ne peut jamais emprunter un Léonard de Vinci ou un Michel-Ange au Vatican, c'est parce que le Lloyd's refuse d'assurer ces œuvres et que le pape a décrété qu'il n'y aurait aucune exception.

— Le gouvernement ne peut-il pas intervenir dans ce genre de cas ?

— Il arrive parfois qu'il fasse obstacle, plutôt. Si le ministère des Affaires étrangères a des réserves sur le pays à qui tu souhaites prêter une œuvre, il peut refuser de t'accorder une licence d'exportation.

— C'est compréhensible, observa Sir Julian. J'imagine le tollé si le Musée national archéologique d'Athènes demandait à emprunter – juste pour six semaines – les marbres du Parthénon qui sont au British Museum depuis près de deux siècles.

— Et il y a aussi le problème juif, ajouta William.

Cela fit taire tout le monde, y compris son père.

— Plusieurs œuvres majeures actuellement exposées dans des galeries nationales ont été volées à leurs propriétaires juifs par les Allemands pendant la Seconde Guerre mondiale. Certaines ont été par la suite « libérées » par les Russes, et on peut aujourd'hui les admirer au musée de l'Ermitage à Saint-Pétersbourg ainsi que dans divers autres établissements renommés à l'abri derrière le rideau de fer.

— Et les ayants droit légitimes n'y peuvent rien ? s'étonna Marjorie.

— Ils n'y peuvent pas grand-chose tant que ces États refusent de reconnaître leurs prétentions, répondit Beth. Et ils ne vont certainement pas prêter une œuvre qu'ils ont pillée à un pays où un procès pourrait leur être intenté.

— Les Russes ne peuvent pas être les seuls coupables, remarqua Sir Julian. Hermann Göring a constitué l'une des plus belles collections privées de vieux maîtres du monde, et j'ai du mal à croire que l'ensemble de ces œuvres aient été restituées à leurs propriétaires légitimes.

— C'est le cas pour certaines, mais c'est peu fréquent. Après la guerre, la plupart sont parties vers l'est et non vers l'ouest. N'oubliez pas que l'Armée rouge est arrivée à Berlin avant les Alliés. Alors, si vous avez envie d'admirer les œuvres qu'ils ont ramassées en repartant, vous aurez besoin d'un visa.

— Et l'Angleterre ? s'enquit Marjorie. Avons-nous des toiles aux antécédents douteux dans nos plus grands musées ?

— Oh que oui ! lança William. Trois des plus beaux tableaux du Fitzmolean lui ont été offerts par un criminel notoire.

— C'est un prêt permanent que nous a généreusement accordé sa veuve, précisa Beth.

— Laquelle est presque aussi néfaste que *feu* son mari, rétorqua William. Et, s'il est encore en vie, tu peux être sûre que Booth Watson trouvera un moyen de transformer le permanent en temporaire.

— Tu as des preuves de ce que tu avances ? demanda Sir Julian en tirant sur les pans de sa veste.

— Christina Faulkner est représentée par Me Booth Watson en personne.

— Ce n'est pas exactement une preuve, mais…

— Les enfants, les enfants ! Cessez ! s'écria Marjorie.

— Et il y a mon plus gros problème, qui va peut-être se révéler insurmontable, poursuivit Beth.

— Le nombre d'œuvres que tu vas parvenir à rassembler, j'imagine, avança Sir Julian.

— Précisément. Il faut disposer d'au moins soixante ou soixante-dix œuvres pour pouvoir raisonnablement espérer de bonnes critiques, lesquelles inciteront alors le public à venir en assez grand nombre, ce qui dans notre cas se chiffre à environ dix mille entrées par semaine. Sinon, le musée pourrait en être de sa poche, comme mon patron me le rappelle en permanence.

— En parlant de Tim Knox, d'après les bruits qui courent, il paraît qu'on va lui proposer le poste de curateur des collections de la reine, déclara Sir Julian.

— Souhaitons que ce ne soit qu'une rumeur, marmonna Beth. Parce qu'il serait difficile de le remplacer.

— Y a-t-il des Hals dans la collection royale ? demanda Marjorie sans lâcher son sujet.

— Trois, répondit Beth. Et Sa Majesté est toujours extrêmement généreuse en matière de prêts d'œuvres aux musées nationaux.

— J'ai hâte de voir l'exposition ! dit Marjorie.

— Vous serez tous les deux invités au vernissage, promit Beth. Mais maintenant, malgré les appréhensions de Marjorie, j'aimerais bien entendre les détails de la dernière affaire de Sir Julian.

— Tu as une heure à perdre ? lança ce dernier.

— Ne te fais pas prier ! rétorqua sa femme.

Sir Julian s'enfonça dans son fauteuil et demeura un moment silencieux avant de ne prononcer qu'un seul mot :

— Fraude.

Il attendit aussi longtemps qu'il le crut possible avant de reprendre la parole.

— Je vais être procureur de la Couronne dans le procès d'un individu particulièrement pervers et roublard qui dirigeait une organisation caritative dont l'objet est de secourir des ânes maltraités par leur propriétaire.

— Et des gens sont tombés dans ce panneau ? s'étonna Beth.

— Par centaines, semble-t-il. Il ne lui a fallu qu'un encart de pub dans le *Daily Telegraph* avec la photo d'un âne affamé, et les dons ont afflué. Nous sommes un pays de canailles et d'amis des bêtes, on dirait.

— Mais sauvait-il des ânes, au moins ? poursuivit Beth.

— Ils n'existaient pas, ces ânes, déclara Sir Julian. Il n'y avait que des âmes romantiques bien trop promptes à se délester d'une partie de leur argent, qui finissait dans la poche de ce voyou. C'est pour ça qu'il est en mesure de se payer les services de Me Booth Watson, lequel va faire l'une de ses désormais rares apparitions à l'Old Bailey. Ne soyez pas surpris si plusieurs ânes de la variété à deux pattes se présentent dans le box des témoins.

Les rires mirent un moment à s'éteindre.

— Quand commence le procès ? s'enquit William.

— Ça aurait dû être demain à 10 heures du matin, si Booth Watson n'avait pas sollicité un ajournement que j'ai accepté à contrecœur. Il semble que mon indigne adversaire a une affaire urgente en Écosse, même s'il ne m'a pas révélé qui l'avait convoqué.

— Il n'aurait pas précisé où, par hasard ? demanda William.

— Non, il ne donne jamais plus d'informations que nécessaire.

Beth et William échangèrent un regard sans piper mot.

— Papa, je peux passer un coup de fil ?

— Mais bien sûr, mon garçon. Installe-toi dans mon bureau.

— Merci, lança William en se levant.

Il sortit rapidement.

— J'ai dit quelque chose de mal ? lâcha Sir Julian.

— Non, répliqua Beth. C'est plutôt quelque chose que Booth Watson n'a pas dit.

— Voilà qui est mystérieux.

— Je peux même vous révéler qui William a appelé.

— Hawksby, sans aucun doute, répondit Sir Julian. Et je devine ce qu'il va annoncer en revenant.

— « Désolé, Mère, mais nous devons partir immédiatement. Il s'est produit un imprévu », suggéra Beth.

La porte s'ouvrit, et William rentra en trombe.

— Je suis vraiment désolé, Mère, mais nous devons partir...

— Un événement imprévu dont il faut que tu t'occupes immédiatement ? l'interrompit Sir Julian.

— Comment le sais-tu ? s'étonna William.

— Je l'ignorais. Mais c'était difficile de ne pas remarquer que dès que j'ai prononcé les mots « Booth Watson » et « Écosse » tu as éprouvé le besoin de passer un coup de fil urgent.

William ne mordit pas à l'hameçon.

— Je suis désolé que nous ne puissions pas rester déjeuner, dit-il en faisant la bise à sa mère sur les deux joues.

— Je vois qu'il y a des priorités. Booth Watson n'est pas le genre d'homme qu'on fait attendre, lui, conclut Sir Julian d'un ton grinçant. Quand c'est dans l'intérêt de ses clients, il peut bouger très vite.

— J'ai hâte de vous revoir dans deux semaines, répondit William sans relever la remontrance de son père.

— Uniquement si vous venez avec les jumeaux ! lança Marjorie.

— Vous pouvez laisser Artemisia chez vous, ajouta tristement Sir Julian. De toute évidence, elle a des vues sur un autre homme.

— Je la soupçonne d'avoir des projets pour chacun d'entre vous, confia Beth tandis que Sir Julian et Marjorie les raccompagnaient à la porte.

Une fois qu'ils leur eurent dit au revoir, William se tut jusqu'à ce qu'ils s'engagent sur la route en direction de Londres.

— Tu crois que Faulkner prendra le risque d'aller voir le Caravage ? demanda-t-il enfin.

— Les collectionneurs sont des passionnés. En général, ils ne laissent pas leurs représentants décider de ce genre de choses, particulièrement quand ça va leur coûter vingt millions de livres.

— Alors, espérons que Booth Watson sera accompagné d'un styliste du nom de Ricardo Rossi.

— Mais, s'il est simplement là pour représenter un client et que Faulkner ne se montre pas, ça sera un nouveau coup d'épée dans l'eau.

— Pas nécessairement parce que, lorsque Booth Watson livrera le tableau, il pourrait très bien nous conduire jusqu'à la porte d'un collectionneur obsessionnel qui s'attendra à accueillir le Christ à bras ouverts et qui me verra arriver à la place.

Quand Joséphine se réveilla le lendemain matin, Ross écrivait une lettre sur la coiffeuse.

— C'est une lettre de rupture ? plaisanta-t-elle en s'étirant.

Ross posa son stylo.

— Non. J'ai décidé de démissionner de la Met, répondit-il d'un ton plus sérieux que d'habitude.

— Mais tu viens juste d'être promu.

— Ce n'est pas pareil depuis que je ne bosse plus sous couverture. Je n'arrive pas à rester assis toute la journée derrière un bureau, à m'amuser avec des trombones, pendant que deux crapules de l'East End nous font tourner en bourrique.

— Mais, si Hawksby ne te laisse pas redevenir un agent infiltré, que vas-tu faire ?

— J'étais dans les SAS avant d'entrer dans la police, et mon supérieur hiérarchique était le major Cormac Kinsella, un Irlandais complètement dingue qui mangeait des cafards sur des toasts au petit déjeuner.

— Frits ou bouillis ? lança Jo en tentant de prendre la nouvelle à la légère.

— Vivants, sinon il trouverait ça trop facile. Son second, le capitaine Gareth Evans, considérait que le dragon était une créature bien trop tendre pour représenter les Gallois. Tous deux ont démissionné des SAS avant d'avoir quarante ans et ils ont monté une agence de voyages, Les Vacances cauchemardesques, qui n'est pas spécialisée dans les séjours à Saint-Tropez ou à Monte-Carlo.

— Existe-t-il donc d'autres lieux de villégiature ? demanda Jo avec un soupir.

— Leur slogan, c'est « Survivez à quinze jours avec nous et rien ne vous semblera impossible ». Ils proposent trois types de prestations : « Inconfortable », « Désagréable » et, de loin la plus populaire, « Insupportable ».

— C'est alléchant ! N'hésite pas à m'en dire plus.

— « Inconfortable », c'est quand ils lâchent huit personnes au nord du cercle arctique en espérant qu'elles sauront se débrouiller toutes seules pendant quinze jours. Ils leur fournissent une tente et une semaine de vivres. Chaque client est autorisé à emporter mille livres en liquide.

— À quoi sert cet argent quand on est perdu dans l'Arctique ?

— S'ils le donnent à l'ex-officier des SAS qui supervise le groupe, ils peuvent rentrer chez eux plus tôt.

— De plus en plus alléchant. Je pense que je vais opter pour « Désagréable ».

— Dans cette offre, douze clients sont lâchés dans la forêt brésilienne, à environ trois mille kilomètres de l'embouchure de l'Amazone, avec une douzaine de canoës et…

— Une semaine de vivres, j'ai compris.

— Tu commences à saisir l'idée, oui. Il faut ensuite descendre le fleuve à la pagaie jusqu'à atteindre le premier village, à plus ou moins cinq cents kilomètres en aval, avec pour unique compagnie les alligators, les anacondas, les piranhas et les indigènes hostiles, alors on ne dort pas beaucoup la nuit.

— Je te crois sur parole.

— Ils peuvent toujours remettre leurs mille livres à l'officier qui les supervise, et un hors-bord surgira de nulle part pour les déposer à la ville la plus proche. En revanche, on ne leur rend ni leur passeport ni leur billet d'avion, et ils doivent donc se débrouiller pour rentrer chez eux.

— C'est quoi le but de tout ça ?

— S'assurer que le client va y réfléchir à deux fois avant d'abandonner.

— Je ne suis pas sûre de vouloir entendre la description de la troisième option.

— « Insupportable ». Pour postuler, il faut déjà avoir terminé avec succès les options « Inconfortable » et « Désagréable ».

— J'ai hâte de consulter le prospectus.

— On te dépose dans le port de Quellón, au Chili, où tu intègres l'équipage d'un ancien chalutier qui passe le cap Horn au cours de la première semaine, avant de remonter le long de la côte orientale du Brésil.

— Ça n'a pas l'air si terrible.

— Jusqu'au moment où tu découvres que tu ne peux pas débarquer avant d'atteindre Rio, à quelque quatre mille kilomètres de là, avec des vagues de quinze mètres pendant la plus grande partie du voyage. Mais la bonne nouvelle, c'est que tu as l'autorisation de manger tout ce que tu pêches.

— Et j'ai droit à quoi, pour mes mille livres ?

— On te dépose dans les Malouines, et tu n'as plus qu'à espérer que le gouverneur ne t'en voudra pas de n'avoir ni passeport ni argent. Malheureusement, c'est un ancien officier du SBS, alors tu finiras probablement tes vacances dans une cellule avec une demi-douzaine de bandits argentins qui se souviennent encore de l'invasion de l'île.

— Je suis surprise qu'ils ne te fassent pas subir le supplice de la planche une fois que tu leur as donné tes mille livres.

— Le major fou a envisagé cette option, mais en fin de compte il a trouvé que c'était aller un peu trop loin.

— Et les gens payent pour ces vacances ? fit Jo, incrédule.

— Il y a une longue liste d'attente pleine de clients qui seraient heureux de remplacer n'importe quelle petite nature qui laisserait tomber à la dernière minute.

— Et puis-je te demander quel rôle ils entendent te faire jouer ?

— Je serai chargé de sélectionner les ex-militaires qui accompagnent les aventuriers en herbe. Je retiendrai uniquement les candidatures d'anciens SAS, des Royal Marines et du SBS.

— Je comprends maintenant pourquoi ils t'ont choisi. Tu vas accepter ?

— Je commence dans six semaines. Le major m'a proposé le double de mon salaire à la Met.

— On va avoir besoin du moindre centime.

— Oui, parce qu'ils ne risquent pas de te verser mille livres par semaine pour entendre les petits secrets d'un major cinglé au lieu de ceux d'un commissaire cinglé. Alors, ce sera mon tour de gagner mille livres par semaine, pour qu'on puisse démarrer une nouvelle vie tous les deux.

— Tous les trois, souffla Jo en se touchant le ventre.

Après un bref moment de stupéfaction, Ross sauta en l'air.

— Il faut qu'on se marie le plus vite possible ! s'écria-t-il après être retombé.

— Pourquoi ?

— Ma mère est une Irlandaise catholique à l'ancienne qui emploie des mots tels que « les liens sacrés du mariage », « illégitime » ou « bâtard » comme s'ils étaient encore à la mode.

— Qu'est-ce qu'elle va dire si elle apprend que je suis une ancienne prostituée ?

— Le problème serait bien plus grave si tu étais protestante.

17

— Voilà qui conclut la visite, annonça le guide. J'espère qu'elle vous a plu.

Une chaleureuse salve d'applaudissements résonna.

— Si vous souhaitez acheter quelques souvenirs, la boutique au rez-de-chaussée est ouverte, de même que le café si vous avez envie de vous désaltérer. N'hésitez pas à vous promener dans les jardins, mais rappelez-vous que les portes ferment à 13 heures, aujourd'hui. Merci !

William et Ross suivirent le flot des badauds qui refluaient de la pièce, mais se dirigèrent vers la sortie sans passer par la boutique et le café.

— Continuez d'avancer, murmura William tandis qu'ils traversaient une large bande de pelouse non tondue en direction d'un gros bosquet qui surplombait le château.

— Des remarques ? demanda-t-il une fois qu'ils furent à l'abri de toute oreille indiscrète.

— Le Caravage est toujours accroché au-dessus de la cheminée dans le salon, au vu de tous.

— Qu'avez-vous noté d'autre dans cette pièce ?

— La table était dressée pour quatre. Ils doivent attendre Booth Watson pour le déjeuner. Avec ou sans son client.

— Et la sécurité ? s'enquit William.

— Virtuellement inexistante. Les tableaux les plus petits sont vissés aux murs, et un simple cordon empêche les gens de s'approcher des toiles.

— Système d'alarme ?

— Un Penfold, mais d'un autre âge.

— Et qu'est-ce que vous n'avez pas vu ?

— Des gardes, qui seraient présents dans chaque salle si c'était un musée et non une résidence privée.

— Conclusion ?

— Lord McLaren n'a pas les moyens d'employer davantage d'effectifs que le strict nécessaire, ce que Faulkner ne manquera pas de repérer, vous pouvez en être sûr. Si jamais il vient.

— Si jamais il ne l'a pas déjà fait. N'oubliez pas que la police locale n'a pu affecter qu'un seul agent pour assurer une surveillance vingt-quatre heures sur vingt-quatre et sept jours sur sept.

Ross ne fit aucun commentaire.

— Néanmoins, poursuivit William, revenons à la salle à manger. Qu'avez-vous remarqué d'autre ?

— Il y a une tribune des musiciens qui court le long du haut de la pièce.

— L'accès ?

— Un étroit escalier en colimaçon. La seule mesure de sécurité, c'est un cordon et un panneau ENTRÉE INTERDITE sur la première marche.

— D'autres observations ?

— Il y a une grande fenêtre qui fait directement face à la toile du Caravage, et qui donne sur la cour. De là, on peut probablement voir le portail principal.

— Quoi d'autre ?

Ross réfléchit un moment, mais ne répondit rien.

— Il y a un petit orgue Hambourg sur la gauche de la tribune des musiciens, dit William. Quiconque se cacherait là-haut ne serait pas visible depuis la salle.

— Y aurait-il assez de place pour nous deux ?

— Non, juste assez pour un enfant de chœur, répliqua William en souriant. En plus, si on disparaissait tous les deux, il est possible que le guide s'en aperçoive et se lance à notre recherche.

— Il n'a pas compté ses clients avant de commencer la visite.

— Bien vu, fit William avec un semblant de salut militaire. Cependant, à la fin du prochain parcours, je voudrais que vous reveniez ici pour mettre nos gars au courant. Ils vous attendront dans des voitures de patrouille et seront prêts à intervenir si jamais Faulkner se montrait. Le guide a-t-il dit autre chose de particulièrement révélateur ?

— Le portail va fermer à 13 heures.

— Ce qui semble indiquer qu'il n'y aura plus qu'une seule visite guidée aujourd'hui. Alors il faut se mettre en branle, parce qu'on ne peut pas se permettre de la louper.

Ils redescendirent la colline en pente douce jusqu'au château. Une fois à l'intérieur, William racheta deux billets à la dame âgée assise à la réception, et ils se joignirent à la douzaine de personnes rassemblées dans le hall pour attendre le début de la visite.

Sans un mot, Ross se posta à l'avant du groupe, et William à l'arrière. Le guide fit une série de remarques préliminaires, puis commença le parcours. Tandis qu'ils passaient d'une pièce à l'autre, William ne pouvait s'empêcher de s'arrêter pour admirer certains des joyaux de cette collection. Il avait hâte de parler à Beth du Farquharson, du Raeburn et du Peploe en rentrant. Il n'endossa à nouveau son rôle de flic qu'une fois de retour dans la salle à manger.

Ross, toujours à l'avant du groupe, feignait de se passionner pour le récit du guide qui leur racontait comment le premier Lord McLaren avait acquis *La Pêche miraculeuse* plus de deux siècles auparavant.

William fit semblant de s'intéresser au portrait d'un contemporain du Caravage bien moins célèbre et se rapprocha discrètement de l'escalier en colimaçon qui menait à la tribune des musiciens. Le guide conclut sa visite avec quelques commentaires à propos du clou de la collection, puis se dirigea vers la sortie. Les plus fervents amateurs d'art ne purent résister à l'envie d'admirer une dernière fois la toile avant de rejoindre le reste du groupe.

Une fois qu'il fut certain d'être seul, William franchit le cordon d'une enjambée et gravit lestement l'escalier en colimaçon. Une ou deux marches craquèrent sous ses pas, et il jeta un coup d'œil par-dessus son épaule pour s'assurer que personne ne l'avait vu. En atteignant la tribune des musiciens, il passa rapidement l'endroit où elle formait un coude et se faufila derrière l'orgue.

Il avait beau avoir un champ de vision dégagé à travers la grande baie vitrée, il ne pouvait distinguer ni la table en contrebas ni le Caravage. Il s'employa à faire ce qu'il avait fait tant de fois auparavant : s'asseoir, attendre, être patient et ne pas se déconcentrer quelles que soient les circonstances.

De son côté, une fois la visite terminée, Ross fut parmi les premiers à se séparer du groupe et à quitter les lieux. Il avait remarqué que cette fois-ci le guide avait évoqué la boutique et le café, mais ne les avait pas invités à se promener dans les jardins. Néanmoins, il avait bien précisé que le château fermait à 13 heures.

Ross regagna le bosquet, d'où il distinguait sans problème l'entrée du château et le portail qui s'ouvrait sur la route. Il sortit sa radio et pressa le bouton vert.

— L'inspecteur-chef Warwick est dans les murs. Je suis à l'extérieur, à cinquante mètres environ de l'accès. Si Faulkner se montre, je vous le ferai savoir aussitôt.

— Compris, crachota une voix dans le récepteur. Si nous voyons une voiture approcher, vous serez le premier au courant.

— Bien reçu, conclut Ross en remettant sa radio dans sa poche.

À travers la grande baie vitrée, William regardait les derniers membres du groupe se diriger vers le parking des visiteurs. Quand il entendit des pas dans la salle à manger, il se tassa encore davantage dans l'espace entre l'orgue et le mur, glissant ses genoux sous son menton.

Deux serveuses mettaient la touche finale au dressage de la table en bavardant. Elles se turent lorsqu'une troisième personne entra.

— Nul besoin de vous rappeler l'importance que Lord McLaren accorde à ce rendez-vous ! tonna une voix. Nous devons tous être sur le qui-vive. C'est bien compris ?

— Oui, monsieur, répondirent les deux femmes à l'unisson.

Ross vit le portail se refermer après le départ du dernier touriste. Enfin, pas tout à fait le dernier. Il jeta un coup d'œil aux grandes baies vitrées du premier étage en se demandant comment William s'en tirait. Si aucune voiture n'arrivait dans les minutes suivantes, combien de temps serait-il obligé de rester là avant d'accepter que ce voyage, une fois de plus, n'avait servi à rien ? Ross n'avait pas la moindre idée de comment William comptait s'y prendre pour ressortir du château, mais une chose était sûre : le patron avait un plan.

Sa radio crachota, et Ross entendit une voix avec un fort accent de Glasgow.

— Une berline avec chauffeur se dirige vers vous. Deux passagers à l'arrière. Ils devraient arriver dans trois minutes environ.

— Message reçu.

Quelques instants plus tard, une BMW franchit le portail et remonta l'allée vers le château. Ross ne la quitta pas des yeux tandis qu'elle s'immobilisait devant le perron. Le chauffeur descendit et vint ouvrir à l'arrière. Deux silhouettes sortirent : une femme élégante qui se dirigea tout de suite vers l'entrée, suivie d'un homme vêtu d'un long manteau noir, un attaché-case à la main.

Lord McLaren les attendait en haut des marches, dans une veste verte, un kilt aux couleurs de la famille McLaren, de grosses chaussettes de laine et ce que la mère de Ross aurait appelé des souliers bien commodes. Ross crut reconnaître la dame plus âgée qui se tenait à côté de lui, puis ils disparurent tous à l'intérieur et la porte se referma.

William était déjà ankylosé. Il avait besoin de s'étirer, mais il n'osait pas bouger de peur de faire le moindre bruit.

Quelques instants plus tard, un gong résonna au loin et, peu après, un petit groupe entra dans la salle à manger en bavardant amicalement.

— C'est ici que *La Pêche miraculeuse* est accrochée depuis deux siècles, lança une voix aux accents aristocratiques qui ne pouvait être que celle de Lord McLaren.

Des murmures élogieux s'ensuivirent : « Magnifique », « Superbe », « Un chef-d'œuvre ».

— Installons-nous pour déjeuner, voulez-vous ? proposa Lord McLaren. Je me suis dit que vous préféreriez vous asseoir face au tableau, afin de pouvoir mieux l'admirer.

L'hôte à qui il s'adressait ne fit aucun commentaire.

William entendit des raclements de chaises tandis que les serveuses s'activaient, entrant et ressortant de la salle à manger. Deux des voix des convives étaient très claires, mais celle de l'un d'eux, qui devait lui tourner le dos, était presque inaudible. Puis une femme parla, que William reconnut immédiatement. Et il ne s'agissait pas de Lady McLaren.

Ross resta caché dans le bosquet en essayant d'imaginer le menu du repas qui avait lieu derrière les murs impénétrables du château. Du saumon fumé et du coq des bruyères issus de la propriété, devina-t-il en se disant que c'était de saison. Il se pourlécha tout en se résignant à une longue attente avant que l'inspecteur-chef se montre à la fenêtre. Si William levait le pouce, Ross devait prévenir les agents afin qu'ils foncent immédiatement vers la cible, mais sans allumer leurs gyrophares ni enclencher leurs sirènes. Le temps qu'ils atteignent la porte, William aurait déjà arrêté Faulkner. Si son pouce pointait vers le bas, cela voudrait dire que Faulkner n'était pas présent, et que William allait tenter de sortir discrètement.

William écoutait attentivement la conversation autour de la table, mais il ne captait pas tout, et l'un des convives ne s'était pas encore exprimé.

— Nous pourrions peut-être parler affaires ? suggéra Lord McLaren une fois qu'ils eurent terminé le plat principal.

— Quel chiffre avez-vous à l'esprit ? demanda une voix familière en s'exonérant des platitudes habituelles.

— Je pense que trente millions serait un bon prix.

— Selon moi, vingt millions serait une somme plus réaliste.

— Il vaut bien davantage, estima Lord McLaren.

— Je serais de votre avis s'il ne s'agissait pas d'une vente en urgence.

William aurait aimé voir la tête de Lord McLaren à cet instant.

— Vous avez beau rencontrer un problème avec votre succession, le marché est favorable aux acheteurs.

La voix qu'il connaissait bien marqua une pause.

— Néanmoins, reprit-elle, je serais disposé à vous proposer vingt-deux millions, avec une petite incitation supplémentaire.

— Et quelle serait-elle ? s'enquit Lord McLaren d'un ton troublé.

— Mon offre reste sur la table pendant une semaine. La semaine prochaine, elle baissera à vingt et un millions, et la suivante à vingt.

William se rendit compte que Faulkner connaissait le montant exact dont McLaren avait besoin pour s'acquitter de ses droits de succession, et probablement aussi la date à laquelle celui-ci devait avoir versé la totalité de sa dette s'il ne voulait pas commencer à payer des intérêts aux services fiscaux de Sa Majesté.

— Je dois y réfléchir, répondit le lord en essayant d'adopter un ton détendu et d'afficher une totale maîtrise de la situation.

— L'heure tourne, rétorqua la voix intransigeante.

Les mots de Faulkner, mais prononcés par son messager.

— Retirons-nous dans le salon pour le café, suggéra Lord McLaren en faisant abstraction de la menace voilée.

Après un nouveau raclement de chaises, les convives sortirent de la pièce.

À présent, William avait compris que le pas lourd qu'il avait entendu était celui du représentant de Miles Faulkner sur cette Terre.

Il ne bougea pas jusqu'à ce que les serveuses aient débarrassé la table et soient reparties en refermant derrière elles. Dès que le silence retomba, il rampa jusqu'à la fenêtre et fit un signe à Ross, pouce baissé.

Ross balança plusieurs jurons avant de contacter les voitures de patrouille.

— Fin de l'alerte. Mission annulée, lâcha-t-il.

— Désolé, mon gars, répliqua la voix à l'accent de Glasgow avant que la communication soit coupée.

Une heure de plus s'écoula avant que Ross voie le portail s'ouvrir et la BMW disparaître au loin.

William ne bougea pas avant d'être certain que la salle à manger était déserte. Il jeta un coup d'œil par-dessus la rambarde – personne en vue –, puis descendit sur la pointe des pieds l'escalier en colimaçon et traversa la pièce sans pouvoir s'empêcher d'admirer une dernière fois le Caravage. Il entrouvrit le battant pour jeter un coup d'œil dans le couloir et, constatant que la voie était libre, l'emprunta en direction de la porte d'entrée, prêt à se faufiler dans la boutique ou le café si quelqu'un venait à surgir. William gagnait en confiance à chaque pas. Il avait la main sur la poignée lorsqu'une voix résonna dans son dos.

— Puis-je vous aider, jeune homme ?

William se retourna nerveusement. C'était la dame âgée qu'il avait remarquée à la réception dans la matinée.

— Bonjour. Oui, je voudrais un billet pour la visite de cet après-midi, s'il vous plaît, lança-t-il sans se démonter en tirant une coupure de son portefeuille.

— Je suis désolée, mais nous sommes fermés pour la journée.

— Oh ! quel dommage ! J'avais vraiment envie de voir le Caravage.

— Vous ne l'avez pas déjà contemplé ce matin ? dit-elle en l'observant plus attentivement.

— Si. Mais comme je rentre à Londres demain j'espérais le revoir une dernière fois.

— Vous pouvez repasser dès l'ouverture, jeune homme, parce que c'est la dernière chance que vous aurez de l'admirer.

— Je ne comprends pas, prétendit William. Le guide nous a affirmé qu'il était dans la famille depuis deux siècles et que c'était le joyau de la collection de Lord McLaren.

— Effectivement, mais j'ai bien peur que mon fils n'ait pas le choix, répondit la comtesse douairière en sortant de derrière son comptoir.

Elle traversa le hall et ouvrit la porte pour William.

— Les droits de succession, vous comprenez, ajouta-t-elle en soupirant avant de refermer derrière lui.

À présent, William savait qui était le quatrième convive du repas.

— Christina était là aussi ? demanda Beth quand William la rejoignit dans le lit ce soir-là, à Londres.

— Oui, et elle se faisait passer pour l'acheteuse intéressée par le tableau, même si c'est Booth Watson qui a mené les débats. Et c'est fait, la vente est actée.

— Et une fois de plus je me suis fait avoir par ses mensonges. Je te promets que ça ne se reproduira plus jamais.

— Alors, il faudra que tu la tues, et il ne te restera plus qu'à espérer que c'est à moi qu'on confiera l'enquête.

— Je n'aurai même pas besoin de toi parce que, maintenant, je sais comment les assassiner tous les deux sans verser une seule goutte de sang.

— Qu'est-ce que tu as en tête ? s'enquit William.

— Si Tim Knox conseillait à la reine de refuser d'accorder une licence d'exportation à Lord McLaren au motif que *La Pêche miraculeuse* est une œuvre d'intérêt national, plusieurs années s'écouleraient avant que Faulkner puisse mettre la main dessus. Et il ne pourrait le reprocher qu'à une seule personne. Christina.

— C'est la dernière chose que je souhaite, répliqua William, catégorique. Hawksby vient d'approuver l'opération *Chef-d'œuvre*, alors j'ai besoin que tu découvres à qui a été confiée la tâche de transporter le tableau chez son nouveau propriétaire.

— Je n'aurai qu'un ou deux coups de fil à passer pour le savoir, répondit Beth. Mais j'aurai quoi, en échange ?

— Je ramènerai Faulkner les menottes aux poignets, avec la toile.

— Si tu y parviens, je prierai Tim Knox de recommander que le chancelier, notre ministre des Finances, passe l'éponge sur les droits de succession de Lord McLaren en échange du don du Caravage au pays.

— Qu'entends-tu par le « pays » ? demanda innocemment William.

— Le Fitzmolean, bien sûr.

— Je n'arrive pas à déterminer qui de toi ou de Christina est la plus dénuée de scrupules.

Beth éteignit la lumière.

18

— Elle est magnifique ! souffla Beth quand le couple de futurs mariés fit son entrée dans la mairie et qu'elle vit Joséphine pour la première fois.

— Et Ross est totalement fou d'elle, ça saute aux yeux, répondit William.

— Qui ne le serait pas ?

— Moi, je me suis fait à l'idée depuis un bon moment que je suis coincé avec toi. « Une pauvre pucelle, monsieur, un minois assez laid, monsieur…

— … mais qui est à moi[1] », compléta Beth. *Tout est bien qui finit bien.*

— Non, *Comme il vous plaira.*

— Ton problème, c'est que tu n'as reçu qu'une moitié d'éducation, répliqua-t-elle, vexée.

— Et ton problème…

— Chut ! lança Beth tandis que Ross et Jo prenaient place devant l'officier d'état civil.

— Bienvenue à la mairie de Marylebone, dit cette dernière en s'adressant à toutes les personnes présentes.

1. Réplique tirée de la comédie de Shakespeare *Comme il vous plaira.* Traduction François Bizot. (NdT)

— Je crois que je ne m'habituerai jamais à ce qu'une femme célèbre un mariage, murmura Beth.

— Tu es merveilleusement vieux jeu, chuchota William en saisissant sa main.

— Raison pour laquelle j'ai fini avec toi, l'homme des cavernes.

— J'ai le plaisir de conduire cette cérémonie de mariage entre Ross et Jo, poursuivit l'officier d'état civil. Je débuterai en soulignant que l'engagement qu'ils vont prendre l'un envers l'autre aujourd'hui les lie pour le restant de leur vie, et qu'il est tout aussi officiel des points de vue moral et légal que des vœux prononcés à l'église. Alors, commençons.

William n'avait jamais vu Ross si détendu et heureux. Son costume tout neuf, sa chemise blanche et ses boutons de manchette, ainsi que l'œillet à sa boutonnière, auraient surpris les habitués du monde interlope avec lesquels il avait frayé pendant des années. Cela dit, aucun d'eux n'était invité à la cérémonie.

— Si quelqu'un ici a connaissance d'une raison légale de s'opposer à cette union, qu'il le dise maintenant, annonça solennellement l'officier d'état civil.

Beth serra la main de William. Nul doute qu'elle se rappelait comment Miles Faulkner avait tenté de gâcher leur propre mariage, et comment Christina était venue à leur secours.

Cette fois-ci, personne n'éleva d'objections.

William ne put s'empêcher de sourire en les entendant prononcer leurs vœux. Il ne s'était pas encore habitué à voir l'un des hommes les plus durs qu'il avait jamais rencontrés se transformer en amoureux transi.

— C'est avec grand plaisir que je vous déclare officiellement mari et femme. Vous pouvez embrasser la mariée.

Une salve d'applaudissements retentit tandis que M. et Mme Hogan s'embrassaient pour la première fois.

— J'ai faim, murmura William.

— Patience. On est invités à déjeuner à l'hôtel après la cérémonie.

— J'ai hâte. Je n'ai pas mangé un repas décent depuis des semaines.

Beth lui donna un grand coup de pied à la cheville, et il poussa un glapissement un peu exagéré.

Les invités suivirent les jeunes époux sur le perron de la mairie puis sur le trottoir, et William prit la main de Beth pour traverser la rue et rejoindre l'hôtel.

Lamont, assis à l'arrêt de bus de l'autre côté de la chaussée, notait le nom de tous ceux qu'il reconnaissait. Il n'y avait que trois invités dont il ignorait l'identité. En regardant de plus près les mariés, il se demanda si Hogan savait qu'il avait convolé avec une call-girl. Quoi qu'il en soit, il allait immédiatement dire à Watson qu'on ne pouvait plus compter sur cette pétasse surpayée, même si l'avocat n'avait pas cru bon de le prévenir qu'elle roulait également pour eux. C'est alors qu'il repéra le sergent Roycroft. Pouvait-on encore lui faire confiance, à elle aussi ? Ou bien les renseignements qu'elle lui transmettait recevaient-ils auparavant le feu vert de Warwick ? Il fallait supposer le pire, tout en essayant de tourner la situation à son avantage. Il pouvait imputer à la prostituée désormais mariée toute information qui se serait révélée fausse, et récolter les louanges pour l'avoir démasquée. C'était un bon moyen de ne pas perdre son unique source de revenus.

Lamont ne bougea pas tandis que les invités se rendaient tranquillement à un hôtel tout proche. Quand ils furent tous hors de vue, il entra dans une cabine téléphonique, composa un numéro et attendit.

— Cabinet Booth Watson, que puis-je pour vous ?

— Quel choix ! s'écria William en rejoignant la queue devant le buffet.

— Souviens-toi que tu veux perdre un ou deux kilos.

William fit abstraction de la remarque de son épouse et remplit son assiette de poulet Reine Elizabeth, de tomates et de salade avant de se diriger vers l'autre extrémité de la table pour combler le moindre espace vide avec du jambon, du fromage et des pommes de terre nouvelles.

— On a beau sortir quelqu'un de sa grotte et faire des efforts pour l'éduquer, il restera toujours un homme des cavernes, lâcha Beth en soupirant.

Elle-même prit une tranche de saumon fumé, une moitié d'œuf dur et un peu de laitue avant d'aller retrouver Paul Adaja, en pleine discussion avec Joséphine. L'assiette de Paul ressemblait encore plus à une montagne que celle de son mari.

— Je vous présente Beth Warwick, la femme de William, dit Paul entre deux bouchées.

— Ross parle toujours de votre mari en des termes si élogieux ! lança Jo. Mais comme vous le savez déjà, j'en suis sûre, il était plus heureux quand il était sous couverture. Sinon, il n'aurait jamais envisagé de quitter la police.

— William est son exact opposé, répondit Beth. Il a travaillé en infiltré pendant une courte période, mais il avait hâte de revenir à Scotland Yard et de retrouver son unité.

— C'est pour ça qu'ils forment un partenariat si efficace, affirma Paul.

— Puis-je vous demander où vous partez en lune de miel ? s'enquit Beth.

— Ross m'a proposé quatre options. L'une des trois offres de Vacances cauchemardesques ou une tournée des vignobles de la vallée de la Loire, pour goûter leurs meilleurs vins et profiter de la cuisine locale avant de passer un long week-end au Ritz à Paris.

— Vous avez dû beaucoup réfléchir avant de vous décider, j'imagine.

— Une nanoseconde environ, admit Jo. Néanmoins, dès notre retour, Ross compte aller essayer les expériences que propose son agence de voyages tandis que je resterai à la maison pour préparer l'arrivée d'une petite Joséphine… ou d'un petit Joseph.

— Il m'a invité à partir avec lui pour des vacances « désagréables », raconta Paul, mais malheureusement aucune date ne collait avec mon emploi du temps surchargé.

Tout le monde s'esclaffa.

En tournant le regard vers le fond de la salle, Beth vit Hawksby en grande conversation avec une femme âgée.

— Je dois avouer que je n'aurais jamais cru que mon fils se marierait, disait-elle. Tout cela est une surprise.

— Agréable, j'espère, madame Hogan, répliqua Hawksby. Vous pouvez vraiment être fière de lui, et je suis désolé de le perdre.

— Vous faites son éloge, commissaire. Mais, en bon catholique, comment n'auriez-vous pas remarqué qu'ils se sont mariés juste à temps ? rétorqua Mme Hogan en jetant un coup d'œil appuyé à sa belle-fille.

— J'ai bien peur d'être non pratiquant.

— Non pratiquant au point de ne pas vous soucier de son précédent métier ?

Hawksby ne sut quoi répondre.

— Qui donc discute avec William ? s'enquit Jackie Roycroft quand elle retrouva Paul devant le buffet pour se resservir.

— Le major Cormac Kinsella. C'est le nouveau patron de Ross. Il est complètement dingue, alors Ross devrait bien s'entendre avec lui, ajouta Paul en prenant la dernière cuisse de poulet.

— Quand Ross va-t-il vous rejoindre ? demanda William au major.

— Le 1er du mois. Par conséquent, vous ne disposerez plus de lui que pendant deux semaines quand il reviendra de sa lune de miel.

— Cela tombe bien. Nous avons une dernière mission qu'on ne pourrait pas mener à terme sans lui.

— Je peux savoir ? lança Kinsella. Ross refuse de me parler de tout ce qui touche de près ou de loin à Scotland Yard.

— Je vais faire comme lui, répondit William. Sinon, je perdrais mon boulot.

— Si ça devait se produire, n'hésitez pas à me contacter, dit Kinsella en lui tendant sa carte de visite.

— Mais pourquoi ferait-il ça ? s'enquit Beth en se joignant à la conversation.

— On a beaucoup de chance que Ross ait accepté de devenir notre directeur des opérations sur le terrain, madame Warwick, mais dans peu de temps je vais devoir trouver quelqu'un pour me remplacer au poste de directeur général. Et, très franchement, je pense que votre mari serait l'homme idéal pour mener cette société vers l'étape suivante.

— Que peut-il donc y avoir au-delà d'« Insupportable » ?

— Un salaire de quatre-vingt mille livres par an, des parts dans la compagnie et un pourcentage sur les bénéfices.

— Et qu'est-ce qui vous fait croire que je suis votre homme ? demanda William. Après tout, vous ne me connaissez que depuis dix minutes.

— Je sais que vous êtes le plus jeune inspecteur-chef de l'histoire de la Met et, d'après Ross, vous êtes le meilleur officier sous lequel il a servi. Pour être franc, j'avais pris la décision avant même de vous rencontrer.

— Vous feriez mieux de ne pas en parler au commissaire, conseilla Beth.

— Vous feriez mieux de ne pas me parler de quoi ? s'exclama Hawksby en arrivant à son tour.

— Le major Kinsella vient de faire une offre d'emploi à William, rapporta Beth avec délectation.

— Il faudra me passer sur le corps, rétorqua Hawksby.

— Ça peut s'arranger, répliqua Kinsella en souriant.

— Et je ferai tout ce qui est en mon pouvoir pour vous en empêcher. J'ai de grands projets pour l'inspecteur-chef Warwick, et gérer un camp de vacances n'en fait pas partie. En outre, j'assassinerai avec joie quiconque se mettra en travers de mon chemin.

— Les Évangiles ne nous enseignent-ils pas que penser à commettre un meurtre est aussi grave que passer à l'acte ? lança Beth pour tenter de détendre l'atmosphère.

— Si c'est exact, notre Seigneur devra ajouter une cinquantaine d'autres cas à mon ardoise. Et à vrai dire, vous n'êtes même pas en haut de ma liste, précisa-t-il en fusillant le major du regard.

William sourit, parce qu'il savait parfaitement qui occupait cette première place dans la tête du commissaire.

— Et de toute façon, poursuivit ce dernier, je compte prendre ma retraite dans un futur pas si lointain que ça, et il faudra bien que quelqu'un me remplace.

Cela fit taire tout le monde, y compris Beth, tandis que William était distrait par un murmure à son oreille.

— Puis-je vous dire un mot avant qu'on parte à l'aéroport ? lui glissa Ross.

— Bien sûr, répondit William en laissant Hawksby continuer sa joute avec le major Kinsella.

— Est-ce que je vais rentrer à temps pour le grand finale ? demanda Ross une fois qu'il fut certain que personne ne pouvait les entendre.

— J'ai tout reporté d'une semaine pour m'en assurer. Je ne veux pas lancer cette opération sans vous.

— Comment les déménageurs spécialisés ont-ils réagi en apprenant que le Yard allait les accompagner pendant le trajet ?

— Ils n'étaient pas fous de joie, mais ils ont gardé ça pour eux quand Hawksby leur a rappelé que la plupart de leurs contrats doivent recevoir l'aval du gouvernement. Ils ont un peu traîné des pieds pendant quelques jours, jusqu'à ce que le ministre de l'Intérieur passe un coup de fil à leur président. Une conversation plutôt courte, à ce qu'on m'a dit.

— J'ai hâte d'y être.

— Ne dites pas ça devant Jo, conseilla William, car je sais qu'elle a d'autres projets pour vous dans les dix jours qui viennent. Alors détendez-vous et profitez bien de votre lune de miel. J'aurai besoin que vous soyez au meilleur de votre forme en rentrant, parce qu'on va s'embarquer dans la plus grosse opération à laquelle j'ai jamais participé.

— C'est plus gros que *Cheval de Troie* ?

— Ça, c'était celle de Hawksby. *Chef-d'œuvre*, c'est la mienne.

Ross passa la semaine suivante à se promener dans la vallée de la Loire, à goûter les meilleurs vins, même s'il n'était pas autorisé à finir son verre, et à dévorer plusieurs plats de nouvelle cuisine avant d'aller se coucher en ayant encore faim. Il profita des charmes de Paris pendant les trois derniers jours, sans se douter qu'il y retournerait sous peu. Il parvint quand même à courir ses huit kilomètres tous les matins avant de retrouver Jo pour le petit déjeuner : café et croissants. D'après lui, les Français n'avaient vraiment rien compris au petit déjeuner.

Pendant son absence, Warwick et Hawksby peaufinèrent le moindre détail d'une opération qui devait être exécutée à la seconde près.

Quand un Ross tout bronzé retourna travailler le lundi suivant, tout était en place et, l'on n'attendait plus que le feu vert du commissaire divisionnaire.

— Si on réussit ce coup-là, je partirai heureux ! lança Ross après que William et lui eurent passé leur plan en revue une dernière fois. Et pas simplement parce que vous ne serez plus mon patron ! ajouta-t-il en riant.

— Si nous échouons, je quitterai moi aussi les rangs de la police, répondit William, on ne peut plus sérieux. Mais je serai toujours votre patron.

19

William n'avait jamais réfléchi au temps qu'il fallait pour emballer une œuvre d'art de grande valeur ni au nombre de personnes impliquées dans cette tâche, même si Beth avait tenté de le prévenir.

Dans ce groupe, l'homme clé était Ian Postgate, un courtier chevronné du Lloyd's de Londres qui avait assuré le Caravage contre les dommages qu'il pourrait subir pendant son transport, et accordé une indemnité de vingt et un millions de livres si jamais il ne parvenait pas à destination. Postgate était enchanté que des policiers les accompagnent en se faisant passer pour ses assistants.

William et Ross se tenaient à l'écart et laissaient les professionnels travailler. M. Benmore, un installateur d'art qui pouvait se vanter d'avoir un Goya, un Rembrandt et un Velázquez dans son catalogue raisonné, avait pourtant laissé il y a quelque temps l'un de ses adjoints emballer un Warhol pour le Tate. M. Benmore ne donnait pas dans le moderne.

Le long processus commença avec quatre techniciens : deux étaient juchés sur des échelles, à mi-hauteur, et les deux autres avaient les pieds bien ancrés par terre. Ils décrochèrent lentement le chef-d'œuvre et contrôlèrent sa descente en ne laissant passer que quelques maillons de sa chaîne à la fois.

William nota que Lord McLaren parut vieillir d'un coup quand il regarda le rectangle sombre qui marquait l'endroit où le joyau de la collection familiale avait trôné pendant deux siècles.

Lorsque le bas du cadre fut à hauteur des hanches des techniciens restés au sol, les quatre hommes détachèrent les chaînettes qui le retenaient et le posèrent en douceur sur des briques de mousse, puis ils reprirent leur souffle avant de le glisser dans un châssis spécialement conçu à cet effet. Cette pièce de menuiserie unique avait été construite sur mesure par un artisan qui n'avait jamais vu la toile, mais avait simplement reçu les cotes exactes de son cadre doré.

Une fois le tableau correctement fixé, les techniciens tendirent dessus une couche protectrice de polythène avant de placer le châssis, sous la supervision de M. Benmore, dans une caisse renforcée fabriquée par le même menuisier. Une tâche délicate qui exigeait autant d'habileté que de force. Pour finir, M. Benmore devait vérifier que rien n'était susceptible de bouger à l'intérieur de la caisse, puis en fixer le couvercle avec un tournevis électrique. Ross compta vingt-quatre vis.

Après une dernière inspection méticuleuse, M. Benmore s'estima satisfait et permit à son équipe d'aller boire un thé.

Vingt minutes plus tard, ils étaient de retour. Deux d'entre eux soulevèrent la caisse tandis que les deux autres glissaient dessous un grand plateau à roulettes. Après avoir délicatement posé la caisse dessus, ils le poussèrent jusqu'à la porte d'entrée en passant par le couloir qu'on avait recouvert de Correx pour protéger les sols de marbre.

Dans le hall, William reconnut la vieille dame que Lord McLaren tenait par l'épaule. Elle était au bord des larmes.

Le tableau n'avait jamais quitté la position verticale tout au long du processus, même lorsque les techniciens le fixèrent dans le compartiment à température contrôlée d'un camion à suspensions pneumatiques afin que les pêcheurs de *La Pêche miraculeuse* ne tombent pas de leur barque.

Ils ne dépassèrent jamais les cinquante kilomètres par heure sur les vingt kilomètres de trajet jusqu'à l'aéroport d'Aberdeen.

William et Ross suivaient le convoi dans une voiture banalisée. Un jet les attendait dans cet aéroport où les avions privés sont plus courants que les vols commerciaux.

M. Benmore fut le premier à descendre du camion, et il supervisa de nouveau le travail de ses techniciens tandis qu'ils transféraient prudemment la caisse dans la soute de l'appareil, où ils la fixèrent avec des sangles, toujours en position verticale. Benmore et l'assureur ne la quittèrent pas des yeux jusqu'à ce que la porte de la soute se referme. Les quatre passagers grimpèrent à bord de l'avion, destination Barcelone.

Quand l'appareil se posa sur le sol espagnol, environ deux heures plus tard, le lieutenant Sanchez les attendait sur le tarmac.

Il était tout aussi bien préparé qu'eux. Sous les directives anxieuses de M. Benmore, quatre policiers en bleu de travail déchargèrent la caisse de la soute et la sanglèrent en position verticale dans un van à température contrôlée.

Ross prit place à l'avant à côté de Sanchez, tandis que M. Benmore, M. Postgate et William grimpaient à l'arrière. Ce dernier donna le départ en frappant un petit coup sur la paroi séparant l'arrière de l'habitacle, et Sanchez démarra, entamant la dernière partie du voyage à une allure de sénateur.

*

Le matin même, Booth Watson avait pris un vol pour honorer son rendez-vous mensuel avec son client le plus précieux.

Il trouva Miles d'humeur particulièrement exubérante, et très impatient de voir arriver sa dernière acquisition. Les deux hommes s'assirent dans le salon, face au grand espace vide au-dessus de la cheminée que *La Pêche miraculeuse* allait désormais occuper.

— Racontez-moi ce qui se passe à Londres, histoire de patienter, suggéra Miles.

— Certaines nouvelles sont bonnes, et d'autres moins, répondit Watson en tirant de son attaché-case ses sempiternels dossiers. Je crains que les rapports que votre prostituée me fait parvenir ne soient plus fiables. Cela dit, vous ne m'aviez jamais consulté avant de la recruter.

— Ne tournez pas autour du pot ! s'impatienta Miles en masquant à peine son irritation.

— Il y a deux semaines environ, dans la mairie de Marylebone, Joséphine Colbert a épousé l'inspecteur Ross Hogan, l'homme que vous lui aviez demandé de séduire afin qu'elle nous informe des projets de Warwick et de son unité. De toute évidence, elle est désormais membre à plein temps de l'autre camp.

— Cessez immédiatement tout versement ! cria Faulkner.

Son irritation était maintenant de la colère.

— C'est déjà fait. Souhaitez-vous que je prenne d'autres mesures à son égard ?

— Ne vous souciez pas de ça. Je voudrais plutôt savoir comment vous avez obtenu cette information, car j'ai du mal à croire qu'on vous ait invité au mariage.

— Lamont surveille Hogan depuis un moment. Je dois vous avertir qu'il soupçonne que Roycroft aussi roule pour Warwick et non pour nous.

— Dites à Lamont de continuer à voir Roycroft, pour qu'elle ne se rende pas compte qu'on a des doutes. Ses prochains rapports seront intéressants, maintenant qu'on sait à qui va sa loyauté. Veillez à ce que Lamont soit content.

— Il n'y a qu'une seule chose qui lui plaise, et l'autre camp ne peut pas la lui fournir.

— Ça s'applique également à Christina. On ne peut pas courir le risque qu'elle nous lâche.

— C'est peu probable. Elle sait que si elle vous trahit il n'y aura plus de maison à la campagne, plus d'appartement en ville, plus de chauffeur pour la conduire partout, plus de budget robes, de dames qui viennent dîner, et assurément plus de gigolos. Elle finirait dans la chambre d'amis des Warwick à se nourrir de leurs restes. Elle ne m'inquiète pas.

— Alors, pourquoi continuer de lui verser de l'argent ? demanda Faulkner.

— Tant qu'elle est en contact avec la femme de Warwick, elle demeure notre meilleur atout pour découvrir ce que trame son mari, et elle semble également sensible à une autre forme de corruption...

— Où voulez-vous en venir ?

— Christina m'a affirmé que son dernier rendez-vous avec Beth Warwick s'était bien passé. Cette dernière était enchantée que Christina accepte de lui prêter le Frans Hals pour leur exposition d'automne.

— *Mon* Frans Hals, rectifia Miles.

— Vous n'allez vous en séparer que pendant quelques semaines. Ce qui représente un petit sacrifice au regard des bénéfices possibles.

— Assurez-vous de récupérer la toile dès le lendemain de la clôture de l'exposition. Autre chose ?

— Oui. L'acquisition du Caravage a quasiment liquidé tous vos avoirs à Londres.

— Ils vont se reconstituer dès que j'aurai pris le contrôle de Marcel & Neffe. Et n'oubliez pas l'argent liquide qui dort dans les coffres bancaires de Rashidi.

Booth Watson répugnait à avouer à son client que cette source de fonds-là commençait à se tarir, mais pour d'autres raisons.

Faulkner consulta sa montre.

— Si mon jet privé a atterri à l'heure, le tableau devrait être ici dans une quarantaine de minutes, alors, pourquoi ne pas aller déjeuner ?

Le lieutenant Sanchez fit démarrer le moteur, enclencha la première et se coula dans le trafic en respectant scrupuleusement les instructions de M. Benmore : rester sur la file de droite en permanence et ne jamais dépasser les cinquante kilomètres par heure, même sur l'autoroute.

Assis à côté de lui en silence, Ross était à l'affût du moindre danger, essayant d'anticiper toute situation inattendue. Il avait déjà repéré les quatre motos banalisées de la police sur l'autoroute. Deux devant et deux derrière, qui faisaient tout pour se fondre dans la circulation. Quand ils sortirent de la voie rapide pour s'engager sur une route de campagne, Ross alluma une caméra pour enregistrer la moindre étape de leur progression.

Le lieutenant lui jeta un regard envieux.

— C'est du matériel standard de Scotland Yard ? demanda-t-il.

— Pas vraiment. C'est un cadeau de ma femme.

— Les seuls que me fait la mienne sont des filles.

— Vous en avez combien pour l'instant ?

— Trois. Mais je n'abandonne pas !

Ils atteignirent la lisière d'une forêt, et Sanchez fut obligé de s'arrêter.

Ross éteignit la caméra et la glissa dans la boîte à gants, tandis que Sanchez frappait un grand coup sur la paroi pour signaler à ses collègues qu'ils étaient arrivés à destination.

William remarqua que M. Benmore semblait inquiet et suait à grosses gouttes.

Sanchez klaxonna, ce qui effaroucha quelques oiseaux perchés sur les branches des arbres. Il était sur le point de recommencer lorsqu'une voiturette de golf sortit de la forêt et vint se garer près d'eux.

Les deux gros costauds qui en descendirent firent lentement le tour du van. L'un d'eux ouvrit la portière côté conducteur et échangea quelques mots avec Sanchez, lequel avait des réponses toutes prêtes à chacune de ses questions. Le garde lui adressa un vague salut et rejoignit son collègue à l'arrière. Ils examinèrent la grande caisse, comptèrent les passagers, vérifièrent le bordereau et refermèrent le hayon avant de regagner leur voiturette. L'un d'eux fit signe à Sanchez de le suivre.

Ross ressortit sa caméra de la boîte à gants, pressa le bouton sur le côté et recommença à enregistrer les méandres de la route sur laquelle ils roulèrent lentement jusqu'à un pont de bois. Il continua de filmer tandis qu'ils franchissaient un torrent pour finir par émerger dans un espace dégagé, où un véritable palais dominait la campagne environnante.

Sanchez suivit la voiturette à travers une pelouse soigneusement tondue, puis sur une large allée gravillonnée qui menait à la demeure. Une dernière fois, Ross révisa mentalement le plan A. Si Faulkner se montrait sur le seuil, il irait se cacher à l'arrière en faisant semblant de superviser le déchargement de la caisse, pour éviter que son ancien codétenu le reconnaisse.

Dès que Faulkner emboîterait le pas aux faux techniciens qui emporteraient le tableau à l'intérieur, les quatre policiers en armes le maîtriseraient et le menotteraient. Alors, Sanchez arrêterait Faulkner et lui lirait ses droits.

Au moindre signe de résistance de l'un des deux gardes du corps, les motards qui patrouillaient sur l'autoroute entreraient en action et arriveraient quelques instants plus tard.

La porte s'ouvrit… sur un majordome. Aucune trace de Faulkner. Ross se doutait bien que ce ne serait pas si facile. Il passa au plan B.

Sanchez et lui descendirent du van, se dirigèrent lentement vers l'arrière et assistèrent au déchargement de la caisse sous la supervision de M. Benmore. Celui-ci s'était déjà plaint à William des quatre amateurs qui avaient pris la place de ses techniciens, mais en vain. Après moult grognements et grommellements, les quatre policiers parvinrent à retirer la caisse du camion, puis ils suivirent Sanchez et le majordome à l'intérieur. Ross et M. Benmore leur emboîtèrent le pas, tandis que William demeurait hors de vue. Toujours aucune trace de Faulkner.

Quand ils refermèrent derrière eux, William baissa la visière de sa casquette de base-ball sur ses yeux avant de sortir du van et de se mettre au volant, conscient qu'il courait le risque d'être repéré par Faulkner, lequel le reconnaîtrait immédiatement. William aurait aimé procéder lui-même à l'arrestation, mais il devrait laisser cet honneur à ses collègues. Lorsque la porte s'ouvrirait à nouveau, un Sanchez triomphant la franchirait sans doute avec le prisonnier. M. Benmore serait probablement consterné d'apprendre que la toile allait repartir en Écosse ; Hawksby avait passé un accord avec le ministère de l'Intérieur et la police espagnole.

Les quatre policiers qui portaient le précieux sésame avançaient lentement dans le hall. De son côté, Sanchez discutait avec le majordome. Ils finirent par arriver dans le salon, où un grand espace vide au-dessus de la cheminée attendait qu'on y accroche *La Pêche miraculeuse*.

Ils déposèrent avec précaution la caisse sur le tapis, puis reculèrent pour laisser M. Benmore reprendre la main. Sa prochaine tâche exigeait tout autant d'expertise que la première : déballer l'œuvre.

Quand il commença à extraire les vis une par une, Ross se glissa derrière la porte en se disant que si Faulkner entrait, il serait piégé.

Une fois que M. Benmore eut retiré les vingt-quatre vis et ôté le couvercle, il enleva la couche de polythène qui protégeait la surface de la toile. Quand il fut satisfait, il demanda à ses techniciens amateurs de soulever doucement le tableau par les quatre coins de son cadre doré. Il avait bien dû répéter une douzaine de fois le mot *lentamente*. M. Benmore n'avait pas l'habitude de se répéter.

Les quatre hommes se courbèrent, prirent un coin chacun et dégagèrent la toile de sa boîte de voyage. Malgré lui, Ross ne put s'empêcher de s'avancer pour regarder le chef-d'œuvre de plus près, mais, juste à ce moment-là, le majordome revint dans la pièce en compagnie de son patron.

Ross tenta de se dissimuler derrière le battant, mais Faulkner le vit immédiatement, et une expression choquée descendit sur son visage. Il fit volte-face et partit en courant dans le couloir. Ross s'élança à sa poursuite, Sanchez sur leurs talons.

Quand le majordome se mit en travers du seuil, Ross l'écarta d'un revers du bras qui lui aurait valu une expulsion dans un match de rugby. Cette intervention suffit pourtant à fournir quelques précieuses secondes d'avance au maître des lieux.

Ross poursuivit Faulkner dans le hall puis dans un long couloir, gagnant sur lui à chaque foulée. Quand Faulkner atteignit une porte au bout du corridor, Ross fut surpris de le voir s'arrêter pour consulter sa montre avant de l'ouvrir. Puis il s'engouffra à l'intérieur de la pièce et ferma derrière lui. Ross agrippa la poignée une seconde trop tard et, après un violent coup d'épaule sur le battant, comprit que ce n'étaient pas ses qualités de rugbyman qui en viendraient à bout.

En l'entendant heurter la porte de plein fouet, Faulkner esquissa un sourire en coin. Il traversa le bureau pour se poster devant la lourde porte métallique, puis tapa huit chiffres sur le cadran de sa montre. Le battant massif lui obéit et s'ouvrit.

Miles s'avança et referma derrière lui, puis attendit que les quatre gros verrous se mettent en place.

Il pianota un nouveau code, qui activa aussitôt la seconde porte. Il la franchit avant de la claquer en poussant un soupir de soulagement. Puis il descendit les marches de l'escalier qui menait à son autre monde. La volatilisation tant de fois répétée s'était bien déroulée, mais à présent il savait qu'il devrait réfléchir sérieusement à changer de quartier.

La première chose qu'il fit en arrivant dans son bureau fut de passer un coup de fil.

20

Le majordome n'hésita pas à tendre les clés à un Ross en colère. Après tout, son patron avait amplement eu le temps de s'enfuir.

Ross remonta le couloir en courant pour retrouver Sanchez, William et deux autres policiers qui essayaient en vain d'enfoncer la porte. Ils n'y gagnèrent que de gros bleus aux épaules.

Ross ouvrit rapidement, mais cela ne surprit aucun d'entre eux de trouver la pièce vide.

— Examinez de plus près cette porte métallique, ordonna William. Dites-moi ce que vous voyez, et surtout ce que vous ne voyez pas.

— Il n'y a ni poignée ni serrure, répondit Ross immédiatement.

— Et aucun clavier pour entrer une combinaison, ajouta Sanchez. Alors, comment s'ouvre-t-elle ?

— Je crois qu'il n'y a qu'une seule personne qui le sache, soupira William tandis que le majordome reparaissait, un plateau de rafraîchissements dans les mains.

Cette attention donna à Ross envie de le frapper encore plus fort.

— Comment cette porte s'ouvre-t-elle ? demanda William.

— Je n'en ai pas la moindre idée, monsieur, répliqua le majordome en plaçant le plateau sur la table.

L'expression neutre qu'il arborait suggéra à William qu'il disait peut-être même la vérité.

Il était sur le point de lui poser une nouvelle question quand le téléphone sur le bureau sonna. William fit signe au majordome de décrocher. Ce dernier obtempéra.

— Bonjour, résidence Sartona. Que puis-je pour vous ?

William tira de sa poche un carnet et un stylo, puis nota le nom de Sartona et le souligna, en écoutant un seul côté de la conversation.

— Sont-ils encore là ?

— Oui, monsieur. Je crains que M. Sartona ne soit absent pour le moment. Puis-je prendre un message ?

— Booth Watson est-il avec vous ?

— Oui, monsieur. Il a hâte de vous voir revenir.

— Appelez-moi dès que vous serez certain que ces pieds-plats seront repartis vers Barcelone.

— Bien sûr, monsieur. Je lui dirai que vous avez appelé.

Il raccrocha et se tourna vers William.

— Puis-je vous aider en quoi que ce soit, messieurs ?

Ross serra le poing et s'avança vers lui.

— Non, merci, répondit William en s'interposant rapidement. En fait, je pense qu'il vaudrait mieux pour vous que vous sortiez.

— Comme vous voudrez, monsieur, déclara le majordome en faisant une légère révérence avant de s'éclipser.

William attendit que la porte se referme.

— Si on a envie de savoir ce qui se cache là-dedans, affirma-t-il en désignant l'impénétrable battant métallique, on va avoir besoin d'équipement lourd.

— Plus facile à dire qu'à faire, objecta Sanchez. Cet endroit était l'ancienne retraite secrète de Franco. C'est ce que dans votre pays on appelle une maison classée, et on ne peut toucher à rien sans l'autorisation d'une cour de justice.

— Alors, on va devoir y aller sans leur en parler, non ? suggéra Ross.

— Je ne crois pas, grommela William en secouant la tête. On n'est plus dans les petites ruelles de Battersea, là. Nous n'avons aucune autorité, ici.

— Qui s'en soucie, l'Enfant de Chœur ? rétorqua Ross sans parvenir à dissimuler sa frustration.

— Moi, répondit Sanchez. Parce qu'on n'est même pas dans les petites ruelles de Barcelone.

— Et de toute façon, vous pouvez être sûrs que Faulkner a déjà passé un coup de fil à son avocat espagnol qui va nous coller une ordonnance restrictive avant qu'on ait le temps de dire ouf.

— On peut toujours attendre ici, insista Ross. Après tout, il finira bien par devoir sortir.

— Je parie qu'il y a tout un monde derrière cette porte, lâcha William. Dieu seul sait combien de temps on resterait là à se tourner les pouces avant qu'il réapparaisse.

— Et son avocat nous aura fait décamper bien avant ça, ajouta Sanchez.

William acquiesça, mais Ross n'avait pas l'air convaincu.

— Je suis presque sûr de savoir qui le représente, poursuivit Sanchez. Alors, on est pieds et poings liés tant qu'une cour ne nous aura pas délivré un mandat qui prévale sur toute objection.

— Et ça prendra combien de temps ? s'enquit Ross.

— Des jours, des semaines, peut-être même des mois, indiqua Sanchez.

Le téléphone sonna de nouveau et se tut après deux sonneries. William supposa que quelqu'un avait décroché sur un autre appareil dans la maison.

Sanchez saisit le combiné et se mit à écouter la conversation entre le majordome et une femme avec qui il avait croisé le fer à de nombreuses reprises par le passé.

— Qui est l'officier responsable ? demanda une voix autoritaire.

— Le lieutenant Sanchez, répondit ce dernier en s'immisçant dans la conversation.

— Bonjour, lieutenant, lança-t-elle comme si elle s'adressait à un collègue débutant.

— Bonjour, *señora*.

— Que ce soit clair tout de suite, expliqua-t-elle en essayant de paraître raisonnable. Si je découvre que vous avez trafiqué quoi que ce soit chez mon client, je n'hésiterai pas à poursuivre les forces de l'ordre et à vous tenir personnellement responsable de tout manquement aux règles. Vous avez compris ?

— Oui.

— Afin d'éviter tout malentendu ultérieur, lieutenant Sanchez, je réitère ma question. Est-ce que c'est compris ?

— *Absolutamente, señora*, répliqua Sanchez en raccrochant violemment le combiné.

— Alors, Faulkner a encore réussi à nous échapper, marmonna Ross.

— Pas forcément, affirma Sanchez. Je vais placer une ou deux voitures de patrouille sur la route qui mène à la voie rapide, et s'il tente de fuir nous le cueillerons.

— Et de l'autre côté de la demeure ? intervint William.

— Il y a une falaise abrupte. Franco avait choisi ce lieu de telle sorte qu'on ne puisse jamais le prendre par surprise. Et, comme Faulkner sait bien que nous n'avons pas les ressources pour monter une opération de surveillance vingt-quatre heures sur vingt-quatre et sept jours sur sept pendant longtemps, ça ne va pas nous aider. De nos jours, tout est une question de budget, conclut-il en soupirant.

— Alors, il faudra qu'on revienne au moment où il s'y attendra le moins, dit William.

— Quand vous le ferez, mettez-moi dans la boucle, parce que j'aimerais bien rencontrer ce Faulkner, déclara Sanchez.

Ross sourit, mais s'abstint de tout commentaire. En d'autres termes, les Espagnols s'en lavaient les mains.

— Mais d'ici là on ne peut pas faire grand-chose de plus. Autant que je vous ramène à l'aéroport, non ? proposa Sanchez.

Ross s'agenouilla devant la porte pour examiner le coin inférieur gauche du battant métallique.

— Vous avez découvert quelque chose d'intéressant ? s'enquit William quand il le vit.

— Rien, monsieur, fit Ross en se relevant.

En entendant Ross l'appeler « monsieur », William comprit qu'il avait décelé un indice qu'il ne souhaitait pas partager avec le lieutenant Sanchez.

Ross et William suivirent ce dernier quand il sortit. Au milieu du couloir, William marqua une pause devant *Le Joueur de flûte* accroché au mur et fronça les sourcils.

— Un souci, chef ? demanda Ross.

— J'ai bien peur que oui. Ma femme ne va pas être contente quand je lui dirai qu'il faut qu'elle le raye de sa liste.

Dans son bureau du sous-sol, Faulkner raccrocha le téléphone, persuadé que son avocate espagnole aurait tôt fait de régler son problème le plus urgent et que la police allait bientôt plier bagage. Mais combien de temps mettraient-ils à revenir… et en plus grand nombre ?

Il ouvrit son répertoire téléphonique privé et le feuilleta jusqu'au « R », en espérant que le numéro était encore valable. Il s'enfonça dans son fauteuil et répéta dans sa tête au mot près ce qu'il allait dire avant de composer le numéro.

La sonnerie résonna pendant un bon moment avant que quelqu'un se décide à répondre.

— Qui est-ce ?

— Miles Faulkner. Vous ne vous souvenez peut-être pas de moi, mais…

— Monsieur Faulkner. Comment vous oublier ? Que me vaut le plaisir ?

— Qui est à l'appareil ?

— Je suis le chef de famille.

— Je voudrais transmettre un message à votre fils Terry.

— Je suis tout ouïe, monsieur Faulkner.

— J'ai besoin qu'il fasse un travail pour moi.

— Je comprends. Mais nous devons d'abord nous mettre d'accord sur un tarif.

— Quel est le prix, actuellement ?

— Cela dépend du profil de la cible.

— C'est la femme d'un policier.
— Ce ne sera pas donné, monsieur Faulkner.
— Combien ?
— Va pour dix mille ?
— Parfait, déclara Faulkner, conscient que ce n'était pas le moment de marchander.
— Comment allez-vous me régler ?
— L'ex-commandant Bruce Lamont vous apportera la somme en liquide dès demain matin.
— Il sait où nous trouver, poursuivit la voix. À présent, j'ai simplement besoin d'un nom.

— À choisir, je préfère le jet privé de Faulkner, lança Ross quand ils prirent place en classe économique dans les sièges du fond.
— C'était l'unique vol disponible, et franchement on a eu de la chance de trouver des billets, répliqua William.
— Alors, oserais-je demander où sont M. Benmore et M. Postgate ?
— En première classe, avec le Christ et quatre pêcheurs.
— Eh bien, si on tombe dans la Manche, il y en a au moins un qui sait marcher sur l'eau.
William attendit que l'avion décolle et atteigne sa vitesse de croisière avant d'ouvrir son carnet.
— Avez-vous remarqué quelque chose qui m'aurait échappé ? s'enquit-il.
— On aurait besoin d'un vol transatlantique pour que je vous raconte tout ce qui vous passe sous le nez, alors il vaut mieux que vous débutiez.

— Eh bien, commençons par la conversation téléphonique du majordome dans le bureau, enchaîna William en faisant abstraction de la blague du futur ex-flic. Je suis quasiment sûr qu'il parlait à Faulkner.

— Qu'est-ce qui vous fait croire ça ?

— Quand il a décroché, il savait exactement qui était à l'autre bout du fil.

— Et comment pouvez-vous en être sûr ?

— Il a dit deux fois « Oui, monsieur », et il a conclu par « Bien sûr, monsieur », répondit William en consultant ses notes. Pour moi, ça ressemblait à une scène soigneusement répétée en prévision d'une situation de ce genre.

— Ce n'est qu'une spéculation. Vous aurez besoin de mieux que ça pour convaincre un jury.

— D'accord. Mais, quand l'avocate de Faulkner a téléphoné quelques minutes plus tard, la sonnerie était double, comme lorsque l'on reçoit un appel de l'extérieur. La première fois, c'était une sonnerie simple, et donc nécessairement une communication en interne.

— Pas mal, mais je vous ai vu noter quelque chose que le majordome a laissé échapper à dessein, c'était quoi ?

— Sartona. À l'évidence, il voulait me faire croire que c'était le nouveau pseudonyme de Faulkner, mais je doute que ce soit celui qui figurera sur son passeport quand il tentera de prendre la fuite.

— Bien joué, l'Enfant de Chœur, mais je pense que je vais couper votre as.

William sourit en songeant que Ross était l'un des rares membres de la police à oser encore l'appeler l'Enfant de Chœur devant lui. Il referma son carnet et s'adossa pour l'écouter.

— Pendant que vous piquiez un somme dans le van et que j'étais aux trousses de Faulkner dans le couloir, il a ralenti pour consulter sa montre. Et moi je me suis dit : quel criminel prend le temps de regarder l'heure quand il a un flic sur les talons ? Lorsqu'il a touché son cadran, celui-ci s'est allumé.

— Et quelle est la réponse à votre question rhétorique, inspecteur ?

— Il savait déjà que la porte de son bureau n'était pas verrouillée, parce que ça faisait partie de son plan en cas d'arrivée inopinée de la police.

— Et comment une montre à cadran lumineux s'intègre-t-elle dans votre théorie, inspecteur Ross ?

— D'abord, demandez-vous pourquoi il n'y a ni poignée ni serrure sur la porte du coffre.

— Et qu'en concluez-vous ?

— Que ce n'était pas une montre, mais la clé de la grosse porte métallique. Tout ce qu'il avait à faire quand le cadran s'est allumé, c'était de taper un code pour qu'elle s'ouvre.

— Ça expliquerait comment il est parvenu à s'évanouir et à appeler son majordome quelques instants plus tard.

— Et, si ça vous intéresse, je peux vous donner le nom de la société qui a fabriqué cette porte.

— NP, répliqua William pour montrer qu'il était encore dans le coup. Les initiales gravées dans le coin inférieur gauche du battant.

— Pas mal, l'Enfant de Chœur, mais savez-vous à quoi elles correspondent ?

— Non, mais j'ai comme l'impression que vous allez me le dire.

— Nosey Parker. Le colonel Parker est l'homme qui peut nous dire comment ouvrir cette porte.

— Mais il ne vous reste plus qu'une semaine avant de démissionner.

— Alors, je vais peut-être devoir retarder un peu mon départ pour démontrer la justesse de ma théorie.

— Qui donc a besoin d'un ex-flic qui travaille pour une agence de voyages gérée par deux dingues ?

— Vous, répondit Ross en tirant une petite boîte métallique de la poche intérieure de sa veste.

À l'intérieur, il y avait le moulage plastique d'une clé.

— C'est celle du bureau de Faulkner ?

— Si j'avais pris l'original, il aurait fait changer la serrure avant même qu'on arrive à l'aéroport.

— Autre chose ?

— Oui, poursuivit Ross en sortant sa caméra miniature. J'ai enregistré l'unique trajet sûr à travers la forêt jusqu'à sa porte. Alors sans moi vous ne pourrez pas survivre.

William concéda sa défaite et serra la main de son partenaire. Une hôtesse tendit à chacun d'eux un plateau en plastique avec du riz et du rosbif chaud accompagné d'un sachet de sauce brune.

— Encore autre chose ?

— Oui. La prochaine fois, j'aimerais mieux être en première classe avec le Christ.

— Je pense qu'un enfant de chœur est plus susceptible de...

— Il est plus important d'obtenir le salut d'un pécheur ! rétorqua Ross.

*

Faulkner décrocha le téléphone sur son bureau.

— La voie est libre, monsieur, déclara le majordome. Notre homme à l'aéroport vient d'appeler pour confirmer qu'il les a bien vus embarquer tous les deux à bord d'un avion pour Londres.

— Tous les deux ?

— L'inspecteur-chef William Warwick et son second, l'inspecteur Ross Hogan.

— La femme de l'inspecteur-chef va bientôt avoir une surprise désagréable, et pas seulement parce qu'elle ne mettra pas la main sur mon Frans Hals pour son exposition d'automne ! lança-t-il avant de raccrocher brutalement le combiné.

Il sortit, grimpa les marches et entra le code sur sa montre, puis réitéra l'opération quand il se trouva à l'intérieur du sas pour regagner son bureau du rez-de-chaussée.

Collins l'attendait avec une coupe de champagne que Faulkner attrapa en passant.

— Me Watson est-il encore parmi nous ?

— Oui, monsieur. Il patiente dans le salon.

Faulkner balaya son bureau du regard. La pièce avait été dévastée.

— Je vois que l'inspecteur-chef a laissé sa carte de visite, marmonna-t-il avant d'aller rejoindre son avocat.

Dans le couloir, il ne s'arrêta que pour remettre d'aplomb un tableau.

Booth Watson se leva à son arrivée. Faulkner s'affala dans le fauteuil le plus proche et fixa des yeux le désormais inutile double crochet sur le mur devant lui.

— Alors, le Caravage n'était qu'un appât pour découvrir où je me cachais.

— On dirait, admit Watson. Et vous serez désolé d'apprendre qu'ils ont emporté le tableau avec eux.

— Assurez-vous de faire opposition au chèque.

— J'ai déjà parlé à la banque. Lord McLaren l'a présenté à l'encaissement ce matin, et ils étaient sur le point de lui transférer les fonds quand j'ai appelé.

— Je compte toujours mettre la main sur cette toile, affirma Miles sans quitter le mur des yeux.

Watson ne fit aucun commentaire.

— Comment êtes-vous parvenu à leur échapper ? s'enquit Faulkner.

— Collins m'a emmené dans l'une des chambres de bonne au dernier étage, où je me suis caché sous un lit.

— La police n'a pas contrôlé la pièce ?

— Quand l'un d'eux est entré, il est tombé sur l'un des jardiniers en pleine action avec la femme de chambre. Il s'est excusé avant de ressortir rapidement. Mais à présent vous devrez partir du principe que cet endroit va se trouver sous surveillance constante.

— On a toujours su que ça finirait par arriver. Au moins, j'étais prêt. Mais maintenant je dois planifier mon évasion, parce qu'ils ne vont pas tarder à revenir.

— Quand et comment ? répliqua Watson. Ils auront des patrouilles sur la route jour et nuit.

— Mais je ne vais pas m'enfuir par la route.

— D'accord, mais vous m'avez affirmé que de l'autre côté il n'y avait qu'une falaise abrupte.

— C'est vrai, seulement le général Franco a fait creuser un tunnel qui relie le bureau du sous-sol à la plage. Néanmoins, je ne peux pas encore partir, pas avant que tout soit en place, alors vous allez faire des heures supplémentaires en rentrant à Londres. Tout d'abord, je veux que vous contactiez le capitaine de mon yacht pour lui ordonner d'être prêt à lever l'ancre à tout moment.

— Et la collection ?

— Elle me suit. Là où je vais, ce sera probablement mon seul bien.

— Puis-je vous suggérer de vous enfermer dans votre bureau pour dormir, à partir de maintenant afin que, si Warwick débarque en pleine nuit, vous ayez le temps nécessaire pour vous enfuir ?

— Bien vu, Watson. Je vais demander à Collins d'y installer un lit de camp.

— Y a-t-il autre chose que vous désirez que je fasse à Londres ?

— Juste une. Donnez dix mille livres en liquide à Lamont et dites-lui de les apporter à Terry Roach demain matin.

Comme tout avocat expérimenté, Booth Watson ne posait jamais de questions dont il ne souhaitait pas connaître la réponse.

21

— Alors, dans quelle ville européenne étais-tu cette fois-ci, l'homme des cavernes ? lança Beth en servant à William une seconde tasse de café.

— Qu'est-ce qui te fait croire que j'ai quitté Londres ?

— Hier, j'avais besoin de t'emprunter deux livres, et j'ai trouvé plein de pesetas dans ton portefeuille.

— Tu peux définir « emprunter » ?

— La totalité de la somme te sera remboursée ultérieurement.

— Dans combien de temps ? s'enquit William en étalant de la marmelade sur un toast.

— De mon vivant, promit-elle en lui déposant un baiser sur le front. Mais cesse de changer de sujet et dis-moi où tu es allé après l'Écosse.

— Qu'est-ce qui te fait croire que je suis allé en Écosse ?

— À côté d'un billet de mille pesetas, j'ai aussi trouvé un aller simple vers Aberdeen, et je ne pense pas que la peseta soit devenue la devise nationale écossaise.

— Tu devrais obtenir un peu plus de deux livres en échange de ce billet.

— Cesse de changer de sujet, répéta Beth. J'ai déjà deviné que tu es allé en Écosse afin de voir Lord McLaren, ou pour être plus précis, son Caravage. La seule raison, c'est parce que tu espérais que Miles Faulkner y serait, et je soupçonne que tu ne t'es donné toute cette peine que pour retrouver son représentant sur Terre.

William se beurra un autre toast.

— Si tu ne veux rien me dire, ce n'est pas grave, parce que je vais déjeuner avec Christina, et je suis sûre qu'elle me révélera tout.

William se sentit coupable en songeant que Beth allait apprendre que le Frans Hals promis par Christina ne ferait finalement pas partie de son exposition d'automne, et que c'était la faute de son mari.

— Il faut que j'y aille, dit-il après avoir fini son café, ou je vais être en retard pour le briefing du commissaire.

— Il te reste quelques pesetas ? lança Beth après un autre baiser.

— Mon père m'a mis en garde à propos des femmes de ton genre, répondit-il en lui tendant un billet de cinq livres.

— J'adore ton père.

Hawksby prit place en tête de table, satisfait de constater que tous les membres de l'unité étaient de retour.

— Alors maintenant il sait qu'on sait, affirma-t-il en se tournant vers sa droite.

— Oui, monsieur, déclara William. Ce qui signifie que nous n'avons pas beaucoup de temps pour échafauder un plan si nous voulons le coincer avant qu'il disparaisse à nouveau.

— Nous ?

— Ross a accepté de reporter son départ d'un mois, pour que Faulkner ne s'en sorte pas une troisième fois.

— Y a-t-il quelque chose que vous ne feriez pas pour retourner sur le terrain, inspecteur Hogan ? demanda Hawksby en regardant de l'autre côté de la table.

— On dirait que non, répliqua William avant que Ross puisse le faire. La police espagnole s'est montrée on ne peut plus coopérative. Néanmoins, le lieutenant Sanchez pense qu'il serait bon que vous preniez langue avec votre homologue à Barcelone.

— Je l'appellerai dans la matinée. Pour que ce soit clair, tenez-moi au courant de tout ce que vous faites. Et je dis bien *tout*.

— Oui, monsieur, promit William en ayant conscience que ce serait compliqué si jamais Ross ne l'informait pas de *tout* ce que lui-même faisait.

— Et vous autres, qu'avez-vous accompli pendant que l'inspecteur-chef Warwick et l'inspecteur Hogan se promenaient en Europe aux frais du contribuable ? Commençons par vous, Pankhurst.

— Darren Carter est toujours videur à l'Eve Club, répondit Rebecca. Mais, à part le joint qu'il fume à l'occasion pendant sa pause dans la ruelle à l'arrière, je ne peux pas lui reprocher grand-chose. Malgré tout, quelques remarques balancées après une ou deux pintes suggèrent qu'il pense être tiré d'affaire.

— Et qu'en est-il du patron du club, qui est tout aussi coupable ? s'enquit le Faucon.

— Il vient de soumettre une demande d'extension de sa licence de vente d'alcool jusqu'à 2 heures du matin.

— Contactez le magistrat local pour qu'elle soit rejetée. S'il pose des questions, vous lui direz de m'appeler.

— C'est noté, fit Rebecca.

— On est bien d'accord, agent Pankhurst, poursuivit Hawksby, je ne serai satisfait qu'une fois qu'on aura fermé ce club et mis ces deux ordures en prison.

— Oui, monsieur.

— Vous avez de meilleures nouvelles, sergent Adaja ?

— Oui et non, monsieur. Sleeman continue de prêter de l'argent à des taux ridiculement élevés et de menacer ses clients s'ils ne remboursent pas leurs échéances à temps. Mais je n'y peux pas grand-chose.

— Et pourquoi ? intervint William.

— Chaque victime que j'ai interrogée s'est refermée comme une huître, ou a carrément nié avoir jamais entendu parler de lui. Même celui qui vient récemment de perdre un doigt.

— Ils ont clairement plus peur de Sleeman que de nous, lâcha Ross.

— On ne peut pas le leur reprocher, remarqua William.

— Et vous avez avancé sur les trois disparus ?

— Non, monsieur. Toujours aucun signe d'eux. Mais ça n'empêche pas les sbires de Sleeman de se présenter au domicile de leur femme pour réclamer leur dû et de leur extorquer le denier de la veuve.

— L'une d'entre elles finira peut-être par se montrer plus coopérative, estima Hawksby.

— Je ne compterais pas trop là-dessus, monsieur. Chaque fois que je mentionne le nom de Sleeman, toutes affirment qu'elles ignorent absolument de qui il s'agit.

— Alors, notre meilleure chance, c'est de le coincer avant que la prochaine victime disparaisse.

— Plus facile à dire qu'à faire, monsieur. La prochaine peut être n'importe qui parmi une douzaine de personnes, répondit Adaja en consultant une longue liste de noms, et je ne dispose que de trois agents pour m'assister, dont un bleu.

— Ne me sortez pas l'excuse du manque d'effectifs, rétorqua Hawksby. Je veux que Sleeman et ses crapules soient dans une cellule à Noël.

Paul baissa la tête.

— C'est à vous, Jackie. Comment va votre tueur de femmes ? Celle qu'il tente d'arnaquer a-t-elle finalement vu la lumière ?

— Malheureusement non, monsieur. La semaine dernière, elle est devenue Mme Pugh au cours d'une cérémonie en petit comité à la mairie de Chelsea. Le lendemain matin, ils ont pris un vol pour Le Cap où ils vont passer leur lune de miel. Ne soyez pas surpris si un veuf éploré et enrichi rentre en Angleterre dans un ou deux mois sans arborer de vêtements noirs.

— J'imagine que vous avez prévenu votre homologue au Cap afin qu'il le tienne à l'œil.

— J'ai mis une semaine rien que pour le trouver. Et, quand j'ai fini par obtenir son numéro, il m'a expliqué qu'il avait déjà quarante-neuf meurtres non résolus dans ses tiroirs et qu'il n'avait donc pas vraiment le temps de s'occuper d'un assassinat qui allait éventuellement se produire un jour. Il a ajouté qu'il m'appellerait s'il apprenait quelque chose. Je n'ai plus eu de nouvelles depuis.

— Pas très prometteur, commenta William.

— Vous devriez peut-être aller au Cap et avoir un petit entretien avec Mme Pugh, suggéra Ross. Pour l'avertir que sa lune de miel pourrait se révéler beaucoup plus courte que prévu, et qu'il faut peut-être qu'elle oublie le « ils vécurent heureux jusqu'à la fin de leurs jours ».

— Si Jackie le faisait, dit William, vous pouvez être certain que Pugh nous intenterait un procès et qu'il nous assassinerait en dommages et intérêts. Un assassinat pour lequel on ne pourrait même pas le condamner.

— Très drôle, inspecteur-chef ! grommela Hawksby. Quoi qu'il en soit, nous n'avons pas les moyens d'envoyer Jackie vadrouiller au Cap.

— Alors, que suis-je censée faire ?

— Pour l'instant, attendre. S'ils rentrent en Angleterre, vous pourrez rouvrir le dossier.

— Et sinon ?

— On vous trouvera une autre affaire, répondit William.

— Intéressons-nous pour finir à Ron Abbott et Terry Roach, dit Hawksby. Des nouvelles sur ce front-là, Ross ?

— Pas grand-chose que vous ne sachiez déjà, monsieur. Les deux familles sont toujours à couteaux tirés. Ça risque de tourner rapidement à la guerre ouverte.

— On ne peut pas laisser cela se produire, rétorqua Hawksby. Entre autres parce que ça donnerait aux médias une occasion de plus de parler de zone de non-droit et du manque de policiers dans les rues. William, comme les trois autres affaires semblent être au point mort, et que l'inspecteur Hogan va bientôt nous quitter, je veux que vous vous chargiez d'Abbott et de Roach.

— Aux dépens de l'opération *Chef-d'œuvre* ? Parce que Ross et moi pensons avoir un plan pour attirer Faulkner en Angleterre et lui faire purger la fin de sa peine de dix ans.

— Plus ce que le tribunal ajoutera à la suite de son évasion, enchérit Ross.

— Nous ne sommes pas des chasseurs de primes, objecta Hawksby. Vous devrez me convaincre que vous avez au moins une chance sur deux de réussir avant même que j'envisage d'autoriser une telle opération.

— Cet après-midi, j'ai rendez-vous avec la société qui a fabriqué la porte métallique dans le bureau de Faulkner, indiqua Ross. Ça pourrait bien changer la donne.

— S'ils vous révèlent comment ouvrir cette porte, je vous paye une pinte ! lança Hawksby.

— Mais vous m'avez simplement payé un demi après l'opération *Cheval de Troie*, geignit Adaja.

— C'est plus que vous ne méritiez, riposta William, si l'on considère que vous avez passé la plus grande partie de la soirée aux urgences avec une entorse.

Toute l'unité tapa sur la table tandis que Paul se renfrognait. L'entrée en trombe de la secrétaire de Hawksby le tira de ce mauvais pas.

— Une femme vient d'être assassinée à South Kensington ! annonça-t-elle. Ils réclament l'assistance de Scotland Yard.

— Conseillez-leur de confier l'affaire à l'une des équipes locales, Angela. Ne comprennent-ils donc pas que nous avons déjà largement de quoi nous occuper ?

— D'après ce que m'a dit l'officier responsable, c'est ce qu'ils auraient fait en temps normal, monsieur. Mais on a retrouvé la femme avec un couteau à dents planté dans la gorge.

— Roach ! s'écrièrent William et Ross à l'unisson en bondissant de leur chaise.

— Prévenez-les qu'on y va, ordonna William. Jackie, veillez à ce qu'une voiture de patrouille nous attende devant la porte et demandez à l'officier de service de m'appeler sur ma radio pour me briefer avant que j'arrive.

William et Ross se ruèrent vers la porte, mais subitement William se retourna vers Paul Adaja.

— Paul, lancez un avis de recherche général pour Terry Roach, en précisant qu'il est dangereux et peut-être armé. Il ne peut pas être très loin de la scène de crime mais, dans ce cas en particulier, ce ne seront pas les quarante-huit premières heures qui seront essentielles, mais les quarante-huit premières minutes. Si nous ne l'arrêtons pas avant qu'il regagne l'East End, il disposera d'un alibi en béton avec des dizaines de témoins qui jureront qu'il n'a pas quitté Whitechapel de la journée.

Tandis que Paul agrippait le téléphone le plus proche, William partit en courant dans le couloir. Ross était déjà hors de vue. Il descendit l'escalier quatre à quatre car il ne voulait pas être tributaire des caprices de l'ascenseur. Le temps qu'il arrive dans le hall, Danny se garait devant l'entrée principale.

William passa les portes-tambours au moment où Ross grimpait à l'arrière de la voiture en laissant la portière ouverte. William ne l'avait même pas refermée que Danny accélérait déjà.

Ils sortirent du Yard toutes sirènes hurlantes. Danny grilla un feu rouge à l'angle de Victoria Street, ce qui obligea plusieurs véhicules à piler net et déclencha une vague de coups de klaxon colériques.

— On a la localisation exacte ? s'enquit William en s'accrochant au siège de devant.

— Prince Albert Crescent, répondit Danny en passant en trombe devant le Palace Theatre en direction de Hyde Park Corner.

Plusieurs voitures s'écartèrent de part et d'autre de la chaussée pour laisser le bolide disparaître dans leur rétroviseur.

La première idée qui frappa William était que le Fitzmolean se trouvait dans Prince Albert Crescent. Il tenta de la chasser. Sa radio crépita.

— Inspecteur-chef Warwick, dit-il en la prenant.

— Inspecteur Preston, monsieur. Je suis l'officier de service à West End Central. Le sergent Roycroft vient de m'appeler pour m'indiquer que vous vouliez être briefé immédiatement.

— C'est exact.

— Une jeune femme s'est fait trancher la gorge à Prince Albert Crescent. Il me semble que c'était prémédité, et que l'assassin connaissait sa victime.

— Une idée de l'identité de celle-ci ?

— Non, monsieur. Un passant a vu une voiture s'arrêter à sa hauteur, et un homme costaud avec un bas sur la tête a bondi et lui a tailladé le visage à plusieurs reprises avant de lui ouvrir la gorge. Puis il est remonté dans le véhicule, qui est parti en trombe. Tout était fini en quelques secondes.

— Quelqu'un a-t-il relevé les plaques ?

— Le sergent Roycroft m'a posé la même question, mais tout ce que nous savons c'est qu'un témoin est certain que c'était une Mercedes noire.

— Pouvez-vous me décrire la jeune femme ?

— Ce n'est pas facile, monsieur. Elle a vraiment été défigurée.

— Couleur de peau, âge ?

— Caucasienne, je dirais début de trentaine.

William sentait son cœur qui battait la chamade.

— L'arme ? lança-t-il tandis que Danny continuait de zigzaguer entre les voitures.

— Un petit couteau à dents. Il l'a laissé dans la gorge de la victime. C'est presque comme s'il voulait que nous sachions qui avait fait ça.

— C'est le cas.

Une deuxième sirène résonna au loin.

— N'autorisez pas les médecins légistes à toucher le corps avant mon arrivée.

— Compris, monsieur.

Quand Danny passa en trombe devant Harrods, des piétons se retournèrent au passage de leur voiture hurlante. Plus ils approchaient, plus William tentait de se convaincre qu'il surréagissait. Il adressa quand même au ciel une prière silencieuse. Finalement, Danny donna un léger coup de frein avant de tourner à gauche dans Prince Albert Crescent, l'aiguille de son compteur titillant encore les quatre-vingts kilomètres par heure. Une foule de curieux s'agglutinait, bouche bée, de l'autre côté de la rue.

Danny s'arrêta dans un crissement de pneus juste devant la bande blanc et bleu qui entourait la scène de crime.

William fut le premier à sortir de la voiture. Il plongea sous le ruban et courut vers le corps sans vie étalé dans une flaque de sang sur le trottoir. En s'approchant, il tomba à genoux.

— Non ! cria-t-il.

Ross arriva deux secondes plus tard. Quand il découvrit la victime, il se mit à vomir.

L'inspecteur Preston fut surpris de voir deux officiers si expérimentés réagir comme si c'était leur première affaire de meurtre.

— Vous la connaissez ? demanda-t-il timidement.

— Oui, répondit-il en berçant doucement sa femme entre ses bras. Et je vais le tuer.

22

William avait toujours eu l'intention d'emmener Beth passer un long week-end à Paris. Ils parlaient souvent de visiter le Louvre, le musée d'Orsay et, bien sûr, le musée Rodin. Ensuite, ils projetaient de faire du lèche-vitrines rue de Rivoli, de dénicher, peut-être, la toile d'un artiste de rue à Montmartre en se rappelant l'anecdote de cette Américaine qui avait acheté un tableau à Picasso pour quelques francs parce qu'elle l'aimait bien.

Ils comptaient faire un tour en Bateau-Mouche sur la Seine, boire un peu trop de bordeaux en dégustant un coq au vin avant de piocher dans un plateau de fromages introuvables n'importe où ailleurs, puis rentrer dans leur petit hôtel rive gauche. Ils résisteraient à l'envie de monter au sommet de la tour Eiffel, mais en fin de compte ils s'entasseraient avec des dizaines de touristes dans des ascenseurs bondés pour profiter des spectaculaires panoramas qu'offre la ville la plus romantique du monde.

Mais ce n'était pas le programme de ce week-end.

En sortant du train à la gare du Nord, William se mit en quête d'un taxi. Il tendit au chauffeur l'adresse d'une église en banlieue parisienne, et vingt minutes plus tard celui-ci le déposa devant Sainte-Marie. William régla les cinquante francs de sa course et se joignit à la poignée de personnes endeuillées qui se dirigeaient vers la porte ouverte, sur le côté est de l'édifice.

Les trois premières rangées étaient occupées par une douzaine de femmes parmi les plus élégantes que William avait jamais vues. Il remonta lentement l'allée et prit place sur un banc derrière son ami, qui priait tête baissée.

Quand l'heure sonna au clocher au-dessus de leurs têtes, le prêtre fit son entrée et s'avança jusqu'aux marches devant l'autel. Il dirigea le service funèbre avec un air de dignité tranquille, et William avait beau ne pas tout comprendre, son français scolaire lui permettait quand même de suivre la cérémonie, et notamment l'émouvant éloge prononcé par un vieux monsieur qui devait être un parent ou un vieil ami de la famille.

Après quoi tout le monde se retrouva dans le cimetière attenant. On descendit le cercueil en terre. Heureusement, personne parmi les gens présents, ou presque, ne l'avait vue gisant dans une flaque de sang quelques instants après sa mort. Ils garderaient d'elle le souvenir d'une belle femme. Le seul point positif, c'est qu'elle avait accouché prématurément d'une fille qui avait survécu, ce qui ne se serait pas produit si Roach avait su que l'épouse de Ross Hogan était enceinte.

Le prêtre fit un signe de croix et bénit l'assemblée, puis les jeunes femmes vinrent chacune leur tour faire à Ross une bise sur les deux joues, ne lui laissant aucun doute sur l'affection qu'elles portaient à la seule femme qu'il avait jamais aimée.

William fut parmi les derniers à présenter ses condoléances, et il peina à exprimer le fond de son cœur. Ross, ce policier endurci et cynique, se brisa quand William lui passa le bras autour des épaules.

— Je suis vraiment désolé, murmura-t-il.

— Vous n'allez pas me voir pendant quelques jours, déclara Ross. J'ai des comptes à régler. Je reviendrai quand ce sera fait.

William ressassa ces propos dans le taxi qui le ramenait à la gare, dans le train vers l'aéroport et pendant le vol jusqu'à Heathrow. Il craignait que Ross ne replonge dans la clandestinité. Et cette fois il ne lui confierait pas ce qu'il tramait. Pas plus qu'à Hawksby.

Ross avait l'intention de repartir à Londres par le premier vol, car il n'avait pas une minute à perdre pour exécuter la première partie de son plan. Et c'est ce qu'il aurait fait s'il n'avait pas été arrêté par le vieux monsieur qui avait prononcé l'éloge funèbre dont Ross n'avait pas saisi un traître mot.

— Je vous prie de m'excuser, monsieur Hogan. Je m'appelle Pierre Monderan, dit-il dans un anglais à l'accent presque imperceptible. J'étais le conseiller financier de votre épouse, ajouta-t-il en tendant une carte de visite estampée. Peut-être pourrions-nous nous asseoir, car ce que j'ai à vous confier pourrait prendre un moment.

— J'aurais voulu être en mesure de comprendre les propos bienveillants que vous avez tenus, répondit Ross en s'installant sur un banc à côté de M. Monderan. Mais j'ai vu combien ses amies ont été touchées par votre discours.

— C'est gentil à vous de me dire ça.

Monderan sortit une enveloppe de la poche de son manteau et la tendit à Ross.

— J'ai traduit mon éloge, poursuivit-il. J'admirais beaucoup votre femme et j'ai songé que vous aimeriez le lire à l'occasion. La mort prématurée de votre épouse m'a laissé un dernier devoir à remplir. Pendant un certain temps, j'ai géré les finances de Joséphine, comme je le fais pour toutes les filles du syndicat.

— Le syndicat ?

— La holding des différentes sociétés, il y en a douze en tout, a été enregistrée au nom de « Les Vestales ». Chacune des douze versait dix mille francs par mois dans une firme commune, que j'administre pour elles. Avec beaucoup de succès, comme je crois que vous le constaterez. L'objectif c'était que, lorsque le moment serait venu de prendre leur retraite, elles aient des réserves financières suffisantes pour ne pas avoir à s'inquiéter de leur avenir. Malheureusement, Joséphine ne pourra pas bénéficier de ce qu'elle appelait, je pense, son bas de laine. En tant que parent le plus proche, cela vous revient.

Il tira une seconde enveloppe blanche de sa poche et la tendit à Ross.

— Mais sa famille, ou ses amies proches ? Ne devraient-ils pas passer avant moi ?

— Elle ne m'a jamais parlé d'une quelconque famille, et ses proches amies sont en de bonnes mains, soyez-en sûr.

— Alors, une œuvre caritative, peut-être…

Ross n'avait pas envie de prendre cette enveloppe.

— Ce n'est pas à moi d'en décider, monsieur Hogan. Néanmoins, si vous étiez mon client, je vous rappellerais poliment que vous avez une fille qui pourrait profiter de la prévoyance de sa mère.

Sans un mot de plus, M. Monderan se leva, s'inclina légèrement devant Ross et s'éloigna.

Ross posa les yeux sur la fine enveloppe. Il se sentit coupable de ne pas avoir pensé à l'avenir de sa fille. Au bout d'un long moment, il finit par déchirer le pli dont il tira un chèque au nom de Ross Hogan MBR. Il sourit en se rappelant le nombre de fois où Joséphine lui avait demandé ce qu'il avait fait pour mériter la Médaille de bravoure de la Reine. Il s'était toujours débrouillé pour changer adroitement de sujet.

Il considéra le chèque et dut regarder à trois reprises le nombre de zéros avant de se convaincre que, pour la première fois de sa vie, il était riche. Mais, à la vérité, il se sentait pauvre et il aurait déchiré ce chèque sans une arrière-pensée si cela avait pu ramener Jo.

Ce soir-là, quand William rentra, Beth n'eut pas besoin de lui demander dans quelle ville étrangère il avait passé la journée, parce qu'elle le savait déjà. Elle avait pensé l'accompagner, et elle l'aurait fait si Artemisia n'avait pas attrapé la varicelle, ce qui signifiait que Peter allait probablement l'imiter, comme il le faisait toujours. Mais Joséphine avait hanté ses pensées toute la journée.

Elle s'apprêtait à lire leur histoire du soir aux jumeaux quand elle entendit la porte d'entrée se refermer. Elle se précipita au rez-de-chaussée, où William était en train d'accrocher son manteau. Ils se serrèrent un long moment l'un contre l'autre.

— Comment va Artemisia ? finit par demander William.

— Elle se remet. Mais maintenant c'est Peter qui l'a, comme prévu. Ils espéraient que tu leur lirais leur histoire du soir.

— Bien sûr. Je vais le faire et je te raconterai tout ce qui s'est passé à Paris pendant le dîner, promit-il même s'il n'avait pas encore décidé précisément ce qu'il pourrait lui révéler.

Il gravit les marches d'un pas lourd, mais, dès qu'il entra dans la chambre, voir les jumeaux bondir de leur lit pour s'accrocher à ses jambes lui réchauffa le cœur. Il songea de nouveau à Ross et aux joies dont sa fille le comblerait.

— On en est au chapitre trois et on voudrait découvrir ce qui va arriver à l'agent Plod, lança Artemisia en interrompant le fil de ses pensées.

Il lui sourit, content de constater que ses papules avaient pratiquement disparu, mais il fronça les sourcils en voyant celles qui commençaient à poindre chez Peter.

— N'oubliez pas que l'agent Plod conseille toujours à ses enfants de ne pas gratter leurs boutons.

Peter acquiesça.

— Où en étions-nous ? s'enquit William en ouvrant le livre.

— On vient d'ordonner à l'agent Plod d'aller au manoir, répondit Artemisia. Immédiatement !

— Tu te rappelles ce qui avait disparu dans la maison ?

— Le collier de perles de Lady Doubtful.

— Et comment s'appelle la femme de l'agent Plod ?

— Beryl ! lança Artemisia. Elle pense que Plod devrait être inspecteur.

William hocha la tête, puis commença à lire.

Quand l'agent Plod arriva au manoir, il posa son vélo contre la remise et rejoignit les autres policiers qui ratissaient les lieux à la recherche d'indices. Mais il doutait fort qu'ils en trouvent, parce que c'était un coup monté.

— C'est quoi, un coup monté ? demanda Peter.

— L'agent Plod pense que celui qui a volé les perles habite ou travaille dans la maison.

— Qui ça ? s'écria Artemisia.

— Je n'en ai aucune idée, répliqua William en étouffant un bâillement.

— Mais tu es inspecteur, papa, alors tu devrais avoir compris, rétorqua Artemisia avec l'incontestable logique des enfants.

L'agent Plod remarqua que la porte d'entrée du manoir était ouverte et il vit que l'inspecteur Watchit, l'air très content de lui, emmenait une fille de cuisine qui avait travaillé pour les Doubtful pendant des années. Plod fronça les sourcils. Il savait que cette jeune femme, Elsie, n'aurait même pas volé un cookie au chocolat sur un plateau de thé, alors un collier de perles ! Il fallait qu'il rentre au poste de police et qu'il remette Watchit sur les rails avant qu'il accuse cette pauvre cuisinière d'un crime qu'elle n'avait pas commis. Il laissa ses collègues poursuivre leurs recherches et retourna vers son vélo. Il s'apprêtait à enfiler son casque quand il repéra le van du poissonnier qui remontait l'allée pour livrer sa pêche du jour. Plod fut surpris de voir M. Nettles, le poissonnier, garer son véhicule devant l'entrée principale et non à l'arrière, où se trouvait celle de la cuisine. Lorsque Nettles descendit de son camion et gravit les marches du perron, Lady Doubtful lui ouvrit avant même qu'il ait le temps de sonner. Elle lui tendit une grosse boîte en carton et disparut aussitôt à l'intérieur. Pourquoi Nettles n'était-il pas passé par la porte de service pour faire sa livraison, comme tous les vendredis ? se demandait l'agent Plod. Cela n'avait aucun sens. Alors, Plod décida de mener l'enquête. Il se dirigea vers le van, où M. Nettles s'installait au volant après avoir posé la boîte en carton sur le siège passager.

Il frappa à la vitre.

— *Qu'est-ce que vous mijotez, mon garçon ? lança-t-il.*

Nettles rougit comme un feu de signalisation. Il mit rapidement le contact, enclencha une vitesse et fonça vers le portail. Plod se précipita vers la porte d'entrée et tambourina sur le battant. Quand le majordome lui ouvrit, Plod lui demanda de fermer le portail électrique aussi vite que possible, et le majordome parvint à presser l'interrupteur juste à temps pour empêcher la fuite de Nettles.

— Ça suffit pour aujourd'hui, conclut William.

— Non, papa ! crièrent Artemisia et Peter à l'unisson. Encore !

— D'accord, mais juste une ou deux pages, déclara William avec un soupir exagéré.

Les trois autres policiers encerclèrent rapidement le van tandis que l'agent Plod ouvrait la portière côté passager et s'emparait de la boîte en carton. Quand il regarda à l'intérieur, il vit qu'elle était pleine d'huîtres et, lorsqu'il en ouvrit une, il découvrit une perle dedans. Plod savait qu'en général on trouvait les perles au fond de l'océan, et non dans des boîtes en carton.

Le téléphone se mit à sonner dans le couloir. William reposa son livre.

— Tu peux décrocher, Beth ? L'agent Plod est sur le point d'arrêter le véritable coupable.

Il se tourna vers les enfants pour continuer.

Aussitôt, il arrêta M. Nettles et ordonna à deux collègues de l'emmener au poste de police, avec les preuves.

— *Que vais-je dire quand l'inspecteur Watchit me demandera ce que vous tramez ? fit l'un d'eux.*

— *Informez-le que je suis au manoir en train de capturer le véritable coupable. Et qu'il sera surpris par…*

Beth passa la tête par l'embrasure de la porte.

— C'est James au téléphone, indiqua-t-elle.

— James ?

— James Buchanan, il appelle de New York.

— Maman va poursuivre la lecture pendant que je réponds à ce coup de fil.

— Mais alors, tu ne sauras pas qui l'agent Plod va arrêter ! protesta Artemisia.

— Je suis sûr que maman me l'apprendra plus tard, répliqua William en sautant du lit.

Il prit le combiné dans le couloir.

— Quelle agréable surprise ! dit-il avant que James ait pu parler.

— Vous ne direz peut-être plus la même chose lorsque vous connaîtrez la raison de mon appel. En effet, j'aimerais avoir votre avis à propos d'une situation embarrassante.

— Je suis à votre disposition.

— Récemment, j'ai découvert que mon meilleur ami à Choate a fait appel à quelqu'un pour passer les examens d'entrée à Harvard à sa place.

— Vous avez des preuves ?

— Il m'avait déjà sollicité, mais j'avais refusé. Cependant, lorsque les noms des candidats reçus ont été annoncés, à ma grande surprise, mon ami se trouvait dans les six premiers de la liste.

— Dans ce cas, quelqu'un d'autre a dû échouer, quelqu'un dont la réussite ne faisait aucun doute aux yeux de la classe.

— Vous avez raison, et je peux même vous dire de qui il s'agit. C'est un boursier, issu d'une famille monoparentale et qui est toujours à court d'argent.

— Et vous voudriez savoir si vous devez faire part de vos soupçons à l'autorité.

— Oui. J'étais curieux de découvrir ce que vous auriez fait face à un tel dilemme.

William demeura silencieux pendant tellement longtemps que James finit par lui demander s'il était encore au bout du fil.

— Oui, lâcha-t-il enfin. Je dois avouer que j'ai rencontré quasiment le même problème quand j'étais à l'école. J'ai surpris un ami – pas mon meilleur ami – en train de voler dans la boutique de friandises de l'établissement, une fois de trop.

— Vous avez prévenu le principal ?

— Oui, c'est ce que j'ai fini par faire, mais il ne se passe pas un seul jour sans que je me demande si je n'aurais pas dû fermer les yeux.

— Mais pourquoi ? Vous avez fait ce qui était juste, non ?

— Le trimestre suivant, il a été muté dans une autre école et, un an plus tard, il a été viré parce qu'il prenait de la drogue.

— Avez-vous dû en subir les conséquences ?

— Ça ne m'a pas rendu très populaire auprès de mes camarades de classe, qui m'ont traité de serpent et de traître, et pas toujours dans mon dos.

— La bave du crapaud…

— Ça s'est reproduit plus récemment, poursuivit William d'un ton pensif, quand j'ai dû enquêter sur un collègue avec qui j'étais à l'académie. Nous avions des raisons de croire qu'il acceptait des pots-de-vin d'un baron de la drogue local.

— Avez-vous trouvé suffisamment de preuves pour l'arrêter ?

— Oui, plus qu'assez. Il purge à présent une longue peine, et à nouveau cela ne m'a pas rendu très populaire auprès de mes pairs mais, si vous avez toujours envie de faire ce métier, vous ne pouvez pas adopter une règle pour vos amis et une autre pour les gens que vous ne connaissez pas ou, pire, que vous n'aimez pas.

— Je vais prendre rendez-vous avec le principal dès demain matin, déclara James. Et je lui ferai part de mes craintes.

— Les craintes ne sont pas des preuves, lui rappela William. Mais cela mettra certainement à l'épreuve son sens moral, spécialement dans un cas tel que celui-ci.

— Pourquoi ? s'enquit James.

— L'avenir de deux jeunes hommes est en jeu, et toute leur vie sera affectée par la décision qu'il va prendre. Vous me direz ce qu'il en est.

— Oui, monsieur. Maintenant, je vais vous laisser retourner auprès de l'agent Plod. Beth me confiait qu'il était sur le point d'arrêter le vrai coupable.

— Certes, et il y a aussi un rebondissement de dernière minute. Mais j'ai encore une question, James. Dois-je comprendre qu'on vous a proposé une place à Harvard ?

— Oui, monsieur. J'ai gagné la bourse John Quincy Adams.

— Voilà un homme qui jamais n'aurait fermé les yeux.

— Y a-t-il quelque chose dont je devrais être informé à la suite de votre séjour à Paris ? demanda Hawksby.

— Ross a réussi à traverser l'épreuve des obsèques comme il pouvait, mais la remarque qu'il m'a faite peu après me préoccupe un peu.

— Éclairez-moi.

— Dans le taxi qui m'emmenait à la gare du Nord, j'ai noté précisément ses propos, expliqua-t-il en ouvrant son carnet. « Vous n'allez pas me voir pendant quelques jours. J'ai des comptes à régler. Je reviendrai quand ce sera fait. »

— Les comptes à régler, ça ne peut être qu'avec Faulkner, estima Hawksby. Des idées sur ce qu'il projette au cours des prochains jours ?

— Je pense qu'il a l'intention de tuer Roach.

— Et qui pourrait le lui reprocher ? marmonna Hawksby dans sa barbe.

— Mais ça ne sera pas facile, même pour quelqu'un d'aussi doué que Ross, poursuivit William en faisant abstraction de la remarque du commissaire.

— N'oubliez pas qu'il a passé quatre ans dans les SAS, quatre ans aux homicides et les trois dernières années sous couverture. Il n'y a pas beaucoup de gens plus qualifiés que lui pour tuer quelqu'un.

— Je pense que je devrais le convoquer et lui expliquer les conséquences d'un tel acte.

— Je suis d'accord. Mais, pour l'empêcher de commettre une bêtise qu'il regretterait plus tard, il vous faudra tout d'abord le trouver. Et si jamais il parvient à liquider Roach, nous aurons un problème plus gros sur les bras.

— À savoir ?

— Il reviendra travailler dans quelques jours et il vous dira qu'il a pleuré Joséphine et qu'il s'est occupé de sa fille, mais qu'il souhaite à présent vous aider à mettre Faulkner derrière les barreaux. En réalité, la seule idée qu'il aura en tête, c'est de le tuer.

23

Le vagabond poussait lentement son vieux landau, un mégot accroché aux lèvres. Il portait une vareuse kaki qui tombait presque jusqu'au sol, et quatre médailles militaires – les seuls accessoires authentiques de son déguisement – qui semblaient suggérer qu'il était un ancien combattant d'une guerre oubliée de tous. Ses cheveux bruns et emmêlés dépassaient d'un bonnet qui donnait l'impression d'avoir servi de couvre-théière dans une vie antérieure. Le clochard n'était pas rasé et sentait à plusieurs mètres. Il enregistrait les différentes réactions de ceux qui le croisaient : de la compassion, généralement chez les femmes ; du dégoût, chez les jeunes tatoués ; et de la culpabilité chez certains qui lui tendaient même une livre pour soulager leur conscience.

Il approcha d'un pub où « I Can't Get No Satisfaction » résonnait à plein volume. *Ne vous inquiétez pas*, promit-il mentalement aux clients qui se trouvaient à l'intérieur, *ça ne va pas tarder.*

En passant devant l'entrée, il observa les deux videurs qu'on avait postés là pour s'assurer qu'aucun intrus n'allait s'inviter à l'anniversaire du jour. Il avait arrêté l'un d'eux quelques années plus tôt, mais le malabar ne jeta même pas un coup d'œil au vieux débris qui traînait sa carcasse sur le trottoir. S'il avait regardé dans le landau, il aurait vu un paquet de céréales déchiré, une boîte métallique bosselée qui avait autrefois contenu les « meilleurs gâteaux secs d'Édimbourg », une boîte de Kleenex vide et un paquet de Marlboro d'où dépassait un mégot. Une paire de couvertures élimées dont l'Armée du Salut n'aurait même pas voulu était fourrée dans un coin.

En arrivant devant un feu rouge, le vagabond pressa le bouton et attendit que le petit bonhomme vert apparaisse avant de traverser. Il continua d'avancer d'un pas lent jusqu'à atteindre un carrefour : la ligne de démarcation non officielle qui marquait la frontière entre les deux empires contrôlés par les Roach et les Abbott. Deux jeunes hommes à la mine agressive patrouillaient sur le trottoir de l'autre côté, avec pour unique mission de veiller à ce que pas un Roach n'entre sur le territoire des Abbott. Le vagabond s'arrêta pour demander du feu à l'un d'eux.

— Casse-toi, vieux schnock !

Il obtempéra et poursuivit son chemin jusqu'à une ruelle plongée dans la pénombre où même un couple de jeunes amoureux transis auraient évité de s'engager et où la police ne s'aventurait plus une fois la nuit tombée.

Il poussa son landau dans la venelle puis, quand il fut certain que personne ne s'intéressait à lui, ôta son bonnet miteux, le mit dans la poche de sa vareuse qu'il plia et glissa sous les couvertures. Ses cheveux étaient encore emmêlés, son visage mal rasé et son odeur pestilentielle, mais l'homme en survêtement et baskets noirs se redressa de toute sa hauteur. Il examina une nouvelle fois les alentours. Pas un chat.

Il prit alors le paquet de céréales dont il tira la crosse d'un fusil, puis souleva le couvercle de la boîte qui ne contenait plus les « meilleurs gâteaux secs d'Édimbourg » mais une petite lunette de visée nocturne. Il dévissa la poignée du landau et la tapota doucement par le haut jusqu'à ce qu'un canon équilibré à merveille glisse hors du tube. Il ne lui fallut que quelques instants pour assembler un fusil de précision Remington M40. Ce n'était pas l'arme qui aurait eu sa préférence en temps normal, mais c'était le modèle favori de Ron Abbott. Pour finir, il rangea le paquet de Marlboro dans la poche de son survêtement, puis se dirigea rapidement vers l'immeuble au bout de la ruelle et grimpa à la gouttière à l'arrière du bâtiment avec l'agilité d'un chat, ce qui lui rappela les souvenirs du siège de l'ambassade iranienne, à l'époque où il n'était qu'un jeune caporal dans les SAS.

Quand il atteignit le dernier étage, il vérifia une nouvelle fois qu'on ne l'avait pas repéré. Personne. Il avait sélectionné sa position avec soin : on ne pouvait le voir que depuis un vieil entrepôt qui fermait ses portes à 18 heures.

Il se hissa sur le toit, puis rampa lentement jusqu'au rebord opposé, où il estima la distance qui le séparait de l'édifice suivant. Il devrait franchir un peu plus de trois mètres pour pouvoir atteindre la position de tir qu'il avait choisie. Ça ne serait pas un problème. Il s'était entraîné à sauter avec le fusil en bandoulière et il effaçait quatre mètres sans problème.

Il recula, s'accroupit un instant, puis bondit comme dans des starting-blocks et fonça vers le vide, atteignant sa vitesse maximale à la dernière foulée. À quelques centimètres à peine du bord, il s'éleva dans les airs, tel un athlète olympique qui sait exactement où se trouve la planche du sautoir, et atterrit sur le toit de l'immeuble voisin avec une grosse marge. Il mit un genou à terre et reprit son souffle, demeurant immobile jusqu'à ce que son rythme cardiaque retombe à cinquante-quatre pulsations par minute.

Alors, il rampa jusqu'à l'autre extrémité du toit, mais ne risqua pas un coup d'œil en bas. Il n'avait jamais avoué à son ancien officier supérieur, le colonel Parker, qu'il avait le vertige. Au bout de quelques minutes, il se redressa sur les avant-bras et examina attentivement les alentours. Il était satisfait. Il faut dire qu'il avait choisi l'endroit avec soin. Il était juste au-dessus de l'appartement de Ron Abbott, lequel, comme il l'avait découvert, était esclave de ses habitudes. Dans les SAS, ce travers était un péché mortel, car il faisait de vous une cible facile pour l'ennemi. Abbott passait ses jeudis après-midi avec des membres de sa famille aux courses de lévriers, à Romford, où ils étaient souvent délestés de leur argent mal acquis. Ensuite, ils dînaient toujours dans un night-club local peu renommé pour sa cuisine. Généralement, il rentrait chez lui vers 1 heure du matin avec une fille au bras, et parfois une à chaque bras.

L'autre raison qui avait poussé Ross à choisir ce spot était le point de vue dégagé sur le pub où la fête d'anniversaire battait à présent son plein. Deux cent vingt mètres à vol d'oiseau – largement dans la portée du Remington M40.

Il colla doucement la crosse contre son épaule et, peu après, le front de l'un des videurs apparut dans sa lunette de visée. Il demeura dans cette position pendant deux minutes avant de baisser son arme et de se mettre au repos.

Il soupçonnait que l'attente serait longue jusqu'à ce que sa véritable cible se présente. Après tout, c'était son trente-quatrième anniversaire. Il tira le paquet de Marlboro de sa poche et en sortit six balles au métal poli qu'il aligna devant lui comme des soldats à la parade. Puis il patienta, sans se départir un instant de sa concentration.

Le premier fêtard émergea du club juste après minuit. Ross ne le reconnut pas. Quelques minutes plus tard, un deuxième apparut sur le trottoir : Stan, l'oncle de Terry Roach, qui avait passé les vingt dernières années à faire des allers-retours en prison et qui, d'après la rumeur, avait été mis à la retraite par la famille.

Ross leva son fusil et visa le front de l'oncle Stan. Il pressa la détente. Un petit clic résonna, et Stan s'éloigna sans se douter de rien, parfaitement inconscient d'avoir servi de cible d'entraînement.

Même si Ross ne pensait pas que sa véritable cible arriverait avant au moins une heure, il glissa les six balles dans son chargeur. Au cas où.

Pendant les soixante minutes suivantes, un flot d'invités passablement éméchés se déversa sur le trottoir, titubant vers leurs domiciles respectifs. Les chauffeurs de taxi évitaient cette rue, même en plein jour.

Alors, de but en blanc, le héros de la fête sortit du pub en chancelant, accompagné de deux potes qui n'étaient pas en état de lui prêter main-forte.

Ross prit son téléphone et composa le 999.

— Police, pompiers ou ambulance ? demanda l'opérateur.

— Police, répondit Ross tandis que Terry Roach basculait en avant et s'agrippait à un rebord de fenêtre pour retrouver l'équilibre.

— Police. Que puis-je pour vous ?

— Il y a une fusillade dans Plumber's Road, à Whitechapel, lança-t-il en faisant semblant d'être essoufflé.

— Puis-je prendre vos…

Ross avait déjà raccroché. Il se débarrasserait du téléphone plus tard.

Il logea la crosse de son arme dans le creux de son épaule et stabilisa le canon de la main gauche, puis il centra le front de son ennemi dans le viseur, tout comme il le faisait à Oman. Il descendit sa lunette jusqu'à voir le genou droit de Terry, tandis que les conseils de son vieil instructeur résonnaient dans sa tête : « Concentre-toi, respire normalement et presse la détente d'un seul mouvement fluide, doucement. » Ross s'exécuta, et la balle fendit l'air vers sa cible. Moins d'une seconde plus tard, Roach s'effondra dans un hurlement de douleur en se tenant la jambe droite.

Comme Ross l'avait prévu, les deux potes de Roach tentèrent de le traîner à l'intérieur du pub. Il baissa son fusil d'un centimètre et pressa une deuxième fois la détente. Cette fois-ci, la balle fusa vers l'entrejambe de Roach. Voir ce dernier lâcher brusquement son genou pour attraper ses couilles semblait suggérer que Ross avait mis dans le mille. L'un des deux hommes continua de traîner Roach vers le pub en criant à pleins poumons qu'on vienne à son secours, mais l'autre détala.

La porte du club s'ouvrit, et des membres de la famille Roach accompagnés de leurs sbires se ruèrent dehors. Quelqu'un pointa un doigt dans sa direction, et tous ceux qui le pouvaient encore se précipitèrent vers Ross. Ce dernier leva son fusil une dernière fois. Il ne visa pas le front de Terry Roach, ce qui aurait mis un terme à son agonie, mais quelques centimètres plus bas. La troisième balle le frappa juste au-dessus de la pomme d'Adam, traversa son cou et termina sa course dans le mur du pub.

Ross se pencha pour voir des lumières s'allumer dans les appartements de l'immeuble sur lequel il se tenait, mais il n'était intéressé que par un seul d'entre eux. Quelques instants plus tard, sa patience fut récompensée.

Il posa le fusil à côté des trois douilles, se retourna et aspira une grande bouffée d'air avant de traverser le toit en courant et de s'élancer de nouveau au-dessus du vide. Cette fois-ci, délesté du Remington, il atterrit plus loin que lors du premier saut. Il fit une roulade, se remit rapidement debout et fonça vers l'autre extrémité de la terrasse, tandis que les sirènes de la police résonnaient au loin. Il commença la longue descente, toujours plus lente et difficile que la montée, comme tout alpiniste pourrait vous le dire.

Quand ses pieds touchèrent le sol, il trottina vers l'endroit où il avait laissé son landau, récupéra sa vareuse et son bonnet. Il allait sortir de la ruelle lorsqu'il entendit des voix approcher. Il poursuivit son chemin en direction du champ de bataille, ce qui était risqué, mais il ne pouvait pas se permettre que les personnes à qui ces voix appartenaient, de quelque camp qu'elles soient, pensent qu'il cherchait à fuir les lieux. L'une d'elles ralentit en passant devant lui, renversa le landau et examina rapidement son contenu avant de repartir en courant. Mais Ross n'avait plus rien à cacher.

Il remit tout dans la poussette et se dirigea de nouveau vers le pub. Ce n'était plus une ligne de démarcation. C'était une zone de guerre.

La première voiture de patrouille s'immobilisa dans un crissement de pneus devant le Plumber's Arms, et quelques instants après, la rue grouillait de policiers en tenue d'assaut avec des boucliers antiémeute. Ils commencèrent à rassembler les membres des deux gangs avant de les fourrer dans le panier à salade le plus proche.

Ross ne put s'empêcher de sourire en voyant l'Enfant de Chœur diriger les opérations. Il passa devant lui, et il ne se serait pas retourné s'il n'avait pas entendu le bruit d'un corps qui tombe au milieu de la chaussée derrière lui. Sa seule erreur.

24

Ross ne se coucha qu'après 2 heures ce matin-là, mais il se leva quand même à 5 heures, parce qu'il avait rendez-vous avec Jimmy la Fauche, lequel ne savait pas encore qu'un inspecteur de Scotland Yard allait se joindre à lui pour le petit déjeuner.

Ross prit une longue douche froide, se lava les cheveux et rasa sa barbe de trois jours. Il consulta sa montre, parce qu'il comptait se présenter au Putney Bridge Café avant l'arrivée de Jimmy. Une fois qu'il aurait fini ce qu'il avait à faire avec ce vieux taulard, il traverserait la Tamise pour un deuxième rendez-vous encore plus important, à Chelsea.

S'il y avait bien une chose que Ross savait, c'était que Jimmy avait beau être le plus doué dans sa branche il n'allait jamais travailler le ventre vide. Jimmy avait effectué une paire de séjours en prison, mais il avait réussi à persuader plus d'un jury qu'il était victime d'une enfance malheureuse et que si on lui accordait une chance il se reprendrait et mènerait une vie rangée. Il aurait passé bien plus longtemps derrière les barreaux si ces mêmes jurys avaient eu connaissance de l'étendue réelle de son palmarès criminel, mais les Britanniques ont toujours cru au fair-play et au bénéfice du doute.

Ross arriva au Putney juste avant 7 heures, s'installa au bout du comptoir et commanda un expresso. Quand Jimmy se présenta juste après 7 h 30, il s'assit à sa place habituelle près de la fenêtre et ouvrit *The Sun*.

Ross ne se manifesta que lorsque la serveuse eut apporté à Jimmy son assiette avec deux œufs au plat, du bacon, des haricots rouges, des champignons, des tomates et des galettes de pomme de terre. De toute évidence, il aurait été d'accord avec la remarque du romancier Somerset Maugham, selon laquelle « pour bien manger en Angleterre, il faudrait prendre son petit déjeuner trois fois par jour ». Cela dit, il n'avait certainement jamais entendu parler de Somerset Maugham.

— Que me vaut l'honneur, inspecteur ? lança Jimmy d'un ton nerveux quand Ross prit place en face de lui. Vous n'allez rien trouver d'incriminant sur moi à cette heure-ci, vous savez ?

— J'ai besoin de ton aide, Jimmy.

— Je suis pas une balance. J'en ai jamais été une, et ça ne risque pas de changer. C'est pas mon style.

— Je ne suis plus dans la police. J'ai démissionné.

Comme Jimmy avait toujours l'air dubitatif, Ross sortit de sa poche un rouleau de billets et le posa au milieu de la table.

— Et que faudrait-il que je fasse pour gagner tout ce fric ? demanda Jimmy avec un regard de convoitise.

— Je voudrais que tu rapportes quelque chose, pour changer, répondit Ross avant de lui expliquer précisément ce qu'il avait en tête.

Le temps que Jimmy finisse son petit déjeuner, les deux cents livres avaient également disparu.

— Tu en auras deux cents de plus quand tu auras terminé le job.

— Tout ce que j'ai besoin de savoir, c'est où et quand.

— Je te ferai signe, maintenant que je sais où te trouver.

Il se leva, mais, lorsqu'il voulut consulter sa montre pour s'assurer qu'il n'était pas en retard, il s'aperçut qu'il n'en avait plus. Il tendit la main vers Jimmy et attendit.

Celui-ci haussa les épaules et lui rendit sa Rolex.

— Je ne voulais pas que vous pensiez que j'avais perdu la main.

— Félicitations, inspecteur-chef ! lança Hawksby quand William entra dans son bureau le lendemain matin.

— Pour quoi, monsieur ?

— Vous avez finalement réglé le problème des Roach et des Abbott.

— Mais est-ce vraiment moi ? interrogea William, songeur.

— Que voulez-vous dire ? Votre équipe a arrêté quatorze membres de ces deux gangs, et les deux plus dangereux ont fini au cimetière.

— Une coïncidence très heureuse, non ?

— Tout indique que Ron Abbott a tué Terry Roach. On a retrouvé le fusil, les douilles et le corps. On a rarement autant de chance.

— Sauf si les dés sont pipés en votre faveur.

— Pipés par qui ? s'enquit Hawksby.

— Par celui qui a laissé l'arme du crime et trois douilles sur le toit de l'immeuble où Abbott réside.

— Mais deux hommes du gang des Roach ont coincé Abbott sur la terrasse, et nous avons débarqué juste à temps pour les voir le balancer du haut du bâtiment.

— Juste à temps, releva William. Vous ne trouvez pas bizarre qu'un simple citoyen ait appelé le 999 à 1 h 13 ce matin-là et que nos agents aient pu se présenter sur les lieux assez vite pour entendre le troisième coup de feu ? Quand je suis arrivé, Roach était encore en vie. Alors, je pense que cet appel a été passé avant le premier tir.

— Où voulez-vous en venir ? demanda Hawksby en changeant de ton.

— En tant qu'officier chargé de l'enquête, j'essaye de découvrir la vérité.

— Et vous êtes parvenu à quelles conclusions ?

— J'ai le sentiment que ces trois coups de feu ont été tirés par un homme en deuil désireux d'étendre cette condition à d'autres que lui. Néanmoins, j'admets que ce sont les deux membres du gang des Roach que nous avons arrêtés sur le toit qui ont balancé Abbott du haut de l'immeuble. Et je pense que tout cela faisait partie du plan de Ross.

— Mais, si Abbott n'a pas assassiné Roach, comment se fait-il qu'on l'ait découvert sur la terrasse ?

— Je crois qu'il a entendu les coups de feu de son appartement et qu'il est monté voir ce qui se passait. Vous ne trouvez pas bizarre qu'on ait retrouvé chez lui un fusil identique à celui qui a servi à tuer Roach ? Pourquoi en aurait-il deux ? Je me pose la question.

— Sur quoi vous appuyez-vous, à part votre intuition ?

— On a récupéré un paquet de Marlboro vide sur le toit.

— Beaucoup de gens fument des Marlboro, y compris moi. Il faudra faire mieux que ça, inspecteur-chef.

— Pendant que nos hommes rassemblaient les membres des gangs, Ross est passé devant moi, déguisé en vagabond, et il poussait un landau.

— Pourquoi ne lui avez-vous pas demandé ce qu'il foutait là ?

— Sur le moment, j'étais en train d'interroger Roach avant que les médecins le mettent dans l'ambulance.

— Il était encore en vie ? s'étonna Hawksby.

— Il a survécu une vingtaine de minutes, ce qui faisait partie du plan de Ross, j'imagine.

— Mais vous ne pouvez pas prouver que le vagabond que vous avez vu était bien Ross.

— Il arborait quatre médailles.

— Alors vous n'avez plus qu'à questionner une dizaine de milliers de suspects.

— Je pourrais éliminer les neuf mille neuf cent quatre-vingt-dix-neuf qui n'ont pas obtenu la Médaille de bravoure de la Reine.

— Ross n'aurait pas commis une telle bourde.

— Je ne pense pas que c'était une erreur. Je crois qu'il voulait que je la voie.

— Mais pourquoi ne l'avez-vous pas arrêté ?

— Parce que le corps d'Abbott venait d'atterrir quelques mètres plus loin, et j'avoue que ça a détourné mon attention.

— Vous comptez le convoquer pour l'interroger ?

— Pour quoi faire ? Toutes ses réponses seront prêtes, et il sait bien que nous n'avons aucun élément qui tienne la route devant une cour.

— Vous souhaitez toujours qu'il fasse partie de l'équipe qui doit coincer Faulkner ?

— Sans lui, on n'atteindrait même pas la porte, sans parler du bureau de Miles Faulkner.

— Si vous avez raison et qu'il a vraiment exécuté Roach, vous feriez mieux de vous assurer qu'il n'a pas d'arme quand vous entrerez dans la maison, parce qu'il le tuera sans se soucier de la présence de témoins.

Un individu bien plus grand que lui ouvrit la porte. Immense, les bras croisés, il arborait le mot *HATE* tatoué sur les phalanges de chaque main.

— Qu'est-ce que vous voulez ? demanda une voix dans le dos du videur.

Un vieil homme rabougri était assis derrière son bureau de chêne, dans un grand fauteuil de cuir qui semblait prêt à l'avaler.

— J'ai besoin d'emprunter mille livres, monsieur Sleeman, souffla le client d'un ton anxieux en examinant la minuscule silhouette encore plus odieuse que son stupide garde du corps.

— Pourquoi ? s'enquit Sleeman en bougeant à peine les lèvres.

— Il faut que j'achète une voiture.

— Pourquoi ? répéta Sleeman.

— On m'a proposé un poste de représentant dans une compagnie pharmaceutique, et je leur ai dit que j'avais un véhicule.

— Vous avez des garanties ?

— La voiture, et je vais gagner deux cents livres par semaine, plus mes commissions.

— Vous habitez où ?

— J'ai une maisonnette à Chelsea.

— Elle est à vous ?

— Non, je rembourse un prêt.

— Jusqu'à quand ?

— Il me reste encore seize ans.

— J'aurai besoin de la carte grise de la voiture et du contrat de prêt bancaire, qu'un de mes collaborateurs viendra chercher cet après-midi, précisa-t-il en adressant un signe au géant à côté de la porte. Ces deux documents vous seront restitués, mais pas avant que vous ayez remboursé jusqu'au dernier centime de mon argent. Avec les intérêts d'usage, bien sûr.

— Quelles sont vos conditions ?

— Vous aurez vos mille livres, mais en échange vous devrez me verser six cents livres par mois pendant trois mois.

— Mais ça fait presque cent pour cent d'intérêts, protesta-t-il.

— Si vous voulez cette voiture, telles sont mes conditions. C'est à prendre ou à laisser.

Il hésita suffisamment longtemps pour que Sleeman déverrouille le tiroir de son bureau et en sorte une liasse de billets de cinquante livres qu'il fit glisser sur la table sans même prendre la peine de les compter.

L'homme contempla l'argent. La main tremblante, il hésita encore avant de finalement le saisir.

— Avant que vous nous quittiez, laissez-moi vous prévenir que mon collecteur de dettes passera le 1er de chaque mois pendant les trois mois à venir. Si vous ne remboursez pas à temps, je ne vous enverrai pas de lettre de rappel, mais il vous laissera quelque chose dont vous vous souviendrez aisément.

L'homme frémit et fit tomber par terre l'un des billets de cinquante livres, qui atterrit aux pieds du videur. Celui-ci se baissa, le ramassa et le lui tendit.

— J'attends avec impatience notre rendez-vous le mois prochain, grogna-t-il. Ne me fais pas poireauter.

— Je serai là, promit Ross.

25

— J'ai peut-être réussi une percée dans l'affaire Sleeman, annonça le sergent Adaja en s'asseyant dans le fauteuil à côté du bureau de William.

— Racontez-moi ça en détail, répondit William en posant son stylo.

Paul lui tendit une pochette transparente contenant un billet de cinquante livres.

— On a remis ça anonymement à l'accueil.

— J'imagine que vous avez fait analyser les empreintes ? Y en avait-il ?

— Les miennes, admit Paul.

— Imbécile ! Celles de quelqu'un d'autre ?

— Max Sleeman.

— C'est mieux. Et d'après votre air satisfait vous avez dû trouver celles de quelqu'un d'encore plus surprenant.

— Leonid Verenich.

— Le psychopathe qui a été éjecté de la mafia russe parce qu'il était trop violent ?

— Lui-même.

— Je croyais qu'il purgeait sa peine de perpétuité à Dresde.

— C'était le cas jusqu'à ce qu'il rencontre un certain colonel Poutine et qu'il devienne plus utile à l'extérieur. Ce que je ne comprends pas, c'est comment il a pu passer les contrôles de l'immigration.

— Pour quelqu'un avec autant de relations que Sleeman, ça n'a pas dû être bien compliqué. Alors maintenant, il ne vous reste plus qu'à le trouver.

— Ça ne sera pas facile. À Moscou, on le surnommait « Le Murmure de la mort ».

— Celui qui a laissé ce billet à l'accueil doit savoir comment le dénicher.

— Mais je n'ai pas la moindre idée de qui ça peut être.

— Moi, si.

Ross n'avait encore jamais voyagé en classe affaires, mais, comme il avait à peine fermé l'œil au cours des nuits précédentes et qu'il voulait être en pleine forme à son arrivée au Cap, il avait réglé un supplément à contrecœur en levant les yeux vers le ciel et en touchant son alliance pour remercier Jo, qui quittait rarement ses pensées.

Il savait qu'il ne disposait que d'un ou deux jours pour convaincre Mme Pugh de sa mort prochaine, car Miles Faulkner demeurait sa priorité. Si l'Enfant de Chœur venait à l'appeler, Ross laisserait tout tomber pour le rejoindre. À condition que William parvienne à le trouver, bien sûr.

Il s'enfonça dans son confortable fauteuil en se réjouissant des quelques heures de sommeil ininterrompu qui l'attendaient, content que le siège voisin soit vide.

Le steward était sur le point de fermer la porte de l'appareil quand un homme en surpoids et complètement essoufflé entra et se mit à remonter l'allée centrale en cherchant le numéro de son siège. Ross tourna la tête vers le hublot pour regarder les techniciens qui retiraient la passerelle en espérant que le retardataire passerait son chemin, mais il entendit le crissement du cuir lorsque l'homme s'affala à côté de lui sans avoir encore repris son souffle.

— C'était moins une ! lâcha-t-il entre deux halètements.

Ross lui jeta un coup d'œil. Si son nouveau voisin perdait une dizaine de kilos, il serait toujours en surpoids. Certainement pas un candidat potentiel pour les Vacances cauchemardesques.

Il décida que, dès que l'avion aurait pris de l'altitude, il allait incliner son siège, se caler sous sa couverture, mettre son masque et ne plus l'enlever jusqu'à ce que le steward invite les passagers à boucler leur ceinture parce que la descente commençait.

— Salut, lança son compagnon de dernière minute en lui tendant la main. Larry T. Holbrooke III. Qu'est-ce qui vous amène au Cap ?

La dernière chose dont Ross avait besoin, c'était d'un Américain bavard qui avait l'air d'avoir passé une bonne nuit de sommeil. Il se demanda comment il réagirait s'il lui répondait la vérité : « J'ai l'espoir d'empêcher un sale individu d'assassiner sa femme, d'hériter de sa fortune et de vivre heureux jusqu'à la fin de ses jours. »

— Ross Hogan. Je suis en vacances et je vais voir le test-match, déclara-t-il en lui serrant la main.

Cela interrompit la conversation un instant, mais juste un instant.

— Quelle chance ! Moi, j'y vais pour affaires. Je ne me souviens même pas de la dernière fois que j'ai pris des vacances. Dites-moi, Ross, vous êtes dans quelle branche ?

Ross ne répondit pas tout de suite. Quand il s'était engagé dans les SAS, il avait dû signer un accord de confidentialité qui l'empêchait de divulguer à qui que ce soit ce qu'il faisait. Et, depuis qu'il avait rejoint les rangs de la police, il était lié par le même contrat.

— Je travaille pour une agence de voyages. Et vous ? ajouta-t-il en regrettant immédiatement d'avoir posé la question.

— Je suis courtier en finance. Je collecte de la dette à court terme. Alors, si quelqu'un vous doit une grosse somme d'argent que vous voulez récupérer, je suis votre homme.

Soudain, Ross se réveilla totalement.

— Comment ça marche ? s'enquit-il en bouclant sa ceinture.

— Imaginons que votre agence de voyages ait des problèmes de trésorerie. Vous avez des clients fiables, mais ils mettent souvent soixante et quelquefois quatre-vingt-dix jours à payer leurs factures, alors que vous avez des frais, comme le loyer ou la masse salariale. Je vous rachète ces dettes et ainsi vous pouvez continuer vos affaires sans vous soucier de problèmes de trésorerie temporaires.

— Mais comment faites-vous du bénéfice ?

— J'attends soixante ou quatre-vingt-dix jours pour réclamer la totalité de la somme, et je prélève entre deux et trois pour cent de commission, selon le temps depuis lequel vous employez mes services.

— Mais si le client ne vous paye pas au bout des quatre-vingt-dix jours, vous perdez tout, non ?

— Vous avez raison, mais je ne travaille qu'avec des sociétés bien notées par le Standard & Poor's. J'évite de prendre de gros risques, ce qui signifie que je ne deviens pas riche, mais je m'en sors très bien. Mon grand-père, le fondateur de la boîte, disait que si vous traitez les gens correctement ils reviendront faire des affaires avec vous encore et encore.

— Monsieur Holbrooke…

— Larry, je vous en prie.

— Larry. J'ai un problème et je crois que vous pourriez peut-être m'aider à le résoudre. Mais tout d'abord je dois vous avouer que je ne travaille pas pour une agence de voyages, et qu'il n'y a pas de test-match en cette période. Je suis inspecteur à la Metropolitan Police, déclara-t-il en lui montrant son badge.

Larry l'examina attentivement.

— Scotland Yard, rien que ça ! s'écria-t-il. Je serais heureux de vous aider, inspecteur, mais que puis-je faire que votre redoutable institution ne puisse déjà accomplir ?

— Pour commencer, vous pourriez m'indiquer comment coincer un usurier avec qui votre grand-père n'aurait sans doute pas fait affaire.

— Comptez-vous dîner, messieurs ? demanda une hôtesse en leur proposant un menu.

— Certainement, mademoiselle, répondit Larry.

— Moi aussi, indiqua Ross.

— OK, poursuivit Larry une fois qu'elle eut enregistré leur commande. Expliquez-moi lentement votre problème et n'omettez aucun détail, même banal.

Ross prit son temps pour raconter à Larry tout ce que la police savait sur Max Sleeman, ses associés et les méthodes qu'il employait pour que ses clients remboursent leurs dettes.

L'hôtesse avait fini de débarrasser leurs assiettes et leur apportait le café quand Larry T. Holbrooke III donna son verdict.

— Fascinant ! lança-t-il en mettant trois sucres dans son café. En deux mots, vous avez dévoilé le talon d'Achille de Sleeman, dont vous pouvez maintenant tirer avantage.

— Dès que j'aurai identifié ces deux mots.

— C'est vous qui avez l'arc, inspecteur. Je peux vous fournir les flèches, c'est tout.

— Les enquêteurs ont besoin de preuves, lui rappela Ross.

Larry but une petite gorgée de café avant de tirer une flèche de son carquois.

— Quand Sleeman vous a-t-il dit qu'il viendrait collecter le premier remboursement de six cents livres ?

— Le 1er du mois, sans faute.

— « Sans faute » sont les deux mots qui vous donnent l'avantage. Parce que vous savez désormais quand et où ce collecteur va apparaître.

— Je ne peux pas être sûr de l'heure.

— Vous serez le premier qu'il ira voir ce jour-là, répondit Larry tandis que l'hôtesse remplissait de nouveau leurs deux tasses.

— Comment pouvez-vous en être si sûr ?

— Les premiers remboursements sont toujours les plus faciles à récupérer. C'est par la suite, lorsque l'emprunteur s'enfonce de plus en plus dans ses dettes et ne peut plus payer, même s'il le désire, que les véritables ennuis commencent. J'accorde systématiquement quelques jours de répit à mes clients, car je ne m'intéresse pas aux transactions sans lendemain. Mais ça, ce n'est pas possible dans le monde de Sleeman, qui fonctionne avec des menaces et des dates limites. Vous devrez donc vous débrouiller pour avoir les six cents livres le 1er du mois, quand il viendra vous voir. À partir de ce moment-là, c'est vous qui serez aux commandes.

— Je sais que vous allez bientôt me dire pourquoi.

— N'oubliez pas qu'il va passer le reste de la journée à collecter des dettes auprès de clients moins coopératifs. Vous pouvez être sûr qu'il laissera le plus difficile pour la fin, et j'ai le sentiment que vous voudrez assister à cette rencontre.

— Qu'est-ce que je suis bête ! marmonna Ross.

— Pas du tout. Je suis dans la récupération de dettes depuis trente ans, et au cours de cette période, je suis tombé sur certains escrocs tout aussi impitoyables que votre Sleeman. Vous serez content d'apprendre qu'ils meurent généralement seuls et que personne ne vient à leurs obsèques.

— Et si la chance ne me sourit pas ?

— Alors, vous n'avez plus qu'à vous préparer au mieux pour le mois suivant.

Ross était déjà en train de réfléchir à l'endroit où il pourrait se garer, et à comment…

— Une dernière question avant que j'arrache deux heures de sommeil à mon planning surchargé, dit Larry quand l'hôtesse eut débarrassé leur plateau. Depuis combien de temps êtes-vous veuf ?

Ross fut tellement surpris qu'il mit un moment à répondre.

— Quelques semaines. Mais comment le savez-vous ?

— J'ai perdu Martha il y a six ans. Et par la suite je n'ai jamais arrêté de tripoter mon alliance. N'écoutez pas ceux qui prétendent que ça deviendra plus facile avec le temps. C'est faux. Je n'aurais pas vingt-cinq kilos de trop et je ne vivrais pas dans des avions si c'était le cas.

Là-dessus, il inclina son siège, remonta sa couverture jusqu'à son menton et ferma les yeux.

— Merci, dit Ross.

Il était ravi que cet homme intelligent et honnête se soit installé à côté de lui.

— Le chef de la sécurité de Heathrow est en ligne, monsieur, lança Paul.

William décrocha le combiné. Une voix familière se fit entendre à l'autre bout du fil.

— Bonjour, monsieur. Geoff Duffield à l'appareil. Vous m'avez demandé de vous indiquer si l'inspecteur Ross Hogan prenait un billet pour l'étranger.

— Je vous écoute.

— Il a embarqué sur le vol BA027 à destination du Cap à 21 h 30 hier soir, où il a atterri ce matin à 9 heures, heure locale.

— Merci, répondit William. Il a réservé un vol de retour ?

— Non, monsieur. C'était un aller simple. Mais dès qu'il le fera je vous en aviserai.

— Il sera rentré avant la fin de la semaine, prédit William sans plus d'explications.

26

— Auriez-vous l'amabilité de bien vouloir signer notre registre, monsieur ? demanda la réceptionniste en faisant pivoter un grand volume relié de cuir.

Le téléphone posé sur son bureau sonna, et elle décrocha aussitôt.

— Mount Nelson Hotel, bonjour. Que puis-je pour vous ?

Ross se mit à feuilleter le registre à la recherche de M. et Mme Pugh, qui avaient prévu de descendre ici plus tôt dans la semaine.

Au bout d'une ou deux minutes, la réceptionniste raccrocha.

— Puis-je vous aider ? dit-elle en constatant qu'il examinait attentivement l'une des pages.

— Oui, répliqua Ross du tac au tac. Je voulais vérifier si l'un de mes amis avait réservé au Mount Nelson : Larry T. Holbrooke III.

— Nous n'avons aucun client qui réponde à ce nom, indiqua-t-elle.

Ross affecta un air déçu, tandis qu'elle lui tendait une grosse clé métallique.

— Vous êtes chambre 33, au troisième étage. Le groom va porter vos bagages. J'espère que votre séjour chez nous sera très agréable.

« Agréable » n'était pas le mot que Ross avait en tête.

— Merci.

Il suivit le groom vers l'ascenseur de l'autre côté du hall, remarquant au passage une photo de Winston Churchill fumant un cigare dans la véranda de l'hôtel, un grand verre de brandy à la main.

Ils sortirent de la cabine au troisième et empruntèrent un large couloir au tapis épais dont les murs étaient couverts de portraits de la reine mère, de Jan Smuts et de Cecil Rhodes, des clichés qui rappelaient aux clients une époque révolue que le palace ne voulait pas laisser mourir. Le groom ouvrit la porte de la chambre 33 et posa la valise de Ross sur un stand au pied du lit. Ross le remercia et lui remit un pourboire.

Derrière la baie vitrée, la vue spectaculaire sur le massif de Table Mountain, coiffé de nuages cotonneux comme un édredon, le captiva. Il se retourna vers le lit à deux places et, à nouveau, pensa à Jo…

Ross ôta sa veste, s'allongea sur le matelas qu'il trouva très confortable, ferma les yeux et s'endormit instantanément.

— C'est pour vous, chef, dit Paul en passant le téléphone à William. Un certain lieutenant Sanchez qui appelle de Barcelone.

— Salut, Juan, lança William. Des progrès ?

— Oui. Ma femme est de nouveau enceinte, et cette fois on espère qu'on aura un garçon.

— Félicitations ! fit William en riant. Mais ce n'est pas ce que j'avais en tête.

— J'ai aussi de bonnes nouvelles sur ce front-là. À la suite du coup de fil de Hawksby, mon patron a donné sa bénédiction à la poursuite de l'opération *Chef-d'œuvre*, mais avec quelques conditions.

— On a une date ?

— Oui, dimanche prochain. Je ne pense pas qu'on puisse se permettre d'attendre beaucoup plus longtemps. Il faudrait qu'on se voie avant pour mettre au point tous les détails. Je peux venir à Londres mercredi après-midi, si cela vous convient.

— C'est parfait, répondit William en consultant son agenda. Où comptez-vous résider ?

— J'espérais que vous me conseilleriez un hôtel pas cher à côté de Scotland Yard.

— Londres n'est pas réputée pour ses hôtels bon marché. Pourquoi ne logeriez-vous pas chez nous ? Ça vous donnerait l'occasion de faire la connaissance de Beth et des jumeaux.

— Merci ! Mais ça serait peut-être…

— Alors, c'est réglé ! Appelez simplement depuis l'accueil quand vous serez là.

William raccrocha et s'adressa à Jackie.

— Trouvez l'inspecteur Hogan. J'ai besoin de lui pour un briefing avec le lieutenant Sanchez jeudi matin à 9 heures, sinon, tout le monde va perdre son temps.

— Mais où est-il, monsieur ? Parce que je sais qu'il n'est pas chez lui.

— Dans le même hôtel que M. et Mme Pugh, au Cap.

— Vous connaissez le nom de l'hôtel ?

— Non, sergent Roycroft. J'ai voulu vous laisser quelque chose à faire.

*

Quand Ross se réveilla au beau milieu d'un rêve, il s'aperçut qu'il ne s'était pas déshabillé et mit un moment à se rappeler où il était. Il consulta sa montre – 18 h 18 – et, passant la première, sauta du lit, ôta ses vêtements et les balança sur une chaise avant de prendre une longue douche.

Quand les jets d'eau froide l'eurent ramené à la vie, il enclencha la seconde : récapituler son plan provisoire. Le temps de sortir et de s'essuyer, il était en troisième, mais il n'avait pas encore déterminé comment il allait se débrouiller pour tomber sur Mme Amy Pugh sans que son mari comprenne ce qu'il lui voulait.

S'il parvenait à s'entretenir quelques minutes avec elle en tête à tête, il avait déjà préparé son histoire. Il était un courtier d'assurances, et il avait le sentiment de devoir la prévenir que Clive Pugh avait souscrit une police sur la vie de sa femme pour un montant d'un million de livres. Ensuite, Ross comptait lui demander si elle était au courant des circonstances de la mort de la première épouse de Pugh. Si elle affirmait que oui, sa question suivante était prête et, dans le cas contraire, il avait également préparé un bref topo.

Il enfila une chemise blanche, une cravate à motif de golf et un costume qui lui donnait l'air d'un habitué des cinq-étoiles plutôt que des ruelles sombres. Il prit sa clé, passa la quatrième et se dirigea vers la salle à manger.

Le Mount Nelson avait beau dégager un charme suranné que Jo aurait qualifié de pittoresque, quand Ross entra, il ne lui fallut qu'un coup d'œil au maître d'hôtel pour repérer qu'il avait affaire à un professionnel.

— Puis-je m'enquérir du numéro de votre chambre, monsieur ? déclara l'homme élancé vêtu d'une livrée et d'un pantalon à rayures.

— Trente-trois, répondit Ross.

Il balaya la salle des yeux, et son regard se posa sur un couple installé dans une petite alcôve à l'autre extrémité de la pièce. Il remarqua que, si la banquette à leur gauche était occupée, celle à leur droite était libre.

Le maître d'hôtel interrompit le cours de ses pensées.

— Vous dînez seul, monsieur, ou bien quelqu'un va-t-il se joindre à vous ?

— Je serai seul pendant les deux prochains jours. Je me demande si je pourrais m'asseoir dans cette alcôve, près de la fenêtre ?

L'homme consulta son plan de table.

— Je suis désolé, monsieur, mais elle est déjà réservée ce soir.

Ross sortit un billet de cinquante rands de son portefeuille et le posa en haut de la liste des réservations.

— Veuillez me suivre, monsieur, lança le maître d'hôtel avec un grand sourire.

Cet individu n'avait rien de suranné ni de pittoresque, songea Ross en le voyant empocher la coupure avec une dextérité digne de Jimmy la Fauche.

Ross attrapa un exemplaire du *New York Times* sur une table basse et emboîta le pas au maître d'hôtel, qui l'installa où il le désirait. Il s'assit dos aux Pugh, ouvrit son journal et se mit à le lire. S'ils regardaient dans sa direction, ils le prendraient pour un Américain. Il s'inclina légèrement en arrière et, s'il ne saisissait que par bribes ce que disait Mme Pugh, il entendait parfaitement son mari.

Un sommelier apparut.

— Désirez-vous boire quelque chose avant de commander, monsieur ?

Ross examina la longue carte des vins, se rappelant qu'un jour Jo lui avait indiqué que les vins sud-africains étaient désormais presque aussi bons que les français, même si un Français ne l'admettrait jamais. La liste étayait également l'une des remarques les plus pertinentes de Jo, en l'espèce que les vins locaux étaient bien moins chers que les vins français d'importation. Il choisit une demi-bouteille de malbec, du Cap-Occidental, et quand le sommelier s'éloigna il tira de sa poche un étui à cigarettes et le posa sur la table.

« Des pourparlers de paix entre l'Irak et l'Iran vont débuter à Genève », proclamait la une. Ross aurait bien lu l'article s'il n'avait pas été en train de se concentrer sur la conversation derrière lui.

— Avez-vous choisi ce que vous prendrez, monsieur ? demanda un serveur prêt à noter sa commande.

— La soupe de légumes, puis un rumsteck à point.

Ross attendit que le serveur s'éloigne avant d'ouvrir son étui à cigarettes et de positionner le miroir qui se trouvait dans le boîtier de façon à y voir parfaitement M. Pugh et l'arrière de la tête de son épouse. Le colonel Parker lui avait obligeamment fourni cet étui en argent qu'un client avait commandé à l'origine pour un montant qui aurait ébloui Cartier.

À l'évidence, Pugh faisait de son mieux pour sembler attentionné à l'égard de sa femme. Toutefois, son sourire figé donnait l'impression qu'il écoutait une histoire qu'il avait dû déjà entendre plusieurs fois.

Quand le sommelier reparut, Ross referma l'étui à cigarettes d'une chiquenaude, mais continua de suivre la conversation à la table voisine tandis qu'on débouchait la demi-bouteille de malbec et qu'on lui servait un fond de verre pour qu'il le goûte.

— Excellent, déclara-t-il.

Le sommelier remplit son verre.

À la page des sports, Ross découvrit que les Yankees avaient battu l'équipe d'Oakland Athletics. Un coup d'œil dans le miroir lui permit de constater que les Pugh avaient fini de dîner. La seule info importante qu'il avait glanée, c'était que Clive Pugh avait l'intention de se rendre à la banque le lendemain matin et qu'il avait suggéré à sa femme d'ouvrir un compte commun. Le langage corporel de cette dernière indiquait qu'elle n'était pas très enthousiaste à cette idée. Ross se rappela que lors du dernier briefing auquel il avait assisté Jackie leur avait affirmé que Pugh était à court d'argent, si l'on en croyait ses différentes factures en souffrance de paiement.

Pugh dit à sa femme qu'il serait de retour vers midi, puis mentionna qu'ils devaient ensuite prendre le téléphérique jusqu'en haut de Table Mountain pour déjeuner dans un café plus connu pour ses vues que pour sa cuisine.

Quand les Pugh se levèrent de table, Ross remit l'étui dans sa poche, mais continua de lire son journal tandis qu'ils sortaient du restaurant. Il attendit quelques minutes avant de partir à son tour. En passant devant le maître d'hôtel, il lui glissa un second billet de cinquante rands, non pas pour services rendus, mais en prévision de ceux qu'il aurait peut-être à lui demander à l'avenir.

*

— Il est au Cap, affirma William.

— Et que fait-il là-bas ? s'enquit Hawksby.

— Je parie qu'il surveille M. et Mme Pugh, et qu'il a l'intention de prévenir la mariée du sort qui l'attend avant qu'il soit trop tard. Mais je sais qu'il sera de retour pour la réunion avec Sanchez jeudi matin.

— Pourquoi ?

— Il a un rendez-vous le 1er septembre, qu'il ne peut pas se permettre de manquer.

— Avec qui ?

— Avec Leonid Verenich, le collecteur de dettes de Max Sleeman. Paul m'assure qu'il commence sa tournée le 1er de chaque mois avec les nouveaux clients.

— Et Ross l'attendra de pied ferme. Mais que croyez-vous qu'il ait en tête, parce que « Le Murmure de la mort » n'est pas le genre d'homme qu'on croise quand on peut l'éviter.

— Je n'en ai pas la moindre idée, monsieur. Mais j'ai l'intention de faire obstacle au plan de Ross avant d'être obligé de l'arrêter.

— Il vous verra venir.

— J'espère qu'il sera tellement préoccupé par Verenich que je pourrai le prendre par surprise.

— Ne comptez pas là-dessus. Depuis la mort de sa femme, il est comme possédé. D'abord Abbott et Roach, maintenant Pugh, ensuite Sleeman, et il a probablement Darren Carter dans sa ligne de mire. Comment tout cela va-t-il finir ?

— Avec Miles Faulkner, selon moi, monsieur.

27

Ross se réveilla à 5 heures le lendemain matin, heure de Londres, mais il était déjà 7 heures au Cap. Sous peu, il aurait une décision à prendre.

Il était quasiment le premier à descendre pour le petit déjeuner, mais il choisit de s'asseoir de l'autre côté de la salle pour réduire les chances d'être reconnu par M. et Mme Pugh.

Comme Jimmy la Fauche, Ross attaqua la journée par un solide petit déjeuner : un bol de porridge et deux harengs fumés légèrement grillés qui n'auraient pas dépareillé dans un hôtel des Highlands.

En attendant l'arrivée des Pugh, il commença à parcourir le *Times* de la veille.

Page 3, un long papier sous la photo de l'Enfant de Chœur retint son attention, et il prit tout son temps pour le lire. « Le policier qui a mis à genoux deux des gangs les plus craints de l'East End, les Abbott et les Roach », disait la légende. Ross fut soulagé de ne trouver dans l'article aucune mention d'un vieux vagabond qui poussait un landau, et le journaliste concluait qu'il s'agissait « d'un conflit entre deux bandes rivales de l'East End, sans intervention extérieure ». Ross doutait que William en soit arrivé aux mêmes conclusions quand il avait fait son rapport à Hawksby.

Il commençait à se demander si les Pugh n'avaient pas décidé de prendre leur petit déjeuner dans leur chambre quand Clive entra et se dirigea vers leur table habituelle. Il commanda également des harengs avant d'ouvrir le *Financial Times*, mais, le temps qu'il atteigne les pages boursières, sa femme ne s'était toujours pas montrée. Si elle n'arrivait pas, le choix de celui que Ross allait filer ne se posait plus vraiment.

Pugh finit par se lever et sortir de la salle, puis de l'hôtel, non sans avoir échangé quelques mots avec le réceptionniste. Ross n'était pas loin derrière. Rien ne lui faisait plus plaisir qu'une filature, et cette cible ne présentait aucune difficulté. Pugh portait un blazer bleu marine, une chemise couleur crème à col ouvert et un pantalon de flanelle gris, mais c'était son panama blanc qui le rendait éminemment repérable. Une fois, Jo lui avait dit qu'on pouvait juger de la qualité d'un panama par la finesse de sa maille, détail qui lui permettait de savoir si un client avait les moyens de s'offrir ses services. Ross lui avait répondu qu'il n'avait pas de chapeau. À présent, avec son T-shirt gris uni, son jean et sa paire de baskets, Ross se fondait dans la foule qui déambulait dans les rues animées du centre-ville.

Il prenait soin de ne pas trop s'approcher de Pugh, un amateur, certes, mais Ross ne pouvait courir le risque d'être repéré, d'autant que le soir même il comptait s'asseoir à côté de lui pour le dîner.

Pugh entra tout d'abord dans une pharmacie, dont il ressortit quelques instants plus tard. Il parcourut la longueur d'un pâté de maisons avant de passer les portes d'un grand magasin haut de gamme. Ross le suivit et se fondit dans le décor en faisant semblant de s'intéresser à une écharpe de soie tandis qu'un vendeur du comptoir des tabacs présentait à Pugh une boîte de cigares Montecristo.

— Je vais en prendre deux, indiqua Pugh en lui tendant sa carte de crédit.

Quelques minutes plus tard, l'employé la lui rendit d'un air gêné en murmurant quelques mots que Ross ne put entendre.

— Il doit y avoir une erreur ! s'écria Pugh d'un ton colérique. Vous n'avez qu'à appeler la banque.

L'employé obtempéra mais, quand il reposa le combiné, il avait l'air encore plus gêné et il rangea les cigares sur leur étagère.

Pugh, le rouge aux joues, fit demi-tour et sortit par l'issue la plus proche. Ross le suivit.

— Excusez-moi, monsieur ! lança une jeune femme en lui courant après. Allez-vous acheter cette écharpe ?

Un Ross tout aussi gêné la lui rendit. Heureusement, Pugh n'avait pas assisté à la scène.

Sur le trottoir, Ross repéra rapidement le panama blanc qui oscillait dans la foule au bout de la rue, et il avait presque rattrapé Pugh quand ce dernier entra dans la Cape Bank et fonça vers le guichet le plus proche.

— Je veux parler au directeur, exigea-t-il d'une voix tonitruante. Immédiatement !

Ross se courba derrière un bureau à l'autre extrémité de l'agence, prit un stylo et commença à remplir un formulaire d'ouverture de compte épargne en attendant l'arrivée du directeur.

Quelques instants plus tard, un homme de haute taille élégamment vêtu se présenta. Il n'eut pas de mal à identifier le client fou de rage qui l'avait fait appeler.

— En quoi puis-je vous aider, monsieur ? s'enquit-il poliment.

— Vous êtes le directeur ? fit Pugh sans parvenir à dissimuler sa surprise.

— Oui, monsieur. M. Joubert, répondit l'homme en lui tendant la main.

Pugh refusa de la serrer.

— Je m'appelle Clive Pugh, et votre banque vient de me mettre dans une situation extrêmement embarrassante.

— Je suis désolé de l'apprendre, monsieur. Peut-être souhaiteriez-vous en discuter en privé dans mon bureau ?

— Je n'ai pas besoin de votre condescendance, Joubert. Je veux simplement savoir pourquoi ma carte de crédit a été rejetée.

— Êtes-vous certain de ne pas préférer que nous abordions ce problème dans mon bureau ?

— Il n'y a aucun problème ! hurla quasiment Pugh. Le moins que j'attende de vous, ce sont des explications et des excuses, si vous voulez garder votre boulot.

Ross s'aperçut qu'il n'était plus le seul client de l'agence à s'intéresser à l'échange entre les deux hommes.

— Je crains fort que votre compte n'ait dépassé, de loin, sa limite de découvert autorisé, murmura le directeur d'une voix que tout le monde entendit pourtant. Je n'avais pas le choix.

— Alors, moi non plus, je n'ai pas le choix. Je transfère mon compte dans une autre banque. J'espère que tous les documents seront prêts quand je reviendrai demain matin.

— Comme vous voudrez, monsieur. Puis-je vous demander quelle heure vous conviendrait le mieux ?

— L'heure qui me conviendra, c'est quand je passerai. Pour moi, il est clair que vous n'êtes que des enfants incapables d'accomplir un travail d'adulte.

Ross était sur le point de briser une autre règle d'or et de mettre K-O la personne qu'il filait, et il l'aurait peut-être fait si Pugh n'avait pas tourné les talons pour sortir en trombe.

Ross le suivit dans la rue, mais le laissa s'éloigner quand il fut convaincu qu'il rentrait à l'hôtel. Il avait hâte d'entendre comment Pugh allait présenter ça à sa femme pendant le dîner.

— Si Ross n'est pas de retour pour notre réunion demain matin, je vais devoir annuler toute l'opération, dit Juan. Sans lui, on n'arrivera même pas jusqu'à la porte d'entrée de Faulkner.

William, Beth et lui savouraient leur deuxième bouteille de vin à la table de la cuisine, après dîner.

— Il reviendra à temps, assura William, même si sa conviction flanchait un peu.

— Croisons les doigts, parce que mon patron ne me laissera pas traîner ici dans l'espoir qu'il apparaisse un jour. Il n'arrête pas de me rappeler qu'on a déjà assez à faire avec nos propres criminels.

— On croirait entendre Hawksby ! s'écria Beth.

— Ils sont faits du même bois, si c'est bien comme ça qu'on dit.

— Comment se fait-il que votre anglais soit si bon, Juan ? s'enquit Beth.

— Ma mère a épousé un Gallois, et il a perdu au tirage au sort au moment de choisir dans quel pays s'installer. Néanmoins, il demeure convaincu que le seul saint s'appelle

David, que la seule fleur est la jonquille et que le seul jeu est le rugby[1].

Beth sourit.

— Si Ross revient à temps pour votre réunion, cela signifie-t-il que William repartira à Barcelone ? lança-t-elle d'un ton innocent.

— Qu'est-ce qui te fait croire que j'aie jamais mis les pieds à Barcelone ? rétorqua William en souriant.

— Le premier indice, c'était le billet d'avion, le second, les pesetas, et je n'ai vraiment plus eu aucun doute lorsque Juan est arrivé.

— Faites comme si elle n'avait rien dit, murmura William.

— Si vous ne vous sentez pas capable de répondre à cette question, reprit-elle en remplissant le verre de son hôte, je peux peut-être vous demander si vous avez vu de vos yeux *La Pêche miraculeuse*.

— C'est une question piège. Elle tente de vous tirer les vers du nez sans reconnaître qu'elle n'a aucune information. Faites comme si de rien n'était, et elle finira par laisser tomber.

— Oui, je l'ai vu, admit Juan. Mais hélas, j'étais distrait et je n'ai pas vraiment eu l'occasion de l'apprécier à sa juste valeur.

— Distrait par son nouveau propriétaire, peut-être ? risqua Beth, qui persistait dans sa pêche aux infos.

Les deux hommes se turent un moment. Puis William reprit la parole.

1. Saint David est le saint patron du pays de Galles. Il est célébré le jour de la fête nationale, le Saint David's Day. La jonquille est l'un des emblèmes du pays. (NdT)

— Disons simplement que Faulkner a eu encore moins de temps que Juan pour l'admirer. Et malheureusement, je pense qu'aucun de nous ne posera plus jamais les yeux dessus.

— À moins, bien sûr, que les deux garçons pleins de ressources que vous êtes parviennent à arrêter Faulkner et à le renvoyer à sa place, c'est-à-dire derrière les barreaux. Auquel cas, et avec l'aide de ma bonne amie Christina, le Fitzmolean pourra peut-être mettre la main sur ce chef-d'œuvre, et vous pourrez revenir l'admirer sans crainte d'être dérangés.

Ni Juan ni William ne réagirent, mais Beth ne lâchait pas l'affaire.

— Ce qui ne serait qu'une juste compensation. C'est à cause de vous si le musée n'a pas pu emprunter *Le Joueur de flûte* de Frans Hals, qui, à mon avis, se trouvait dans la même maison.

— Votre femme est intelligente, se contenta de remarquer Juan.

— Et encore, vous n'avez pas rencontré toute la famille. Attendez le petit déjeuner, et vous ferez la connaissance d'Artemisia.

Au moment où William s'apprêtait à monter se coucher, le téléphone sonna. Il décrocha et reconnut aussitôt l'accent bostonien de James Buchanan à l'autre bout du fil.

— J'ai suivi votre conseil, monsieur, lança ce dernier sans autre préambule. J'ai fait part de mes découvertes au principal, qui m'a promis qu'il étudierait la situation.

— Et l'a-t-il fait ?

— Je ne pense pas, car mon ami a un bureau dans le même couloir que moi à Harvard.

— Vous avez sans doute trouvé une explication convaincante à son inaction.

— Oui, mais c'est uniquement circonstanciel, et ça ne tiendrait pas devant un tribunal.

— Laissez-moi en juger.

— L'un de mes camarades de classe, qui aurait dû entrer à Harvard sans problème, a échoué dans les grandes largeurs.

— Ce n'est pas une preuve, sauf s'il avoue au principal qu'il était impliqué dans cette histoire, et devant au moins deux témoins.

— Le père de mon ami était le président du comité de levée de fonds de Choate, et ils ont eu une année faste.

— Ce n'est toujours pas une preuve, mais ça étaye le mobile.

— Il était à Choate et Harvard à la même époque que le principal.

— Comme beaucoup d'autres personnes, j'imagine, rétorqua William avec un peu de dédain.

— On croirait entendre le principal. Quand j'ai fini par lui demander quelle était sa décision, il m'a simplement répondu qu'il n'y avait aucune preuve solide pour appuyer mes accusations.

— Et il a raison, confirma William d'un ton désabusé. Mais je serais curieux de savoir où votre ami finira.

— Probablement en prison, comme le vôtre.

— Cela dit, vous aurez appris qu'il est important de réunir des preuves irréfutables avant de soumettre une affaire. Cette leçon vous sera très profitable si vous souhaitez toujours devenir directeur du FBI plutôt que président de la Pilgrim Line.

— C'est mon père qui est président, à présent.

James Buchanan marqua une pause.

— Mais il n'est pas mon grand-père, ajouta-t-il.

William raccrocha, mais cette dernière phrase lui donna matière à réflexion pendant un bon moment.

Ross était déjà installé, le nez plongé dans le *New York Times*, lorsque M. et Mme Pugh entrèrent dans la salle à manger. On les conduisit avec prévenance à leur table habituelle. Pugh fulminait encore à propos de l'incident qui s'était produit à la banque, et elle semblait l'écouter avec compassion. Ross ne put s'empêcher de remarquer qu'il ne mentionnait pas que c'était en tentant d'acheter deux boîtes de Montecristo que sa carte de crédit avait été rejetée.

Une fois de plus, Pugh essayait de la persuader d'ouvrir un compte commun, mais les bribes de réponses que Ross parvenait à percevoir indiquaient clairement qu'elle n'était toujours pas convaincue. Quand il déclara qu'il allait clôturer son compte et transférer ses avoirs dans la même banque qu'elle, elle acquiesça sans faire de commentaires.

Ross avait déjà décidé que le lendemain matin il ne suivrait pas Pugh, mais resterait plutôt au Mount Nelson dans l'espoir de s'entretenir avec sa femme pendant quelques minutes, histoire de lui faire « voir la lumière », comme dirait Hawksby.

Leur conversation s'orienta vers la soirée qu'ils comptaient passer au théâtre le lendemain. Pugh confirma que l'hôtel leur avait trouvé deux places au premier rang dans la corbeille pour une représentation des *Misérables*. Mme Pugh parut enchantée de l'apprendre et, vu les rires et les tintements des verres, Ross comprit que l'atmosphère entre les deux jeunes mariés s'était considérablement détendue. Une fois qu'ils eurent commandé, Pugh se pencha par-dessus la table et murmura quelque chose à sa femme un peu trop fort, ce qui permit à Ross de l'entendre.

— Ta perruque est légèrement de travers, mon amour.

Cette remarque surprit Ross.

Mme Pugh se leva lentement.

— Je n'en ai que pour un instant, chéri.

Elle s'éloigna sans rien ajouter.

Ross plaça le miroir de son étui à cigarettes sur la table et vit Pugh tirer un tube à cigare de sa poche, ce que Ross trouva bizarre, parce qu'ils n'avaient pas encore mangé leur plat principal.

Pugh dévissa le tube, en sortit le cigare et le posa devant lui. Furtivement, il balaya du regard la salle pleine de clients, puis retourna le tube au-dessus de son verre de vin. Une poudre blanche tomba dedans. Il remua le liquide avec le manche de sa fourchette, puis remit le cigare dans son tube et le glissa dans sa poche. Il jeta un nouveau coup d'œil pour vérifier que personne ne l'observait, puis il échangea son verre avec celui de sa femme. L'ensemble de l'opération avait duré moins d'une minute.

Ross attira l'attention du maître d'hôtel, lequel était en train de placer des clients. Il griffonna quelques mots au dos de son menu puis, quand le maître d'hôtel approcha, il porta son index à ses lèvres pour lui enjoindre d'être discret. Après avoir lu le message, l'homme se dirigea vers la table voisine, où Pugh avait les yeux rivés sur l'entrée de la salle.

— Je suis désolé de vous déranger, monsieur, mais vous avez un appel de l'étranger. Si vous pouviez vous rendre à la réception, votre interlocuteur vous attend.

— Ils vous ont donné un nom ?

— Non, monsieur. Il s'agit d'une femme. Elle a dit que c'était urgent.

Pugh se leva d'un bond et se précipita vers la réception. Dès qu'il fut sorti, Ross laissa tomber son exemplaire du *New York Times* par terre. Il se baissa pour le ramasser et, en se relevant, il échangea de nouveau les deux verres de vin avec une dextérité qui aurait impressionné Jimmy la Fauche.

Ross se dirigeait déjà vers le bar quand un Pugh fou de rage passa en trombe devant lui. À peine se fut-il assis que sa femme était de retour.

Ross grimpa sur un tabouret au bout du comptoir, commanda un café et continua de lire son journal. Il leva les yeux. Pugh portait un toast, auquel son épouse répondait avec joie. Il vida son verre cul sec tandis qu'elle trempait les lèvres dans le sien. Peu après, le serveur posa leurs plats devant eux.

Dès que Pugh saisit ses couverts, son visage tourna couleur cendre. Il se mit à trembler et s'effondra sur la table, l'écume aux lèvres.

— Allez chercher un médecin ! cria Mme Pugh.

Un homme assis un peu plus loin se précipita vers eux, mais un rapide examen révéla qu'il n'y avait manifestement plus rien à faire.

Ross observa les événements se dérouler devant lui. Quelques instants plus tard, le maître d'hôtel et deux serveurs se présentèrent avec un brancard. Certains clients détournèrent les yeux, tandis que d'autres les regardaient avec une fascination morbide emporter le corps sans vie, suivis de la veuve en pleurs.

Ross profita de l'agitation pour quitter discrètement les lieux. En passant devant le maître d'hôtel, il lui glissa un billet de cent rands que ce dernier accueillit d'un léger signe de tête. On chargea le brancard dans l'ambulance qui attendait devant l'hôtel, et deux infirmiers prirent le relais. Après avoir tâté le pouls de M. Pugh, l'un d'eux lui ferma les yeux et recouvrit doucement son visage d'un drap, tandis que Mme Pugh fondait en larmes.

Au fil des ans, Ross avait vu de nombreuses femmes pleurer leur mari, et il ne doutait pas que les larmes de Mme Pugh étaient sincères, ce qui le surprit. Était-il possible qu'elle ait vraiment aimé cet infâme individu ? Peut-être aurait-elle vu les choses sous un autre angle si elle avait su que c'était elle et non son époux qui aurait dû finir à la morgue ? Laissant l'ambulance s'éloigner, Ross alla récupérer sa clé à la réception.

— Il y a un message pour vous, déclara la jeune femme de l'accueil.

Ross déplia le petit billet.

— T'es doué, l'Enfant de Chœur, marmonna-t-il dans sa barbe. Très doué.

— Pardon ?

— Pouvez-vous me dire à quelle heure part le prochain vol pour Londres ?

— Le premier de la journée est à 9 heures du matin, répondit-elle en consultant sa montre. Mais si vous êtes pressé, monsieur, vous pourriez peut-être attraper le vol de nuit qui décolle dans deux heures.

— Préparez ma note et réservez-moi une place en classe affaires sur ce vol. J'aurai également besoin d'un taxi pour aller à l'aéroport.

Ross monta les marches quatre à quatre jusqu'au troisième étage. Une fois dans sa chambre, il fourra toutes ses affaires dans sa valise et redescendit tout aussi rapidement pour régler sa note à l'accueil. Un groom plaça son bagage dans le coffre du taxi qui l'attendait, moteur tournant. La promesse d'un pourboire de cent rands si Ross arrivait à temps pour son vol poussa le chauffeur à faire abstraction de toutes les limitations de vitesse. Ce soir-là, Ross fut le dernier à monter dans l'avion.

— Désirez-vous dîner, monsieur ? s'enquit le steward après le décollage.

— Non, merci. Je voudrais juste un masque.

— Bien sûr, monsieur.

Comme il n'y avait aucun Larry T. Holbrooke III assis à côté de lui, Ross avait envie de profiter d'une bonne nuit de sommeil. Il devrait arriver à temps pour prendre son petit déjeuner avec Jimmy la Fauche au Putney Bridge Café avant de faire son rapport à l'inspecteur Warwick, à Scotland Yard. Et il se demandait à quel point l'Enfant de Chœur l'avait percé à jour.

28

— Vous êtes l'agent Plod ? demanda Peter quand il vit Juan au petit déjeuner.

— Non, répondit Juan en prenant place en face des jumeaux. Ma cadette dit que je ne suis pas aussi intelligent que lui, parce que je ne résous pas mes affaires immédiatement. Elle trouve que je ressemble davantage à l'inspecteur Watchit.

Artemisia gloussa. Beth posa une assiette d'œufs au bacon devant leur hôte.

— Mon père va être jaloux quand je lui raconterai ce que j'ai pris pour le petit déjeuner ce matin, déclara Juan en saisissant ses couverts.

— Votre papa ne prend pas de petit déjeuner ? s'enquit Artemisia.

— Ne parle pas la bouche pleine, intervint William.

— Qui a volé le collier de perles ? lança Peter.

— Je ne sais pas, admit Juan.

— On l'apprendra ce soir, quand papa va rentrer et qu'il nous lira le dernier chapitre, affirma Artemisia.

— Si papa rentre ce soir, remarqua William tandis que le téléphone se mettait à sonner.

— Qui peut donc nous appeler à cette heure-ci ? s'étonna Beth.

— C'est probablement Hawksby, répliqua William en se levant.

— C'est l'agent Plod, murmura Juan.

— J'espère que oui ! lança Artemisia.

William referma derrière lui et décrocha le combiné dans l'entrée.

— William Warwick.

— Bonjour. Geoff Duffield de la sécurité de Heathrow. L'inspecteur Hogan est arrivé du Cap ce matin à l'aube, et il vient tout juste de franchir le point de contrôle des passeports.

— Merci, Geoff. Ça règle au moins l'un de mes problèmes. Merci, répéta-t-il avant de raccrocher.

Il retourna dans la cuisine.

— Et vous avez déjà rencontré l'agent Plod ? demandait Peter à Juan.

— Non, mais j'aimerais bien, parce que ton père et moi aurions bien besoin de son aide en ce moment.

— C'était bien lui au téléphone, indiqua William en se joignant à leur jeu. Il est en route vers Scotland Yard, alors nous ferions mieux d'y aller.

— C'est mal, papa. Grand-père dit toujours qu'il faut terminer son petit déjeuner avant de partir travailler.

— Je suis d'accord avec ton grand-père, intervint Juan en continuant de savourer ses œufs au bacon.

William céda et se rassit.

— Je vous prie de m'excuser, dit Beth. Artemisia a tendance à répéter tout ce qu'elle entend.

— Pas besoin d'excuses, rétorqua Juan. N'oubliez pas que j'ai trois filles.

— Et une quatrième en chemin, d'après ce que me raconte William.

— Qu'ai-je donc fait pour mériter ça ?

— Bonjour, inspecteur, lança Jimmy la Fauche. Vous joindrez-vous à moi pour le petit déjeuner ?

— Je n'ai pas le temps, lâcha Ross en jetant un regard d'envie à l'assiette bien garnie de Jimmy. Mais si tu veux voir la couleur de ces deux cents livres supplémentaires présente-toi devant le Queen's Theatre dans Wardour Street ce soir à 22 h 30.

— Je dois consulter mon agenda, répliqua Jimmy en mettant un troisième sucre dans son thé.

— Si tu n'es pas là, je viendrai prendre le petit déjeuner avec toi jusqu'à ce que tu m'aies remboursé les deux cents livres que je t'ai déjà versées.

— Vous m'avez convaincu. Votre charme irlandais a encore fait des miracles, inspecteur, déclara Jimmy en déposant une cuillerée de confiture sur un toast.

Le temps qu'il saisisse un couteau et commence à l'étaler, Ross était déjà parti.

Le lieutenant Sanchez déploya sur la table une grande carte de la Catalogne, et l'équipe se rassembla autour de lui pour l'examiner.

— Dès que l'inspecteur-chef Warwick et l'inspecteur Hogan atterriront à Barcelone, on les conduira à une planque dans la banlieue de la ville. Là, je ferai le dernier briefing avant qu'on s'équipe pour une opération nocturne.

— L'heure du crime ? s'enquit Hawksby.

— Minuit, monsieur, répondit Sanchez. Nous quitterons Barcelone dans une voiture banalisée qui nous déposera à deux kilomètres environ des limites de la propriété de Faulkner.

William hocha la tête en voyant Sanchez poser le doigt sur un « X » inscrit sur la carte.

— Êtes-vous certain qu'il s'y trouve encore ? demanda-t-il.

— On a des caméras sur la route qui mène à la propriété et on patrouille sur la plage en bas de la falaise. Pour l'instant, il n'a pas donné signe de vie. On est convaincus qu'il se terre toujours à l'intérieur.

— N'oubliez pas qu'on sait que Booth Watson a réservé un billet pour Barcelone, sur un vol qui part lundi, dit Rebecca. Pourquoi se déplacerait-il si Faulkner n'était pas là-bas ?

— C'est juste, estima William. Et je soupçonne que ce qui motive le séjour de Booth Watson est la mise au point des ultimes détails de la fuite de son patron, alors c'est probablement notre dernière occasion de le coincer avant qu'il disparaisse de nouveau.

— L'inspecteur Hogan doit nous mener d'ici, reprit Sanchez en indiquant sur la carte un point à la lisière de la forêt, à ici, ajouta-t-il en faisant glisser son doigt jusqu'à l'entrée de la demeure.

William secoua la tête.

— Non. Ross est convaincu que notre meilleure chance de pénétrer dans la maison sans être repérés est de passer par l'une des fenêtres des chambres des domestiques, au quatrième étage. La dernière fois que nous y sommes allés, il a remarqué que trois d'entre elles étaient ouvertes dans la journée. Ici, ici et ici. Celle-ci est située à côté de l'escalier de secours.

Sanchez acquiesça.

— On aurait quand même besoin de savoir ce que l'inspecteur Hogan a prévu une fois que nous serons devant la forêt. Je crains qu'elle ne soit truffée de capteurs, de pièges et de plein d'autres surprises destinées aux intrus.

— Il devrait arriver d'une minute à l'autre, répondit William en consultant sa montre.

— Pourquoi en êtes-vous si sûr ? demanda le Faucon.

— Son avion a atterri à Heathrow il y a quelques heures. D'ailleurs, je suis surpris qu'il ne...

La porte s'ouvrit brusquement sur Ross, qui entra d'un bon pas dans la salle de briefing.

— Je suis en retard, désolé. Quelque chose m'a retenu.

Quelque chose ou quelqu'un, songea William.

— Le lieutenant Sanchez était en train de nous présenter ce qui nous attend à Barcelone, se contenta-t-il d'indiquer.

— Je ne peux vous emmener que jusqu'à la fin de la route menant à la propriété, admit Sanchez. Après, c'est à vous de prendre le relais.

Ross s'installa en tête de table et commença à expliquer en détail comment il comptait traverser la forêt et rejoindre l'escalier de secours de l'autre côté de la maison sans déclencher d'alarme. Personne ne l'interrompit. William conclut la réunion quand les questions commencèrent à tourner en rond.

— Le problème de la porte impénétrable demeure entier, dit Hawksby en se levant.

— J'ai rendez-vous cet après-midi avec la seule personne à part Faulkner qui sache comment s'ouvre cette porte, annonça Ross. Je vous ferai mon rapport.

— Alors, revoyons-nous demain matin à 8 heures pour passer une dernière fois le plan en revue, proposa William.

— Demain matin à 8 heures, j'ai un rendez-vous que je ne peux pas me permettre de manquer, répliqua Ross sans autre explication. Mais je peux vous rappeler ce soir pour faire le point.

— Parfait, répondit William à la surprise générale.

Mais William savait précisément où Ross allait se trouver le lendemain à 8 heures, et il comptait bien y être aussi.

— Qu'est-ce que tu sais que j'ignore encore ? demanda Beth tandis que Christina prenait place de l'autre côté de son bureau.

— Pas grand-chose, admit Christina. Mais je suis persuadée que Miles sera au même endroit que le Caravage.

— Et que le Frans Hals ?

— J'en ai bien peur. Et si j'avais la moindre idée d'où il se trouve, je te le dirais, crois-moi.

Beth ne la croyait pas, et elle suivit le conseil de William : écouter.

— Ce dont je suis sûre, c'est que Booth Watson part à Barcelone lundi matin. Et le yacht de Miles quitte Monte-Carlo samedi soir. Ça ne peut pas être une simple coïncidence. Je ne serais pas étonnée que les deux convergent vers le même endroit.

— Ce qui ne peut signifier qu'une seule chose : Miles est de nouveau en cavale.

— Exact. Et s'il a fait venir son yacht c'est que sa collection va le suivre.

— Qui te donne ces informations ? s'enquit Beth.

— L'ex-commandant Lamont, qui n'est que trop content d'avoir plus d'un patron.

— Espérons que Miles ne l'apprendra jamais, parce qu'il ne croit pas aux parachutes dorés, sauf quand il contrôle les poignées d'ouverture.

— Voilà, tu en sais autant que moi à présent, dit Christina en se levant.

Beth en doutait, mais elle avait quand même l'intention d'appeler William dès que Christina serait partie. Elle imaginait déjà la réaction de son mari quand il apprendrait ce que Christina venait de lui révéler : « Je ne suis toujours pas sûr de savoir dans quel camp elle se trouve. »

Nosey Parker était le nom inscrit au-dessus de la porte du 114A Charing Cross Road. Un établissement qui n'accueillait guère plus d'un ou deux clients par jour, et seulement sur rendez-vous. Ross entra dans la boutique cinq minutes en avance et s'approcha du comptoir d'un pas un peu tendu.

— Repos, caporal ! lança une voix qu'il ne pouvait pas oublier.

Cela faisait presque dix ans qu'on ne l'avait pas appelé ainsi, mais il avait encore du mal à se détendre en présence de son ancien chef.

— J'ai appris pour votre femme. Désolé, dit le colonel Parker avec une douceur que Ross ne lui avait jamais connue au cours des quatre ans qu'il avait passés sous ses ordres dans les SAS. Mais à présent, caporal, nous devons songer à l'avenir, ajouta-t-il en retrouvant son autorité naturelle.

— Vos experts ont-ils pu implémenter les modifications sur ma caméra ?

— C'était une tâche relativement facile, répondit le colonel en sortant une boîte de sous le comptoir. Elle vous permettra de détecter les capteurs et les pièges tout en continuant de filmer l'opération en temps réel.

Ross allait lui demander des informations sur la porte métallique sans serrure, mais le colonel changea de sujet.

— Comment ça s'est passé avec mon landau Silver Cross 1950 ?

— On ne peut mieux, monsieur. J'ai traversé la zone sans que personne ne m'adresse un regard, j'ai exécuté la mission conformément au plan et je suis reparti sans que ni la police ni les gangs me remarquent.

— Ça m'a amusé de lire le compte rendu que le *Times* a fait de l'événement, admit le colonel en souriant pour la première fois. Et l'étui à cigarettes ?

— Parfait. Même si désormais, je ne ferai plus jamais confiance à une femme qui se repoudre le nez.

— Ne faites jamais confiance à une femme. Point.

Une remarque avec laquelle Ross aurait été d'accord, jusqu'au jour où il avait rencontré Jo.

— Maintenant que vous avez réglé ces problèmes, j'imagine que vous voulez un coup de main pour votre prochaine mission ?

— Oui, monsieur. Récemment, au cours d'un boulot à l'étranger, je suis tombé sur une grosse porte métallique sans poignée, sans serrure et sans aucun cadran. Les lettres « NP » étaient gravées dans le coin inférieur gauche du battant.

— Le Sésame, répondit Parker. Ce coffre a été conçu par un ancien de la Stasi qui a fui l'Allemagne de l'Est et qui travaille à présent pour nous.

— Mais comment ouvre-t-on la porte s'il n'y a pas de code ?

— Il y a un code, caporal, mais seulement quand le propriétaire est dans la même pièce.

— Alors, c'est forcément sa montre ! lança Ross en comprenant pourquoi Faulkner avait pianoté sur son cadran juste avant d'entrer dans son bureau.

— Vous avez peut-être raison, dit Parker sans vraiment se prononcer. Cela étant, je regrette d'avoir fait affaire avec ce monsieur. Il prétendait être un capitaine de la Navy ayant servi dans les Malouines, mais franchement j'en doute. C'est le genre de goujat à ne pas payer ses notes au mess des officiers. Il n'a pas réglé le solde du coffre que nous lui avons installé il y a environ deux ans. Néanmoins, avec le temps, il sera obligé de remplacer les piles dans sa montre, et alors il faudra bien qu'il paye, parce qu'elles aussi sont uniques.

— Et à combien se monte sa dette ? demanda Ross en s'attendant presque à passer en cour martiale pour avoir simplement évoqué le sujet.

— Je crains que ce ne soit un peu au-dessus de vos moyens, mon vieux.

— Essayez toujours.

— Cinq mille livres, ça ferait le compte.

Ross sortit son chéquier, prit un stylo sur le comptoir et commença à écrire.

— Vous avez gagné au loto, c'est ça ? lança le colonel.

— Non, monsieur. J'ai perdu une épouse, rétorqua Ross en lui tendant le chèque.

— Je vous prie de m'excuser, dit Parker en semblant sincèrement désolé.

Le colonel se tourna, pianota un code qui ouvrit un petit coffre scellé dans le mur et en tira une montre avec un cadran vierge. Quand Parker le toucha, celui-ci s'alluma immédiatement et afficha l'heure en chiffres clignotants pendant quelques secondes avant de s'éteindre. Parker tendit la montre à son ancien frère d'armes.

— Elle ne me sera pas très utile si je ne connais pas le code.

— Quelle heure est-il, caporal ?

— 15 h 20, répondit Ross en jetant un coup d'œil à l'horloge murale derrière le comptoir.

— Pensez en soldat ! aboya le colonel.

— Quinze vingt.

— Le mois et l'année.

— Neuf quatre-vingt-huit.

— Correct. 15 20 09 88.

— L'heure, le mois et l'année. Ça ne pourrait pas être plus simple.

— Et la beauté de tout cela c'est que, comme le temps change chaque minute, le code fait de même. Mais une dernière chose, caporal. N'oubliez pas que, même si votre adversaire n'est ni un soldat ni un gentleman, vous aurez quand même besoin de vous lever très tôt pour le surprendre pendant son sommeil.

— C'est exactement ce que j'ai l'intention de faire, répliqua Ross en passant la montre à son poignet.

Rebecca Pankhurst était attablée près de la fenêtre d'un bar à vins dans Wardour Street. Elle avait choisi l'endroit avec soin. Le petit bar au premier étage, au-dessus de la salle de restaurant, était bondé de jeunes gens qui s'amusaient, mais elle-même était encore en service. Depuis son poste d'observation, elle voyait Darren Carter devant la porte de l'Eve Club. Au bout de quatorze jours de surveillance, elle connaissait parfaitement ses habitudes et la nature de son travail (officieux). Avant tout, Carter était le videur de l'Eve Club. C'était lui, et seulement lui, qui décidait qui pouvait y entrer, et au cours de ces deux dernières semaines Rebecca avait identifié les préjudices manifestes qu'il entretenait à l'égard de certains.

Il accueillait à bras ouverts les étrangers entre deux âges qui semblaient avoir de l'argent et l'envie de le dépenser. S'ils avaient un peu trop bu, c'était un plus. Les « indésirables » – les jeunes tatoués en jean, surtout s'ils venaient à plusieurs – étaient poliment éconduits, et parfois moins poliment.

— Désolé, monsieur, c'est un club privé.

Cette phrase suffisait en général à les éloigner mais, s'ils s'y refusaient, l'évocation de ce qui pourrait leur arriver par la suite persuadait les plus déterminés à s'en aller. Lorsqu'un ou deux obstinés insistaient, ils essuyaient un regard menaçant et, s'ils étaient assez stupides pour passer outre, une petite algarade s'ensuivait, mais Rebecca n'avait encore jamais assisté à quelque chose qui lui aurait permis de l'interpeller pour coups et blessures.

Elle savait qu'il lui fallait s'armer de patience, tel un pêcheur à la ligne prêt à attendre des heures pour faire une prise. Au moins, elle était dans un bar sympa devant un bon verre, et non au bord d'une rivière sous la pluie. Mais elle avait conscience que jour après jour ses rapports devenaient plus courts. En fait, dernièrement, seule la date en haut du document changeait. Elle se demandait combien de temps le chef allait mettre à lui confier une nouvelle mission.

Cela dit, ça lui donnait le loisir de penser à Archie. Elle aimait travailler au sein d'une unité d'élite, mais elle savait qu'il lui faudrait bientôt prendre une décision quant à son avenir. Archie commençait à parler de vivre ensemble. En ce moment, il était affecté en Irlande du Nord, et elle était bien consciente qu'en tant que jeune officier il risquait d'être affecté à l'étranger. « Ça fait partie du job, ma vieille », lui avait-il déclaré un jour en indiquant clairement, avec sa douceur habituelle, qu'il supposait qu'elle allait démissionner pour le suivre, étant donné qu'elle n'avait pas le don d'ubiquité.

Si elle se mariait avec lui, elle devrait renoncer à un travail qu'elle aimait pour devenir une femme d'officier, avoir les 2,2 enfants réglementaires et considérer que la tâche la plus importante de l'année serait d'aider l'épouse du commandant à organiser les cocktails pour accueillir les gros bonnets de passage (selon les propres termes d'Archie). Tandis qu'elle rêvassait en songeant à son avenir, une foule bigarrée sortit du Queen's Theatre. Ces gens allaient certainement rentrer chez eux, et Rebecca se dit qu'elle devrait faire de même.

— Un autre verre de vin, mademoiselle ?

— Bonsoir, inspecteur, dit Jimmy la Fauche en surgissant de nulle part. Si vous avez le matos, je suis prêt à gagner mes deux cents livres.

Ross tourna le dos à la marée des spectateurs et remit sans un mot à Jimmy trois petits sachets et une poignée de coupures usagées. Jimmy se fondit dans la foule.

Quelques instants plus tard, Ross l'aperçut de l'autre côté de la rue. Il se mêla aux gens qui sortaient du théâtre, puis s'arrêta devant l'entrée du club et demanda au videur le chemin de Leicester Square.

— Tu me prends pour qui, mec ? Un guide à la con ?

— Désolé de vous importuner, répondit Jimmy en se baissant pour ramasser une montre sur le trottoir. Elle est à vous, par hasard ? lança-t-il au videur.

— Ouais, cracha ce dernier en la remettant à son poignet sans un mot de remerciement.

Quand Jimmy la Fauche s'éloigna, Ross entra dans la cabine téléphonique la plus proche et composa un numéro.

Quelques instants après, on décrocha.

— Inspecteur Watts.

— Je sors à l'instant de l'Eve Club, et le videur a essayé de me vendre de la drogue. J'ai pensé que vous aimeriez être au courant.

Et il raccrocha. Trois minutes et quarante-deux secondes plus tard, une voiture de patrouille débarquait dans Wardour

Street. Un temps de réaction remarquable. Ross esquissa un sourire.

Au début, Rebecca ne prêta pas attention à la voiture de patrouille qui passa en trombe dans la rue. Ce n'était guère surprenant, car à Soho il y avait des altercations et des nuisances tous les soirs. Mais elle commença à s'y intéresser lorsqu'elle la vit s'arrêter dans un crissement de pneus devant l'Eve Club. Quatre policiers en uniforme en surgirent et entourèrent Carter, dont l'expression de stupéfaction semblait sincère.

Une petite foule de badauds se rassembla sur le trottoir d'en face, tandis que deux agents le collaient au mur et qu'un troisième fouillait les poches de son manteau. Il en tira plusieurs petits sachets et une poignée de billets. Le quatrième policier, un officier que Rebecca ne connaissait pas, arrêta Carter et lui lut ses droits avant de lui passer les menottes et de l'emmener. Elle l'entendit protester en hurlant quand on le fit monter à l'arrière de la voiture de patrouille.

Elle commença à écrire tout ce dont elle avait été témoin et ne s'interrompit que lorsque le propriétaire du club sortit dans la rue en brandissant le poing à l'intention de la voiture qui disparaissait au loin.

Le temps que Jimmy la Fauche rejoigne Ross, le sourire aux lèvres, la petite foule s'était dispersée.

— Bien joué, Jimmy, dit Ross en fourrant dans sa main les deux cents livres promises.

— Toujours heureux de rendre service, affirma le pickpocket. C'est vraiment le genre d'ordure qui devrait croupir en prison.

Ross était sur le point de faire une remarque sur l'hôpital et la charité, mais Jimmy reprit la parole.

— J'aime bien votre nouvelle montre, inspecteur, mais comment lit-on l'heure, là-dessus ?

Avant qu'il ait eu le temps de répondre, Jimmy avait disparu dans la nuit. Ross fut soulagé de constater que la montre se trouvait toujours à son poignet.

Quand Rebecca eut terminé son rapport, elle vida son verre, régla l'addition et sortit. Elle aurait bien téléphoné au chef chez lui s'il n'avait pas été si tard. Ça attendrait bien demain matin. Puis elle se rappela où elle serait le lendemain à 6 heures. Elle se reprit. *Ce* matin à 6 heures.

29

Les six bips furent suivis d'un flash info, mais aucun des deux n'écoutait l'autoradio.

— Je n'aime pas espionner mes collègues, marmonna Jackie. Surtout quand il s'agit de quelqu'un que j'admire.

— Je sais, répliqua William. Mais quand on est son propre pire ennemi on a besoin d'amis.

— Vous êtes toujours convaincu qu'il est impliqué dans les meurtres des Roach et des Abbott ?

— Il faut bien admettre que l'assassinat de sa femme lui a donné un mobile de taille. Heureusement que l'affaire Abbott/Roach a été classée. Mais le dossier Sleeman ne l'est pas encore, alors il est essentiel qu'on garde un coup d'avance sur Ross. Et sur Verenich aussi, d'ailleurs.

— Les dernières infos sur Clive Pugh devraient vous intéresser, dit Jackie en changeant de sujet.

Tous deux avaient les yeux fixés sur la porte rouge à l'autre extrémité de la rangée de pavillons.

— Éclairez-moi, répondit William.

Il commençait à parler comme Hawksby.

— Hier, j'ai reçu un coup de fil de mon nouveau copain au Cap. Il m'a dit qu'on avait tout faux, et que je n'avais plus de souci à me faire pour Mme Pugh.

— Comment ça ?

— Son mari s'est effondré à la table du restaurant de son hôtel pendant le dîner, il y a deux jours, et il est mort avant l'arrivée de l'ambulance. Au moins, on est sûrs que Ross n'a rien à voir là-dedans.

— Alors, Pugh n'a pas réussi à mettre la main sur son argent, en fin de compte.

— Mais le plus ironique, c'est qu'il semblerait que Mme Pugh avait omis de mentionner à son époux qu'il avait eu deux prédécesseurs et que ses deux divorces l'avaient laissée sans le sou. Comme Pugh payait toujours tout, elle supposait qu'il était riche. Elle a été dévastée en apprenant que lui aussi était fauché. Il s'avère qu'elle ne peut même pas régler sa note d'hôtel.

— Le Mount Nelson n'est pas donné.

— Comment savez-vous où ils étaient descendus ?

— La police locale pense-t-elle que Mme Pugh est impliquée dans le meurtre de son mari ? demanda William en esquivant la question.

— Non, monsieur. Ils ont publié un communiqué confirmant qu'il est mort de causes naturelles et ils ont autorisé sa veuve à ramener son corps en Angleterre. En classe économique. Alors, il va falloir me trouver une autre affaire à résoudre.

— Concentrez-vous sur celle-ci, rétorqua William alors qu'une lumière s'allumait dans la maison de Jo.

Pendant l'heure suivante, des lampes continuèrent de s'allumer et de s'éteindre, mais, au fil des ans, William avait appris que la surveillance c'était comme jouer au chat et à la souris, et que la patience était le fromage qui attire le rongeur dans le piège.

Ils écoutèrent le flash info de 7 heures, et lors de celui de 8 heures rien n'avait changé, si ce n'est que des livreurs avaient déposé le lait et les journaux devant la porte, mais celle-ci demeurait fermée.

William commençait à se dire que « le 1er du mois » n'était peut-être pas un indice aussi important que les indics de Paul le croyaient, quand une Toyota noire se gara devant la maison sur une zone prohibée.

La portière s'ouvrit côté passager, et ni Jackie ni William n'eurent besoin de consulter le fichier des identifications pour reconnaître l'homme qui en sortit.

— Bon Dieu, c'est un tank ! s'écria Jackie.

— Un mètre quatre-vingt-treize, cent dix kilos, et il vit pratiquement dans une salle de gym, indiqua William.

Le géant frappa à la porte.

Il attendit un moment, en jetant à l'occasion un coup d'œil aux alentours, puis frappa de nouveau. Un peu plus fort, cette fois. Quelques instants après, Ross lui ouvrit, en survêtement.

— Il n'a pas l'air de vouloir aller travailler, aujourd'hui, observa Jackie tandis que Ross tendait une épaisse liasse de billets à Verenich.

Ce dernier prit son temps pour les compter.

— Je vais quand même l'empêcher de mettre à exécution son plan, quel qu'il soit, déclara William.

Verenich adressa à Ross quelque chose qui pouvait passer pour un sourire, puis il empocha l'argent et retourna à sa voiture.

William alluma la radio pour contacter le reste de l'équipe.

— La Toyota de Verenich se dirige vers le feu rouge à l'angle de Merton Street. Je vous dirai de quel côté il tourne. Et gardez bien vos distances.

— Compris ! répondirent trois voix alertes.

Eux aussi patientaient depuis 6 heures du matin. William était sur le point de se glisser dans le sillage de la Toyota quand Ross sortit en courant de chez lui, sauta dans sa voiture et démarra en trombe.

— La cible a tourné à gauche. Elle est à toi, Danny, et l'inspecteur Hogan n'est pas très loin derrière. Tiens-moi informé, mais lâche la filature lorsque Verenich arrivera chez le débiteur suivant. Paul prendra la relève.

— Compris, lancèrent deux voix.

La Toyota passa devant le taxi qui n'acceptait jamais de véritables clients.

William sourit en voyant Ross tourner à gauche au feu et suivre Verenich.

— Agent Markham.

— Monsieur ?

— Il est au volant d'une Volkswagen bleu foncé…

— Je l'ai repéré, monsieur.

Ross, qui avait la Toyota dans son champ de vision, se faufila d'un coup de volant derrière un taxi. Le feu du carrefour suivant était au vert, mais il n'était pas sûr de le franchir à temps. Il pressa la pédale d'accélérateur.

Le chauffeur de Verenich prit à droite, le taxi le suivit, et le feu passa à l'orange à l'approche de Ross. Il fonça, mais un agent surgit sur la chaussée et leva la main devant lui, paume en avant, avec un geste exagéré du bras pour lui indiquer qu'il devait se garer. Il obtempéra, non sans égrener derrière les vitres closes de son habitacle quelques-uns des jurons les plus évocateurs de la langue anglaise.

Quand le jeune policier se dirigea calmement vers lui, il baissa sa vitre sans couper le moteur.

— Que puis-je pour vous, monsieur l'agent ? demanda-t-il en voyant Verenich disparaître à l'angle de la rue.

— Vous avez grillé un feu rouge, monsieur. Vous en êtes-vous rendu compte ?

— Je n'ai rien fait de tel, répondit Ross en enfreignant l'une des règles d'or.

— Mon collègue et moi-même vous avons vu commettre une infraction selon l'article 36-1 du Code de la route de 1988. Puis-je examiner votre permis, s'il vous plaît ?

Ross lui tendit son badge.

— Ceci n'est pas votre permis, monsieur, déclara l'agent en le lui rendant.

— Je n'ai pas mon permis sur moi.

— Alors, j'ai besoin de vos coordonnées, monsieur, répliqua l'agent en sortant un carnet et un stylo de sa poche poitrine.

— Je vous soupçonne de déjà les connaître, monsieur l'agent.

— Je n'en ai pas pour longtemps, assura le jeune homme en faisant abstraction de la remarque.

— Combien de temps ?

— Je vous demande pardon, monsieur ?

— Ils vous ont enjoint de me retenir combien de temps ?

— Je ne vois pas de quoi vous parlez, monsieur.

— Combien de temps ? répéta Ross.

— Dix minutes, monsieur, admit l'agent.

Ross ne put s'empêcher d'éprouver une certaine admiration pour Warwick. Il avait peut-être une tête d'enfant de chœur, mais il était sans merci. Ross commençait à se dire que Warwick était bien le successeur naturel de Hawksby, comme Jackie l'avait suggéré. Néanmoins, Ross avait encore une surprise en réserve pour l'inspecteur-chef avant la fin de la journée.

— Puis-je y aller maintenant que vous avez rempli votre rôle ? s'enquit Ross d'un ton innocent.

Le jeune homme consulta sa montre.

— Oui, bien sûr, monsieur. Mais vous devriez peut-être conduire plus prudemment à l'avenir.

Paul les contacta pour indiquer que Verenich n'avait eu qu'à serrer le poing pour que son deuxième débiteur crache son argent.

— Profitez-en. Interrogez-le et essayez d'obtenir une déclaration qu'on puisse présenter devant une cour.

— J'y vais tout de suite, répondit Paul.

— La Toyota vient de passer devant moi, intervint Rebecca. Je vous rappelle dès qu'il arrive chez le client suivant.

— Quelle est ta position, Danny ?

— Je prendrai le relais de l'agent Pankhurst dès que Verenich ressortira.

William éteignit la radio.

— Ce que je ne comprends pas, c'est pourquoi ils sont toujours chez eux quand Verenich débarque, déclara Jackie.

— Sinon, ça serait leur femme qui ouvrirait la porte, et ils auraient des conséquences à subir des deux côtés.

Une diode rouge se mit à clignoter. William actionna un interrupteur.

— Bonjour, monsieur. C'est l'inspecteur Watts, des stupéfiants. Avez-vous un instant ?

— Je suis un peu occupé en ce moment, inspecteur, alors à moins que ce ne soit important...

— C'est à propos d'un certain Darren Carter, monsieur, mais je peux rappeler plus tard.

— Vous avez toute mon attention, inspecteur.

— J'ai arrêté Carter hier soir, alors qu'il travaillait devant l'Eve Club, et je l'ai inculpé pour détention de stupéfiants avec l'intention d'en revendre. On a trouvé sur lui cent grammes d'héroïne, quatre sachets d'une cocaïne de qualité supérieure et plusieurs sachets de cannabis.

— Il ne peut pas être bête à ce point, dit William.

— Il jure qu'on a mis ça dans ses poches, mais c'est un citoyen qui nous a donné l'info, et l'appel était enregistré.

— Il vous a contactés directement, ou par l'intermédiaire du 999 ?

— Directement, monsieur. Pourquoi posez-vous la question ?

— Je vous répondrai quand j'aurai écouté l'enregistrement. Et où se trouve Carter, à présent ?

— Dans une des cellules du commissariat, où il va rester jusqu'à sa comparution devant un juge, plus tard dans la journée, et sa demande de liberté conditionnelle.

— Le juge va l'envoyer paître.

— Je serais de votre avis, monsieur, si son avocat n'était pas Me Booth Watson. Je dois avouer que cela m'a surpris.

— Moi, ça ne me surprend pas, rétorqua William. Carter n'est qu'un sous-fifre. Les honoraires de Booth Watson seront réglés par M. Staples, le patron de l'Eve Club, qui perdrait sa licence si son videur était condamné pour vente de stupéfiants inscrits au tableau A. Veillez à rappeler le casier de l'accusé chaque fois que vous en aurez l'occasion, y compris sa condamnation pour homicide involontaire, parce que j'espère bien faire d'une pierre deux coups. Et tenez-moi au courant.

— Très bien, monsieur.

— Vous croyez que c'est Ross qui a placé ces stupéfiants dans les poches de Carter ? lança Jackie quand William eut éteint la radio.

— Il n'aurait pas pris ce risque. Mais il connaît une douzaine de pickpockets qui auraient pu s'en charger en un tournemain.

— Je n'arrive tout simplement pas à croire…

— C'est surtout que vous n'avez pas *envie* d'y croire, l'interrompit William au moment où la radio reprenait vie.

— Agent Pankhurst, monsieur. Verenich vient d'effectuer sa troisième collecte. Il a dû entrer de force dans la maison, et il est ressorti quelques minutes plus tard avec un grand téléviseur sous un bras et un gros sac plastique sous l'autre. Aucune trace du précédent propriétaire de ces biens.

— Rendez-lui visite, Rebecca, et essayez de le pousser à faire une déclaration. J'ai besoin que notre dossier contre lui soit à toute épreuve. Danny, où se trouve-t-il, à présent ?

— Il est en chemin vers le bureau de Sleeman, avec un gros paquet de fric et un coffre plein de butin. Je retourne à Scotland Yard, monsieur ?

— Non, reste sur lui, parce que tu peux être certain que Verenich n'a pas encore fait sa dernière visite.

— Et maintenant, monsieur ? s'enquit Jackie.

— Nous devons nous montrer patients, parce que les clients les plus vulnérables, ceux qui ne peuvent pas payer, viendront plus tard dans la journée, quand il fait sombre et que les témoins sont plus rares. Il faudra qu'on ait assez de preuves pour rendre le travail de Booth Watson le plus difficile possible. Et en outre…

La diode rouge de la radio clignota de nouveau.

En reconnaissant un léger accent irlandais, William n'eut pas besoin de demander l'identité de son interlocuteur.

— Je sais comment ouvrir la porte du bureau de Faulkner, déclara l'inspecteur Hogan. Je vous l'aurais dit plus tôt, monsieur, si un jeune agent un peu trop zélé ne m'avait pas retenu. Cependant, nous pouvons nous retrouver au cimetière après la dernière visite de la tournée de Verenich.

— Quel cimetière ? répliqua William.

— Celui où l'ancêtre militante de l'agent Pankhurst n'embête plus les forces de l'ordre, répondit Ross avant de couper la communication.

— Qu'est-ce qu'il raconte ? fit Jackie.

— Il sait quelque chose qu'on ignore, affirma William en actionnant un interrupteur. Rebecca ?

— Oui, monsieur ?

— Où êtes-vous ?

— Je suis avec le gentleman que vous m'avez demandé d'interroger, chez lui, à Kensington.

— Où Emmeline Pankhurst est-elle enterrée ?

— Au cimetière de Brompton. Pourquoi me posez-vous la question ?

— Bouclez votre interrogatoire et allez-y directement. Faites-moi un rapport si vous découvrez la moindre chose suspecte.

— Que suis-je censée chercher ?

— Je n'en sais rien, admit William.

— Je suis complètement paumée, à présent, marmonna Jackie tandis que William éteignait la radio.

— Ce n'est pas très difficile d'avoir un coup d'avance sur Sleeman et Verenich, observa William, mais c'est beaucoup plus dur quand il s'agit de Ross.

— Surtout quand il s'oppose à vous, monsieur, ajouta Jackie.

William était sur le point de répondre quand Danny se manifesta.

— Il vient de finir sa quatrième visite, monsieur. Après son départ, Paul est entré pour interroger le client.

— Bien. Restez en ligne. Il se peut qu'il y ait un changement de plan.

Sleeman sortit de son bureau peu après que Verenich eut effectué sa dernière visite. Le temps que le corps soit enterré, il serait à Swindon.

Il remonta à pied un ou deux pâtés de maisons, puis héla un taxi.

— Euston, se contenta-t-il d'indiquer en grimpant à l'arrière.

Une fois dans la gare, il acheta un billet de première classe dans le train-couchettes à destination d'Édimbourg. Avant de le régler, il tança la préposée et lui demanda comment elle avait le culot de le lui facturer soixante-trois livres.

L'homme derrière lui dans la queue assista à la scène sans rien dire. Sleeman se dirigea vers le quai numéro 7, et il était sur le point d'embarquer lorsque deux agents de police se mirent en travers de son chemin et l'arrêtèrent.

— De quoi m'accusez-vous ? s'enquit-il.

— Pour commencer, d'avoir menacé une employée de la compagnie ferroviaire, mais je pense que d'autres chefs d'accusation suivront, déclara Hawksby.

Ce dernier ne se rappelait même pas la dernière fois qu'il avait personnellement arrêté quelqu'un.

Il fit son rapport à l'inspecteur-chef Warwick.

Les deux lignes sonnaient en même temps.

— C'est Pankhurst, monsieur. On a trouvé une tombe fraîchement creusée au fond du cimetière, et le fossoyeur en chef m'affirme que c'est sans son autorisation.

— Cachez-vous. On vous rejoint bientôt. Danny, où es-tu ?

— Verenich est en train de frapper chez quelqu'un à Chiswick.

— Tiens-moi au courant, répondit William. Les autres, dirigez-vous vers le cimetière de Brompton, à Kensington. Une fois là-bas, veillez à ne pas vous faire repérer, parce que Verenich ne sera pas loin derrière.

Il coupa la communication.

— Allons-y, lança-t-il à Jackie.

Celle-ci passa la première et s'engagea sur la chaussée.

— J'imagine que vous savez où on va ? demanda William.

— Non, monsieur. Mais j'espère que, vous, vous le savez.

*

Cacher dix policiers en civil dans un cimetière ne se révéla pas très difficile, surtout avec l'aide du fossoyeur en chef. Il y avait assez de monuments, de cryptes et de stèles pour dissimuler toute une armée.

Une fois tout le monde en place, le plus ardu était de garder le silence. À cette heure tardive, un éternuement aurait retenti comme une éruption volcanique. Danny brisa la quiétude du lieu quand il appela.

— Verenich vient de sortir de la maison de Chiswick et à présent il force un client récalcitrant à monter à l'arrière de la Toyota. Ils devraient vous rejoindre dans une vingtaine de minutes. Donnez-moi l'ordre, chef, et je percute ce salaud pour que nos gars puissent intervenir et l'arrêter.

— Non, répliqua William. Ne bouge pas. S'il te repère, toute l'opération est fichue.

Jackie s'engagea dans le cimetière, gara la voiture sous un bosquet et éteignit les phares.

— Mais si vous vous trompez sur leur destination…, protesta Danny.

— C'est un risque qu'on est obligés de prendre, répondit William.

Ce qui rappela à Danny pourquoi il n'avait aucune envie de monter en grade.

— Gardez le silence radio, ordonna William.

Les minutes passaient. William consultait sans cesse sa montre. Il ignorait encore si Ross était du côté des anges qui l'entouraient dans ce cimetière en ce moment même, ou s'il était à l'autre bout de la ville en train de préparer un tout autre enterrement. Quoi qu'il en soit, arrêter Verenich et lui lire ses droits n'allait certainement pas suffire à l'inspecteur Hogan.

William laissa échapper un soupir de soulagement quand il vit la Toyota noire entrer par le portail nord du cimetière. Le conducteur roulait sans phares par cette nuit sans lune, mais il savait où il allait. Dix jeunes agents saturés de testostérone attendaient ses ordres, mais William ne bougea pas avant que la voiture s'immobilise.

Le chauffeur ouvrit la portière arrière, et Verenich en sortit sa victime gémissante et se mit à la traîner vers la tombe.

— Oh ! mon Dieu ! s'écria Jackie. Ils vont l'enterrer vivant.

William bondit de la voiture et fonça vers la tombe, tandis que les dix policiers surgissaient de toutes parts.

Le sergent Adaja dépassa rapidement l'inspecteur-chef Warwick et plaqua le conducteur qui avait lâché sa pelle et tentait de fuir. Il le maintint au sol suffisamment longtemps pour que deux agents viennent l'aider à maîtriser le suspect, auquel le sergent Roycroft passa les menottes.

William courait toujours vers Verenich. Celui-ci, qui avait poussé sa victime sur le côté, lui faisait face avec un air de défi.

Juste au moment où William allait se jeter sur le géant, une pelle surgit de la tombe et, avec un swing digne d'un club de golf, vint frapper les chevilles de Verenich, qui tomba à genoux. Quand le collecteur de dettes tenta de se relever, un second coup l'atteignit de plein fouet au visage, et il bascula la tête la première dans le trou. Ross brandit sa pelle pour l'achever, mais William attrapa le manche des deux mains et fut entraîné dans la tombe, où il atterrit sur Verenich.

Ross dut se contenter de regarder deux jeunes agents sortir sans ménagement Verenich de la fosse, le coucher sur le ventre et lui passer les menottes. Puis William en remonta à son tour, la pelle toujours dans les mains. Il examina le géant hagard et fut soulagé de constater qu'il clignait les yeux.

Le sergent Adaja informa les deux détenus qu'ils étaient arrêtés pour tentative d'assassinat en bande organisée et leur lut leurs droits avant qu'on les emmène. Pendant que Rebecca tentait de calmer la victime traumatisée, Ross attira l'attention de William sur trois tombes sans stèle.

— Chaque chose en son temps, répondit William.

Il savait qu'il avait besoin de l'autorisation d'un juge pour exhumer les corps, mais il était convaincu que ça leur fournirait toutes les preuves nécessaires pour inculper Verenich pour meurtre et Sleeman pour complicité.

— Vous auriez dû me laisser le tuer, dit Ross.

William fit abstraction de sa remarque.

— J'imagine que votre soif de vengeance a été étanchée, inspecteur ?

— Non, monsieur. Pas tant que Faulkner sera encore en vie.

Hawksby, qui se tenait dans un coin sombre, avait observé la scène avec intérêt. Quand le rideau retomba, il se rendit compte qu'il n'avait que deux options : suspendre l'inspecteur Hogan en attendant les conclusions d'une enquête plus poussée, ou recommander au divisionnaire qu'on lui accorde une seconde Médaille de bravoure de la Reine. Il n'eut pas vraiment besoin de tirer ça à pile ou face.

30

Quand William monta à bord de l'appareil bondé, Ross était déjà installé près du hublot. Il s'assit à côté de lui, mais un passager lambda n'aurait pas deviné qu'ils étaient collègues. Pendant la durée du vol, ils ne parlèrent pas une seule fois du Caravage, de Beth, de Jo, des jumeaux ni de Jo Junior – comme Ross appelait sa fille –, pas plus que de l'exposition Frans Hals au Fitzmolean, de la fragilité en défense de West Ham ou des fulgurances des attaquants de Chelsea, selon le point de vue.

Un silence de bonne compagnie régna tout du long. William aurait aimé demander à Ross comment il s'était débrouillé pour entrer dans cette tombe sans que personne ne le voie, mais il soupçonnait qu'il n'obtiendrait pas une réponse honnête.

Néanmoins, il remarqua que Ross ne portait plus la Rolex que Jo lui avait offerte en cadeau de mariage. Une montre-bracelet anonyme au cadran noir l'avait remplacée. William trouvait que Ross avait perdu au change, mais ce dernier ne faisait jamais rien au hasard.

Quand l'avion se posa sur le sol espagnol et roula jusqu'à la passerelle, William aperçut par le hublot le lieutenant Sanchez qui les attendait sur le tarmac à côté d'une voiture banalisée noire dont la portière était déjà ouverte.

Les deux inspecteurs furent les premiers à descendre de l'appareil. Chacun s'était muni d'un sac de nuit, même s'ils n'avaient pas l'intention de passer la nuit ici.

Juan les accueillit, puis leur voiture s'engagea sur l'autoroute avant que la plupart des autres passagers aient rejoint le terminal de l'aéroport.

Sans perdre de temps, William informa Juan des ultimes ajustements du plan et répondit à toutes ses questions, tandis que Ross précisait un détail de temps à autre.

La planque était un discret pavillon d'un étage dans une ruelle tranquille de l'ouest de la ville. Juan les conduisit directement au centre opérationnel, une grande pièce avec une table ronde entourée d'une demi-douzaine de chaises et l'inévitable tableau de liège tapissé de cartes, de schémas et de photographies, qui recouvrait pratiquement tout un mur.

Juan commença le briefing en attirant leur attention sur plusieurs clichés aériens de la propriété de Faulkner. Ross en profita pour se familiariser de nouveau avec la piste tortueuse qui serpentait dans la forêt, franchissait le pont et menait à la porte d'entrée, qu'ils avaient empruntée quand ils étaient venus livrer *La Pêche miraculeuse*.

Quand il fut certain d'en connaître le moindre détour, Ross rejoignit William et Juan devant la grande maquette en carton de la demeure qu'ils avaient placée au centre de la table. Juan désigna les marches qui descendaient vers la cuisine en entresol, puis l'escalier de secours qui menait au quatrième étage, où les trois chambres dont les fenêtres avaient été repérées étaient marquées d'une grosse croix rouge.

— Il suffit que l'une d'entre elles soit ouverte ce soir pour que nous puissions passer d'ici à ici, expliqua Juan en faisant glisser son doigt le long d'un couloir et jusqu'en bas du grand escalier qui conduisait au palier devant la chambre principale.

— Espérons qu'elle sera verrouillée de l'intérieur, comme ça nous saurons qu'il s'y trouve, observa William.

— Même s'il parvient d'une manière ou d'une autre à gagner son bureau au rez-de-chaussée, intervint Ross en montrant à son tour un trajet sur la maquette, je devrais être en mesure de l'intercepter avant qu'il ait le temps d'ouvrir la porte métallique.

— Qu'il soit couché ou non, mon équipe de soutien aura déjà encerclé la maison à ce moment-là, déclara Juan.

— Nous devons également envisager la possibilité qu'il soit déjà dans son bureau, dit William. Et que, le temps que Ross arrive, il ait déjà ouvert la porte et disparu.

Ross ne dit rien. Si Faulkner s'échappait pendant que ses collègues étaient encore au premier, il avait l'intention d'ouvrir la porte métallique et de le rejoindre de l'autre côté avant qu'ils puissent l'en empêcher. Un détail qu'il avait oublié de mentionner à William.

— Et s'il n'est ni dans sa chambre ni dans son bureau, mais qu'il a déjà quitté la maison ? demanda Juan.

— C'est peu probable, répondit Ross. Booth Watson vient à Barcelone demain matin, et la dernière fois que le yacht de Faulkner a été aperçu, il se trouvait à environ trois cents milles nautiques de là, ce qui permet d'estimer qu'il sera à Barcelone demain soir vers 19 heures. Je pense que c'est à ce moment-là qu'il compte mettre les voiles vers le soleil couchant.

— Revoyons une fois de plus le timing, proposa Juan. On part d'ici à minuit, alors quand on sera sur place la plus grande partie de son personnel dormira profondément.

— Mais pas la sécurité, lui rappela William.

— Ils sont six gardes en tout, précisa Juan. Ils se relayent vingt-quatre heures sur vingt-quatre en faisant des rotations de huit heures. Il y en aura donc deux qui seront de service entre 22 heures et 6 heures du matin. Nous savons qu'il faut quatorze minutes pour faire le tour complet de la maison, et qu'ils prennent une pause de quinze minutes vers 2 heures du matin.

— Comment avez-vous obtenu des infos aussi primordiales ? demanda Ross.

— Un de mes hommes n'arrive pas à décider s'il veut rester dans la police ou devenir jardinier, alors ces trois dernières semaines il a fait les deux.

Une expression de respect s'afficha sur le visage de Ross, ce qui était plutôt rare.

— Bien ! lança William. Passons une dernière fois le plan en revue. Juan, n'hésitez pas à poser des questions sur le moindre détail qui vous semblerait peu clair parce que, une chose est sûre, on ne nous accordera pas une troisième chance.

William songea que c'était ce que devait ressentir un alpiniste qui essaye de conquérir l'Everest. Il avait planifié l'expédition et il allait mener tout le monde au camp de base. À partir de là, Ross passerait premier de cordée, et c'est sur lui que reposerait la responsabilité d'atteindre le sommet, en l'espèce une fenêtre ouverte au quatrième étage. Une fois dans le bâtiment, William reprendrait alors les commandes.

Quand chacun eut entendu de nouveau les tâches qu'il devait accomplir, ils firent une pause pour dîner, mais ils touchèrent à peine leurs assiettes, saisis par la perspective de l'opération et la montée d'adrénaline.

Finalement, ils enfilèrent des tenues plus adaptées à un cambriolage qu'au maintien de l'ordre. Tee-shirt noir sans manches, pantalon de survêtement noir, chaussettes noires, baskets noires, et même des lacets noirs.

— Pas sous mon commandement, déclara Juan quand Ross ôta sa veste et dévoila qu'il était armé. Mon patron a été clair. Pas d'armes à feu dans cette opération.

— J'espère que votre patron a aussi prévenu les gardes de Faulkner.

— Ils ne poseront aucune difficulté quand ils se rendront compte que nous sommes des policiers, répliqua Juan.

— Bien sûr. Dès que vous le leur apprendrez, ils vont lever les mains en l'air et s'excuser pour le dérangement.

— Inspecteur Hogan, intervint William d'un ton sec. N'oubliez pas que nous sommes des hôtes dans ce pays, et que le succès de cette opération dépend entièrement de la coopération de la police locale.

— Oui, monsieur, marmonna Ross en tendant à contrecœur son pistolet à Juan.

Il dut se retenir d'ajouter : « Alors, je vais être obligé de l'étrangler, c'est ça ? »

Ils passèrent les trente minutes suivantes à tourner en rond comme des lions en cage qui attendraient qu'on les relâche, en particulier Ross, qui n'avait pas vraiment l'intention de s'en tenir au scénario une fois que le rideau serait levé.

— Allons-y ! lança Juan quand la première d'une série de cloches commença de sonner les douze coups de minuit.

William se rappela qu'ils étaient en terre catholique.

La voiture noire banalisée les attendait devant la porte. Ils s'y installèrent en silence, puis s'engagèrent sur la route en direction de leur cible sans plus avoir besoin de discuter du plan.

Leur chauffeur quitta la voie rapide à la sortie numéro 9 et au bout de quelques kilomètres se rangea sur le bas-côté. Quand les trois hommes vêtus de noir descendirent, il manœuvra pour faire demi-tour et s'éloigna.

D'après les calculs de William, à pied et dans l'obscurité, il leur faudrait quarante minutes pour couvrir les cinq kilomètres jusqu'à la lisière de la forêt. Il prit la tête, et Ross fermait la marche. Ils avançaient lentement sur la route étroite, dans le plus grand silence et attentifs au moindre danger. Un lièvre regarda passer ces inconnus d'un air étonné, tandis qu'un hibou ne cessait d'exprimer son opinion.

Quand la dense barrière d'arbres se profila devant eux, William leva la main pour indiquer à Ross de prendre la relève. Celui-ci se porta aussitôt en tête et sortit la caméra que le colonel Parker avait modifiée selon ses instructions. Il l'alluma et entra prudemment dans l'épais sous-bois. Ils progressaient pas à pas, comme des soldats en reconnaissance, conscients qu'un seul faux pas pouvait déclencher une alarme, allumer tous les projecteurs et donner amplement le temps à Faulkner de s'enfuir.

Les tours et les détours que la caméra exigea d'eux leur demanda presque une heure. Quand ils atteignirent la rivière, ils franchirent le pont, et la silhouette de la grande bâtisse de pierre se découpa à la lumière de la lune.

Ils étaient presque sortis de la forêt quand Ross indiqua d'un geste vif de se baisser. Deux gardes patrouillaient le long de la façade nord de la demeure, et les faisceaux de leurs lampes-torches dessinaient des cercles lumineux sur les parterres déserts.

Ross attendit qu'ils passent l'angle ouest pour continuer leur ronde. Grâce aux recherches de Juan, il savait dans combien de temps les deux hommes reviendraient. Il désigna silencieusement un petit massif de buissons à une quarantaine de mètres de la maison – il avait été marqué sur la carte fournie par le jardinier zélé –, et ils recommencèrent à progresser, cette fois-ci en rampant à travers le sous-bois. Ils atteignirent le massif juste avant que les gardes reparaissent. Ces derniers étaient si près d'eux que Ross put constater qu'ils étaient armés. L'un d'eux avait une cigarette accrochée aux lèvres. Le colonel Parker aurait fait un rapport sur lui et l'aurait mis aux arrêts.

Ross observa avec attention le chemin qu'ils suivaient pour ne pas déclencher une alarme qui réveillerait leur maître. Il connaissait le temps dont ils disposaient pour aller se cacher dans l'escalier qui menait à la cuisine en entresol afin que les gardes passent une dernière fois sans les voir. Ils s'approchèrent de la pelouse en empruntant un sentier bien marqué dans le sol, conscients qu'il leur faudrait faire vite avant le retour des deux hommes de Faulkner. Si ces derniers les trouvaient là, ils auraient l'air de trois lapins figés devant les faisceaux de leurs lampes-torches.

Une fois que les gardes eurent disparu à l'angle, Ross sprinta vers le bâtiment, suivi de près par William et Juan. Ils savaient exactement où ils allaient, car l'escalier qui menait à la cuisine en entresol était gravé dans leur esprit depuis qu'ils avaient étudié la maquette dans la planque. Sauf qu'ici ça n'avait rien d'une planque. Ils descendirent la volée de marches et se plaquèrent contre le mur devant une porte dont le panneau indiquait ENTRADA DE SERVICIO.

William retint son souffle, n'entendant plus que son cœur qui ne battait pas à soixante-douze pulsations par minute, mais les gardes passèrent quelques mètres au-dessus d'eux sans les voir avant de disparaître à nouveau.

L'étape suivante, c'était l'escalier de secours. En jetant un regard aux fenêtres du quatrième étage, Ross fut soulagé de constater que l'une des trois était ouverte. Il s'approcha de l'escalier de secours, sans avoir besoin de vérifier que ses deux chiens de chasse étaient sur ses talons.

Il saisit les deux montants de l'échelle métallique et commença à grimper avec l'agilité d'un chat cambrioleur. William et Juan, qui n'avaient pas son entraînement, suivaient comme ils pouvaient.

Quand il atteignit le quatrième, il sauta adroitement sur le rebord de fenêtre le plus proche et, d'un geste fluide, se balança à l'intérieur et atterrit sans bruit sur le parquet de la chambre. Ses yeux se fixèrent aussitôt sur le lit à l'autre bout de la pièce, où une jeune femme dormait paisiblement. Elle était sur le point de faire un mauvais rêve, songea Ross en s'avançant à pas de loup vers elle.

William se hissa par la fenêtre juste au moment où Ross plaquait la paume de sa main sur la bouche de la jeune femme. Malgré la pénombre, Ross ne put manquer son air terrifié tandis qu'elle se mettait à trembler compulsivement.

Juan, qui sauta dans la pièce avec un bruit sourd, se précipita vers elle et lui parla dans sa langue, ce qui sembla l'apaiser, et elle cessa de trembler. Quand Ross indiqua qu'il allait retirer sa main, elle acquiesça, à nouveau rassurée par Juan qui lui affirma qu'il ne lui serait fait aucun mal à condition qu'elle se taise. Mais Ross ne voulait courir aucun risque. Il lui lia solidement les poignets et les jambes, tandis que William la bâillonnait à l'aide de ses propres bas.

Juan retourna à la fenêtre et donna un coup d'œil par l'interstice entre les rideaux. Les deux gardes repassaient en balayant le terrain du faisceau de leur lampe dans toutes les directions excepté vers la maison. Quand ils furent hors de vue, il rejoignit Ross et William près de la porte. Ce dernier l'entrouvrit sans un bruit, puis attendit un instant avant de glisser la tête dans l'embrasure. Le couloir était plongé dans l'obscurité. Personne en vue. Ils fermèrent doucement derrière eux et prirent à droite, en direction de l'escalier.

William s'engagea le premier sur les marches recouvertes d'un épais tapis, mais chacun connaissait la disposition des lieux aussi bien que s'il était chez lui. Ils marquèrent une pause en arrivant sur le palier de la chambre principale. William et Juan se figèrent tandis que Ross poursuivait la descente jusqu'au rez-de-chaussée.

En remontant le couloir sur la pointe des pieds, William ne jeta même pas un coup d'œil aux magnifiques tableaux qui ornaient les murs. Il s'arrêta quelques secondes avant de poser la main sur la poignée, Juan toujours sur les talons. Il la tourna lentement, sans aucun bruit. La porte n'était pas verrouillée. Il poussa le battant, mais, dès qu'il entra, une alarme assourdissante se déclencha, de grands projecteurs illuminèrent aussitôt les terrains entourant la demeure et inondèrent celle-ci de lumière. En allumant à son tour le plafonnier de la chambre, William constata que le lit n'était même pas défait. De toute évidence, Faulkner avait anticipé le plan A. Juan appela immédiatement son équipe de soutien à la radio.

Dans son bureau, Faulkner avait bondi de son lit de camp dès que l'alarme avait sonné. Les pas précipités qui résonnaient dans le couloir menant à son étude ne l'inquiétèrent pas. Il avait tout son temps. Il se dirigea vers la porte métallique et toucha l'écran de la montre qui ne quittait jamais son poignet. Lorsque celui-ci s'alluma, il tapa 03 43, les quatre chiffres de l'heure, puis 09 88, le mois et l'année, quand il entendit une clé tourner dans la serrure. Mais comment était-ce possible ? Il se glissa rapidement dans le sas tandis que Ross se ruait vers lui.

L'inspecteur n'était qu'à un mètre lorsque Faulkner lui claqua la lourde porte au nez en poussant un soupir de soulagement.

Ross était sur le point de taper le code sur sa propre montre lorsqu'il entendit des pas dans le couloir. Il décida d'attendre l'Enfant de Chœur et le lieutenant avant de procéder à la cérémonie d'ouverture.

Faulkner souriait, mais il supposait que le temps jouait en sa faveur. Booth Watson allait arriver dans la matinée et, si les intrus n'étaient pas partis d'ici là, un coup de fil à son avocate espagnole réglerait rapidement le problème. Et ce que ses poursuivants ne savaient pas, c'était que le général Franco avait construit un tunnel qui menait du bureau en sous-sol jusqu'à une petite crique où son yacht l'attendait pour l'emmener dans un pays qui n'avait pas de traité d'extradition avec la Grande-Bretagne.

Il tapota sa montre pour vérifier l'heure : 3 h 45. Le code qui allait lui permettre d'ouvrir la porte extérieure et de se réfugier dans son deuxième monde. Cette fois-ci, il fallait taper l'année en premier, 88, suivie par le mois, 09, et finalement l'heure, qui venait de passer à 03 46. Il aurait à patienter un moment avant de pouvoir entrer un nouveau code. Il attendit que la montre s'éteigne pour recommencer toute la procédure. Il tapa 88, mais presque aussitôt la lumière clignota, diminua et rendit l'âme. Il effleura le cadran, mais n'eut que le temps de taper 03 avant qu'il s'éteigne derechef. Il pressa le doigt plus fort sur l'écran, mais il refusait de s'allumer. Il insista, sans succès. Alors, il ôta la montre de son poignet et la secoua violemment, sans plus de résultat. La pile était morte.

Quand William, le souffle court, se rua dans le bureau de Faulkner, il trouva Ross devant la porte métallique.

— Je ne suis pas arrivé à temps, expliqua ce dernier.

William balança un juron, tandis que Juan les rejoignait.

— Mes hommes ont cerné le bâtiment, et ils sont en train d'arrêter les gardes, indiqua-t-il en reprenant son souffle. Il n'a aucun espoir de s'enfuir.

— Mais on ne peut pas entrer, rétorqua William en scrutant la porte.

Ross ne répondit rien, se contentant de soulever la manche de sa veste et de toucher le cadran de sa montre, qui s'alluma aussitôt.

Il vérifia l'heure, 3 h 48, et s'apprêtait à taper le code quand Collins pénétra calmement dans la pièce, vêtu d'une queue-de-pie, d'un pantalon à rayures, d'un col amidonné et d'une cravate grise.

— Bonjour, messieurs. Je crains que M. Sartona ne soit pas rentré de son voyage d'affaires. Si je puis faire quoi que ce soit pour vous aider, n'hésitez pas à me le demander.

Ross fit volte-face, le poing serré, et s'avança vers le majordome, mais Juan s'interposa vivement et parvint à les séparer in extremis. Ross hurlait un chapelet d'insultes à Collins, lequel demeurait impassible.

— Taisez-vous ! cria William.

Il se dirigea vers la porte métallique, s'agenouilla et pressa l'oreille contre le battant.

Toc.

Ils tendirent tous l'oreille, et le son se répéta quelques secondes plus tard.

Toc, toc...

— Mon Dieu ! lança Collins dont le vernis commençait finalement à craquer. M. Faulkner est enfermé à l'intérieur.

— Alors, pour l'amour de Dieu, dites-nous comment le faire sortir avant qu'il soit trop tard, supplia Juan.

— Je ne sais pas, affirma le majordome. Il est le seul à avoir la montre.

Ross sourit.

Toc, toc, toc...

— Il doit y en avoir une de secours, insista Juan.

— Non, répliqua Collins. La seule autre personne qui connaisse la société qui a fabriqué cette porte est l'avocat de

M. Faulkner, Me Booth Watson, dont l'arrivée n'est prévue que vers midi.

Toc, toc, toc…

Ils observaient tous la porte.

— Combien de temps peut-il espérer tenir là-dedans ? marmonna William quasiment pour lui-même.

Toc… Toc…

— Quatre heures, cinq tout au plus, répondit Ross en baissant le bras et en laissant la manche de sa veste recouvrir sa montre.

Toc…

Toc…

Toc…

— Il faut qu'on fasse venir un spécialiste si on veut avoir une chance de le récupérer avant qu'il meure asphyxié, dit William en se tournant vers Juan.

— Ce n'est pas si simple, déclara ce dernier. Me Martinez, l'avocate de Faulkner, a obtenu par décision de justice que seuls Faulkner et elle-même aient le droit de toucher cette porte.

— Alors, appelez-la immédiatement. Expliquez-lui ce qui s'est passé et les conséquences potentielles si nous ne parvenons pas à l'ouvrir.

— Mais elle ne sera pas à son cabinet avant 9 heures, et à ce moment-là il sera trop tard.

— Collins doit connaître son numéro privé, dit William en regardant autour de lui.

Mais le majordome avait disparu.

— Où diable est-il fourré ? demanda Ross.

Une lumière rouge se mit à clignoter sur le téléphone posé sur le bureau de Faulkner.

— Il a un coup d'avance sur nous, une fois de plus ! s'écria Juan. Heureusement que Faulkner ne fait confiance à personne, ajouta-t-il en leur indiquant de se taire.

Il pressa le bouton pour allumer le haut-parleur.

— Qu'est-ce qui vous prend de me réveiller à cette heure-ci ? tonna une voix que William reconnut tout de suite.

— Je suis désolé d'interrompre votre nuit, monsieur, mais M. Faulkner s'est enfermé dans le sas, et nous n'avons aucun moyen de le faire sortir.

— Contactez immédiatement Isobel Martinez, ordonna un Booth Watson désormais pleinement réveillé. Elle peut faire annuler la décision de justice. Ensuite, appelez les pompiers. Ils disposent de l'équipement nécessaire pour percer un trou dans le battant. Comme ça, Miles pourra respirer, et ça nous donnera un peu plus de temps. Mais que faisait-il là-dedans ?

— L'inspecteur Warwick, le lieutenant Sanchez et un autre gentleman se sont présentés ici au beau milieu de la nuit.

— Le troisième homme est sans doute l'inspecteur Hogan. Me Martinez saura s'en charger. Indiquez-lui que je vais prendre le premier vol pour Barcelone.

— Je dois regagner le bureau. Son numéro est dans le répertoire de M. Faulkner. Que dois-je dire à Warwick s'il…

— Racontez-lui que vous appelez votre avocat. Ils ne peuvent pas vous dénier ce droit.

Watson raccrocha brutalement le combiné et bondit de son lit.

— Je peux le sortir de là, lança Ross en regardant la porte. Mais il faut que Collins ne soit pas dans mes pattes, ajouta-t-il sans autre explication tandis que le majordome entrait et se dirigeait directement vers le bureau de Faulkner.

Sanchez lui barra la route.

— Vous êtes en état d'arrestation, monsieur Collins.

— Pour quel motif ?

— Obstruction à la police dans l'exercice de ses fonctions, répondit Sanchez.

Deux agents en uniforme s'avancèrent et prirent Collins par les bras.

— Ramenez-le au poste et mettez-le en cellule. Veillez à ce qu'il ne parle à personne avant mon retour.

— J'ai le droit d'appeler mon avocat, protesta Collins. C'est la loi.

— Vous venez de le faire, rétorqua Juan.

Les deux agents escortèrent Collins dehors. William attendit qu'ils referment derrière eux avant de poursuivre :

— Alors, Ross, comment comptez-vous ouvrir cette porte ?

— Chaque chose en son temps, déclara Ross en feuilletant le répertoire de Faulkner.

Il trouva le nom qu'il cherchait et composa un numéro.

— Qui est à l'appareil ? marmonna une voix ensommeillée.

— Je suis le secrétaire particulier de M. Faulkner. Il m'a prié de vous informer que le plan avait changé. Il est souffrant, rien de grave, mais il souhaite rentrer à Londres dès que possible pour consulter son médecin. Dans combien de temps pouvez-vous être prêt à décoller ?

— Dans deux heures, trois tout au plus, répondit la voix désormais alerte. Je vais immédiatement prévenir l'équipage, mais notre horaire de départ dépendra du créneau que Londres nous donnera pour atterrir.

— Dites-leur que c'est une urgence. Nous vous retrouverons à l'aéroport.

— Compris !

Le pilote était sorti de son lit avant même que Ross ait eu le temps de raccrocher.

— C'est la montre, c'est ça ? s'exclama William en se rappelant le cadran anonyme qui avait pris la place de la Rolex de Jo.

Ross sourit.

— Maintenant que Collins n'est plus dans nos pattes, je peux libérer Faulkner, et nous pouvons le ramener à Londres dans son propre avion.

— C'est du kidnapping, fit remarquer William. Et, pour votre gouverne, c'est une pratique illégale dans nos deux pays.

— De toute évidence, vous avez oublié que Faulkner a exprimé le désir de consulter son médecin, inspecteur-chef. Je me souviens parfaitement de l'avoir entendu prononcer les mots « Harley Street ».

— Il est certain que les autorités espagnoles ne déposeraient pas de demande d'extradition pour le ramener ici, indiqua Juan d'un ton neutre.

— On peut le mettre à l'abri à Pentonville avant même que Watson atterrisse à Barcelone, ajouta Ross.

— Je ne suis toujours pas certain…

— Bien sûr que non, l'Enfant de Chœur, mais comme vous me l'avez récemment rappelé nous ne sommes pas à Battersea, mais à Barcelone, alors ce n'est pas à vous d'en décider.

Ils se tournèrent tous deux vers Juan. Celui-ci acquiesça sans un mot.

Ross leva le bras, remonta sa manche et tapa 04 11 09 88 sur le cadran.

*

L'esprit de Booth Watson tournait à plein régime avant même qu'il passe sous la douche, et un plan avait déjà commencé à prendre forme dans sa tête quand il se glissa sous les jets d'eau chaude. Devait-il tout d'abord aller à son bureau et appeler Isobel Martinez avant de se rendre à l'aéroport ? Il n'était même pas sûr d'avoir son numéro au cabinet. Il en vint à la conclusion qu'il était bien forcé de faire confiance à Collins, en espérant qu'il suivrait ses instructions à la lettre. Quant à lui, il valait mieux qu'il gagne directement l'aéroport et saute dans le premier vol pour Barcelone.

Une fois qu'il se fut essuyé, il enfila une chemise propre, puis le costume et la cravate de la veille en songeant à Warwick. Ce satané flic ne renonçait jamais ! Puis il passa dans son bureau, où il prit son attaché-case et un manteau. Un froid piquant l'accueillit quand il sortit. Il ferma la porte à double tour et attendit quelques minutes sur le trottoir avant de distinguer le mot « Taxi » briller sur le toit d'une voiture qui remontait la rue.

Une voiture de police banalisée se gara devant une entrée privée de l'aéroport. Quand un garde apparut, le lieutenant Sanchez lui montra son badge. L'homme salua et, sans un regard pour les trois silhouettes sur la banquette arrière, indiqua au chauffeur la direction à suivre.

La voiture longea une interminable rangée de jets privés et fit halte devant celui dont on remplissait les réservoirs. La porte-passerelle était baissée.

William et Ross aidèrent Faulkner à sortir. Il ne tenait pas encore très bien sur ses pieds, après les trois heures qu'il avait passées dans le sas. Ils le conduisirent jusqu'à l'avion. Le pilote, qui l'attendait devant la porte, ne put dissimuler sa surprise lorsqu'il vit son patron accompagné de trois inconnus vêtus de noir.

Juan le prit à part pour lui expliquer que M. Faulkner avait insisté pour être rapatrié d'urgence en Angleterre, car il désirait consulter son médecin.

— Mais regardez dans quel état il est ! répondit le pilote. Ne vaudrait-il pas mieux l'emmener à l'hôpital ici même ? demanda-t-il tandis que Faulkner était pratiquement porté dans l'appareil.

— Je suis bien de votre avis. Mais si vous voulez lui en parler ne vous gênez pas, suggéra Juan.

— S'il n'arrive pas vivant à Londres, c'est vous le responsable ! répliqua le pilote.

— J'ai le sentiment que vous pourriez avoir raison sur ce point.

Le pilote regagna aussitôt son cockpit, et William serra chaleureusement la main de Juan avant qu'il sorte de l'appareil.

Ross installa Faulkner dans un confortable fauteuil de cuir et boucla sa ceinture pendant que William rangeait un petit paquet dans les casiers au-dessus des sièges. Puis ils s'assirent de part et d'autre de leur prisonnier. Le steward ferma la porte et, quelques instants plus tard, l'avion commença à rouler vers la piste de décollage.

*

— Bon sang ! lança Booth Watson quand le taxi s'arrêta devant lui. Bon sang ! répéta-t-il avant de dire au chauffeur qu'il avait oublié son passeport et qu'il n'en avait que pour une minute.

Le chauffeur lui sourit. Une course à Heathrow avec un passager sobre, ce n'était pas courant à cette heure-ci.

Quand Booth Watson rouvrit sa porte, il tenta de se rappeler s'il avait laissé ses papiers à son cabinet. Il courut presque jusqu'à son bureau. Le juron qu'il prononça ensuite aurait fait rougir un charretier.

Une fois que l'avion atteignit son altitude de croisière, William décrocha le téléphone intégré dans l'accoudoir du siège et appela Danny chez lui.

— Présente-toi à Heathrow au plus vite, ordonna-t-il avant que Danny ait le temps de piper mot.

— Quel terminal, monsieur ?

— Le numéro 1, zone des jets privés. Nous devrions y être à... 5 heures environ, précisa-t-il après avoir consulté sa montre.

— Le taxi ou une voiture de patrouille ?

— Une voiture de patrouille. Je ne compte pas ramener Faulkner en prison dans un taxi.

Il raccrocha. Faulkner avait l'air sur le point d'émerger d'un profond sommeil.

— Qui de nous deux va appeler Hawksby ? s'enquit Ross d'un ton innocent.

— Moi, répondit William. Mais pas avant que Faulkner soit bien au chaud derrière les barreaux.

*

Cinquante minutes plus tard, quand le taxi déposa Booth Watson à Heathrow, celui-ci consulta tout d'abord le tableau des départs. Le premier vol pour Barcelone décollait dans quarante minutes, et le suivant, sur la British Airways, pas avant deux heures.

Il se dirigea vers le comptoir d'Iberia, où l'hôtesse l'informa que l'unique siège disponible se trouvait à la queue de l'appareil. Il lui tendit sa carte de crédit à contrecœur, mais il savait qu'il ne pouvait pas se permettre de perdre deux heures pour le simple plaisir de voyager en première classe.

Une fois installé, il tenta de se concentrer sur les problèmes qui l'attendaient à Barcelone, mais l'enfant à sa gauche qui criait dans les bras de sa mère et l'homme à sa droite qui s'était lancé dans un débat avec le passager de la travée d'en face sur la pertinence de virer l'entraîneur d'Arsenal lui rendirent la tâche impossible.

— Où suis-je ? mâchonna une voix ensommeillée quand le jet se posa à Heathrow.

— De retour chez toi, déclara Ross sans plus d'explications.

Quand l'avion stoppa, William vit par le hublot Danny qui l'attendait à côté d'une voiture de patrouille.

— Arrêtez-les ! Arrêtez-les ! cria Faulkner à pleins poumons quand on l'arracha à son siège pour le propulser sans ménagement vers la sortie. L'hôtesse courut vers la cabine de pilotage et tambourina à la porte tandis que Ross et William poussaient Faulkner par la porte-passerelle. Il débarqua sur le tarmac en titubant, et Danny le prit dans ses bras comme un amant perdu de vue depuis longtemps. William et Ross le suivaient de près, et ils fourrèrent Faulkner sur la banquette arrière pendant que Danny se glissait derrière le volant.

— Bonjour, monsieur, lança Danny en jetant un coup d'œil dans son rétroviseur. Dois-je patienter pour voir ce que ces deux gentlemen désirent ?

William et Ross regardèrent par la vitre arrière. Le pilote et un officiel de l'aéroport couraient vers leur voiture.

— Non, répondit William d'un ton ferme. On y va.

Danny n'eut pas besoin de se faire prier pour démarrer pied au plancher, toutes sirènes hurlantes.

Quand Booth Watson atterrit à Barcelone deux heures plus tard, il put constater le temps qu'on perd en débarquant d'un avion lorsqu'on ne voyage pas en première classe. Il refit la queue devant le contrôle des passeports. Il lui fallut un bon moment pour passer la douane et, quand il sortit enfin dans le soleil matinal, une longue file de touristes attendaient leur taxi.

Il finit par grimper dans l'un d'eux et consulta sa montre. Miles serait-il encore en vie ? Et que faire, si tel n'était pas le cas ?

— Le vol de Booth Watson en provenance de Heathrow vient d'atterrir. Vous pouvez relâcher Collins et le ramener chez lui. Veillez à ce qu'ils arrivent tous les deux en même temps, précisa Sanchez avant de raccrocher.

L'agent de la police espagnole déverrouilla la porte de la cellule et fit un pas de côté pour laisser sortir son détenu. Collins n'avait pas touché à son petit déjeuner. Il trouva le lieutenant Sanchez qui l'attendait en haut des marches.

— S'il meurt, ce sera vous le responsable, déclara-t-il en le regardant droit dans les yeux.

Collins était la deuxième personne à lui dire ça ce matin, et Juan pressentait que lorsqu'il ferait son rapport à son capitaine il aurait l'occasion de l'entendre une troisième fois.

Faulkner n'arrêtait pas de protester tandis que la voiture sortait en trombe de l'aéroport et s'engageait sur la route. Ross et William n'étaient pas trop de deux pour parvenir à le maîtriser. Finalement, Ross décida d'appliquer une tactique dilatoire. Il donna un coup de coude violent dans l'entrejambe de son prisonnier, qui se plia en deux et se mit à geindre de douleur.

— Était-ce bien nécessaire ? demanda William.

— Peut-être pas, monsieur. Mais j'ai des raisons de penser qu'il allait vous agresser.

William se tourna vers la fenêtre pour être certain que Ross ne le voie pas sourire.

Le temps d'arriver à Pentonville, Faulkner avait totalement retrouvé ses esprits. Quand ils approchèrent des murs de la prison, les grandes portes de bois s'ouvrirent devant eux.

— Vous avez commis une terrible erreur, protesta Faulkner. Je suis le capitaine Ralph Neville de la Royal Navy.

— Et moi je suis Mère Teresa, rétorqua Ross.

Cette fois-ci, William ne put s'empêcher d'éclater de rire.

Un comité d'accueil les attendait à l'intérieur. Lorsque Danny s'arrêta, le directeur s'avança vers eux.

— Bienvenue, 0249 ! lança-t-il quand ils tirèrent le détenu de la voiture. Je crains que votre ancienne cellule ne soit à présent occupée, mais on vous en a trouvé une plus grande, que vous partagerez avec deux condamnés à perpétuité. L'un a assassiné sa mère, et l'autre est un accro à l'héroïne qui n'arrive pas à dormir la nuit, le pauvre. Mais vous devriez être en sécurité si vous prenez la couchette du haut, estima-t-il en adressant un grand sourire à Faulkner. Vous avez de la chance de ne pas être placé en isolement. Mais n'hésitez pas à me le faire savoir si telle est votre préférence.

— J'exige de parler à mon avocat !

— Il est à l'étranger en ce moment, j'en ai bien peur, répondit William.

Deux gardes le saisirent par les bras et le conduisirent dans le quartier de haute sécurité.

— Mais je le mettrai au courant dès son retour ! promit William en le regardant s'éloigner.

Collins sortit de la voiture de police pile au moment où le taxi passait le portail.

— Vous l'avez tiré du sas à temps ? demanda Booth Watson en sautant du taxi.

— J'allais justement appeler Me Martinez quand j'ai vu votre taxi arriver.

— Mais je vous avais ordonné de le faire il y a des heures ! s'écria Watson, exaspéré.

Collins ouvrit la porte.

— C'est ce que j'aurais fait si le lieutenant Sanchez ne m'avait pas arrêté pour des raisons fallacieuses, s'indigna Collins, les lèvres pincées. Je sors à l'instant d'un piège grossier.

— Alors, nous n'avons pas une minute à perdre.

Collins se précipita à l'intérieur et remonta en courant le couloir qui menait à l'étude. Il attendit devant la porte que l'avocat, à bout de souffle, le rejoigne. En entrant, aucun des deux ne put s'empêcher de remarquer que le battant métallique était solidement verrouillé. Collins se dirigea vers le bureau de son patron et se mit à feuilleter son répertoire téléphonique privé.

— Il est là-dedans depuis combien de temps ? s'enquit Booth Watson en désignant le sas.

— Plus de quatre heures. On pourrait peut-être encore le sauver, mais il faut faire vite.

Collins composa le numéro de l'avocate espagnole de Faulkner, mais Booth Watson l'arrêta d'un geste.

— Quelles étaient les instructions de M. Faulkner avant l'arrivée de la police ?

— Il m'avait demandé d'emballer toutes ses toiles et de les transporter sur son yacht dès qu'il mouillerait dans la crique, ce soir.

— Alors, vous devriez exécuter ces ordres et me laisser m'entretenir avec Me Martinez.

Le majordome lui tendit le combiné à contrecœur.

— Si quelqu'un vous pose la question, Collins, M. Faulkner est décédé en Suisse, l'année dernière, des suites d'une crise cardiaque. Il a été incinéré à Genève, ce que je peux personnellement confirmer, étant donné que j'ai assisté aux obsèques en compagnie de l'inspecteur Warwick.

— Cabinet de Me Martinez, bonjour, dit une voix tandis que Collins sortait en refermant derrière lui.

Booth Watson raccrocha doucement le combiné.

— Je vous avais intimé de me tenir au courant de tout ce que vous tramiez, inspecteur-chef ! tonna Hawksby. Et tout, ça veut dire tout !

— Je ne pensais pas que vous auriez aimé être réveillé en pleine nuit, monsieur, répondit William sans grande conviction.

— Eh bien, vous aviez tort, inspecteur. Je veux vous voir tous les deux dans mon bureau immédiatement. Immédiatement ! répéta Hawksby avant de raccrocher le combiné d'un coup sec.

Beth se retourna, cligna les yeux et regarda son mari sortir du lit.

— Pourquoi souris-tu ? lui lança-t-elle.

Mais il avait déjà refermé la porte de la salle de bains.

Une fois seul, il serra le poing et le brandit en l'air plusieurs fois d'affilée, le sourire accroché aux lèvres.

Remerciements

Mille mercis à Simon Bainbridge, Michael Benmore, Me Jonathan Caplan, Kate Elton, Alison Prince et Johnny Van Haeften pour leurs conseils inestimables et les recherches effectuées.

Remerciements particuliers au sergent de police Michelle Roycroft (à la retraite), au superintendant principal John Sutherland (à la retraite) et à l'inspecteur-chef Jackie Malton (à la retraite).

Composé et édité par HarperCollins France.

Achevé d'imprimer en mai 2023.

CPI
FIRMIN-DIDOT

à Mesnil-sur-l'Estrée (Eure)

Dépôt légal : juin 2023.

Pour limiter l'empreinte environnementale de ses livres, HarperCollins France s'engage à n'utiliser que du papier fabriqué à partir de bois provenant de forêts gérées durablement et de manière responsable.

Imprimé en France